셜록 홈즈 대표 단편선 3

Sherlock Holmes

셜록 홈즈 대표 단편선 3

초판 1쇄 인쇄일 | 2009년 5월 15일 초판 1쇄 발행일 | 2009년 5월 20일
초판 21쇄 인쇄일 | 2015년 4월 06일 초판 21쇄 발행일 | 2015년 4월 15일

지은이 | 아서 코난 도일
편역자 | 조미영
펴낸이 | 강창용
펴낸곳 | 느낌이 있는 책
주 소 | 경기도 파주시 파주출판문화정보산업단지 문발로 115 세종 107호
전 화 | (代)031-943-5931
팩 스 | 031-943-5962
홈페이지 | http://feelbooks.co.kr
E-mail | feelbooks@naver.com
등록번호 | 제 10-1588 등록년월일 | 1998. 5. 16
기획편집 | 신선숙 디자인 | 해피트리
책임영업 | 최강규 책임관리 | 김나원

ISBN 978-89-92729-43-7 03840

* 책값은 뒤표지에 있습니다.
* 잘못된 책은 구입처에서 교환해 드립니다.

셜록 홈즈
대표 단편선 3

Sherlock Holmes

아서 코난 도일 지음 | 조미영 편역

느낌이 있는 책

일 년 내내 안개가 끼지 않은 날이 없는 도시. 런던 베이커가 221B 하숙집. 사냥모자, 돋보기, 파이프 담배를 물고 한 남자가 골똘히 생각에 잠겨 앉아 있다.

자신의 친구이자 조수인 왓슨의 슬리퍼만 보고도 그가 감기에 걸렸음을 증명할 수 있는 천재 탐정 홈즈다. 그는 베일에 싸인 어떤 범죄라도 관찰과 추리로 해결할 수 있으며 세계의 비밀조차도 이성과 논리로 모두 벗겨낼 수 있다고 말한다.

홈즈는 말한다.

"나에게 문제를 던져주게. 가장 난해한 암호, 가장 복잡한 분석 과제를 던져주게. 나는 무미건조한 일상을 혐오하네."

한때 추리소설은 작품성이 없다는 이유 또는 순수문학만이 진정한 문학이라고 생각하는 사회풍조에 밀려 저급한 읽을거리로 취급당했다. 그러나 이제 추리문학도 대중소설의 한 분야로 당당히 그 자리를 차지하게 되었고, 순수문학에도 추리소설적 기법을 사용하는 작품들을 어렵지 않게 만날 수 있게 되었다.

오늘날 수많은 장르의 문학 작가들이 작품성을 인정받는 작품들을 내놓고 있지만, 1887년에 등장한 이후 100년이 지난 지금까지 셜록 홈즈는 명탐정으로서 최고의 명성을 떨치고 있다. 추리소설 마니아가 아니더라도 홈즈는 어른 아이 구분할 것 없이 함께 즐기는 명작으로 세계인의 변함없는 사랑을 받고 있다.

이러한 흐름에 발맞추어 네 개의 장편을 제외한 56편의 단편 중 명작을 선별해 새로운 감각, 색다른 접근으로 홈즈의 활약을 즐길 수 있도록 했다.

자, 이제 불후의 명탐정 홈즈가 보여주는 긴장감 넘치는 활약을 통해 홈즈만의 명쾌한 추리 비법과 고품격 트릭을 즐겨보자.

contents

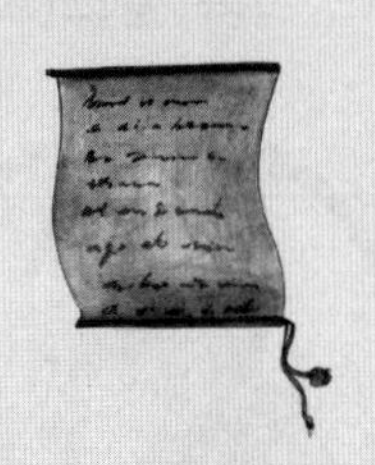

셜록 홈즈(Sherlock Holmes)

1854년 영국 잉글랜드 요크셔 출신으로 옥스퍼드 케임브리지 대학을 수학했다. 키가 185센티미터에 약간 마른 체형이어서 실제보다 더 키가 커 보이며, 번뜩이는 눈과 콧날이 선 매부리코 때문에 전체적으로 날카롭고 강한 인상을 준다. 또한 각진 턱은 의지가 강한 성품임을 엿보이게 한다.

평소 화학 실험을 즐겼기 때문에 두 손은 늘 잉크나 화학 약품으로 얼룩져 있지만, 손놀림이 날렵해서 다루기 쉽지 않은 물건도 아주 익숙하게 다룰 줄 안다.

친구인 왓슨조차도 알아보지 못할 정도로 뛰어난 변장 솜씨와 연기력을 가지고 있다. 과학적인 지식도 해박해 '과학계는 명민한 이론가를 잃고 연극계는 훌륭한 배우를 놓치고 말았다'고 하기도 한다. 파이프 담배(엽궐련)를 즐기고 위스키와 포도주를 좋아하며 가끔은 코카인을 즐기기도 한다.

런던 베이커가 221B에서 평생을 독신으로 살았고, 23년간 탐정생활을 하면서 아무리 많은 돈을 조건으로 사건을 의뢰해도 내용이 시시하면 냉정히 거절했다.

존 H. 왓슨(John H. Watson)

의학박사이며 예비역 군의관인 왓슨은 23년 동안 지속된 홈즈의 탐정 생활 중 17년을 함께 하며 홈즈의 활약상을 기록했다. 각진 턱에 콧수염을 기른 건장한 체격의 사나이로 홈즈의 가장 가까운 친구이자 조수 역할을 했으며, 알카디아 담배를 좋아하고 연금의 절반을 쏟아부을 정도로 경마를 즐겼다. 의학 지식뿐 아니라 문학 지식도 상당한 수준의 지식인이었다.

1889년 '네 개의 서명' 사건에서 만난 메리 모스턴과 결혼해 베이커가와 가까운 패딩턴가에 병원을 개업하고 신혼살림을 시작했다.

1891년 라이헨바흐 폭포에서 홈즈가 죽은 후 켄싱턴으로 옮겨 병원을 개업했다. 1894년 왓슨은 홈즈가 살아 돌아오자 병원을 팔고 베이커가의 하숙집으로 되돌아간다. 1929년 사망하기까지 홈즈의 변치 않는 친구, 신뢰할 수 있는 협력자로서 늘 홈즈의 곁에 있었다.

홈즈의 말에 따르면 왓슨은 변화의 물결에서도 바위처럼 변하지 않는 사람이다.

입술 비뚤어진 사나이

The Man with the Twisted Lip

네빌 세인트클레어

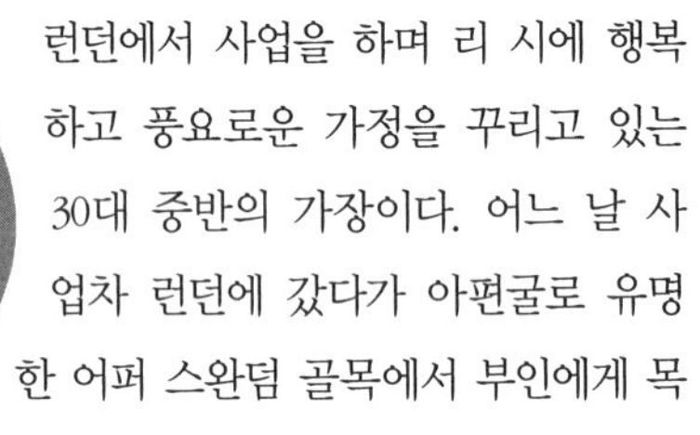

런던에서 사업을 하며 리 시에 행복하고 풍요로운 가정을 꾸리고 있는 30대 중반의 가장이다. 어느 날 사업차 런던에 갔다가 아편굴로 유명한 어퍼 스완덤 골목에서 부인에게 목격된 뒤 실종되었다. 경찰은 살인으로 인한 실종일 수 있다며 수사를 벌이지만 그의 행적은 묘연하기만 하다.

세인트클레어 부인

네빌 세인트클레어의 부인으로 금발의 아름다운 여성이다. 우연찮게 들어서게 된 어퍼 스완덤 골목의 아편굴에서 남편이 사라지는 것을 목격하고 홈즈에게 사건을 의뢰한다. 남편이 실종된 후 그녀 앞으로 날아든 편지는 사건의 실마리를 제공하게 된다.

휴 분

은행이 몰려 있는 런던 스레드니들가에서 구걸하는 걸인이다. 오렌지색 머리칼과 입술이 삐뚤어진 얼굴로 사람들의 동정을 받고 있다. 그가 살고 있는 어퍼 스완덤 골목의 아편굴 2층에서 네빌 세인트클레어가 실종되고 그의 유품이 발견되자 유력한 범인으로 지목을 받는다.

'입술 비뚤어진 사나이'는 1891년 12월에 〈스트랜드 매거진〉에 발표되었고, 후에 ≪셜록 홈즈의 모험≫ 편에 수록되었다.

홈즈는 변장의 귀재다. '보헤미아의 스캔들'에서는 마부와 개신교 목사로 변장해 활약했고, '죽어 가는 탐정'에서는 열대 전염병으로 다 죽게 된 환자로 변장했다. 심지어 '마자린의 보석'에서는 노파로 변장하기도 했다. 이런 변장술은 이 작품 '입술 비뚤어진 사나이'에서도 유감없이 발휘된다.

한편 이 작품과 '보헤미아의 스캔들'은 각각 1888년 4월과 6월에 일어났는데, 모두 왓슨이 결혼해서 다른 곳에서 살고 있는 것으로 설정되어 있다. 그러나 왓슨이 결혼을 결심한 것은 '네 개의 서명' 사건 이후, 즉 1888년 9월이다. 즉, 시간적으로 오류 를 범하고 있는 것이다. 또한 '입술 비뚤어진 사나이' 사건이 발생한 날이 1888년 6월 19일 금요일로 되어 있지만, 실제 그날은 수요일이었다.

1. 아편중독자의 아내

나는 의사로서 비교적 평판이 좋았다. 치료를 잘한다고 소문이 나기도 했지만 그보다는 명탐정 홈즈의 절친한 친구라는 것이 유명세에 한몫했다고 볼 수 있다. 어쨌든 내 병원은 개업하자마자 환자들로 넘쳐났다. 덕분에 나는 항상 온몸을 내리누르는 피곤에 휩싸일 수밖에 없었다.

상황이 이 지경이 되고 보니 친구인 홈즈를 찾아가서 그의 흥미진진한 사건 이야기를 듣거나 함께 사건을 해결하는 일은 생각조차 하기 힘들었다. 물론 만나는 일도 거의 없었다. 아내와의 편안한 일상과 내 일에 불만이 있는 것은 아니었지만, 그래도 거리에 어둠이 내리고 의자에 앉아 기지개나 피고 있노라면 홈즈와 살던 때가 그리워지기도 했다. 홈즈의 명쾌한 추리와 기괴한 사건들을 접하는 것은 일상생활에서는 결코 맛볼 수 없는 흥분이었기 때문이었다.

그러나 막상 환자들이 찾아오지 않는 한가한 저녁이 되더라도 내가 베이커가로 가는 일은 좀처럼 없었다. 그저 손가락 하나도 꼼짝하기 싫을 정도로 무거운 몸을 안락의자에 깊숙하게 파묻고 연신 하품을 해대다가 나도 모르게 꾸벅꾸벅 조는 것이 무엇과도 바꿀 수 없는 행복이 되어 있었던 것이다.

1889년 6월 어느 날 밤, 그날도 그랬다. 그날은 유난히 환자가 많았다. 때문에 저녁을 먹자마자 일찍부터 거실의 안락의자에서 졸고 있었고, 아내는 평소와 다름없이 내 곁에서 바느질을 하고 있었다. 평화로운 가정의 일상 바로 그것이었다. 그런데 갑자기 우리 집의 초인종이 요란하게 울렸다. 한참 졸음의 달콤함에 빠져 있던 나는 의자에서 벌떡 일어날 정도로 놀랐다. 그런 나를 쳐다보는 아내의 얼굴에는 웃음이 번졌다.

"당신 환자일 거예요. 아니면 이 밤중에 누가 찾아오겠어요?"

나는 좀 짜증스러웠다. 요즘같이 바쁜 나날들 속에서 유일하고도 소중한 내 개인 시간을 침해당하는 것은 그리 달가운 일이 아니었다. 저절로 신음이 났다.

"그러지 마세요. 급할 때 당신을 찾는다는 것도 어찌 보면 고마운 일이잖아요. 제가 나가 볼 테니 당신은 잠부터 떨쳐 내세요."

내가 불편해하는 기색을 눈치 챈 아내는 바느질감을 한쪽으로 치우고 자리에서 일어났다. 이윽고 현관문이 열리는 소리가 들렸고 누군가의 흥분한 목소리가 들렸다. 나는 옷을 추스르고 자세를 반듯하게 했다. 몇 마디 이야기를 주고받는 소리가 들리는가 싶더니 이내 아내의 안내를 받으며 한 손님이 거실로 들어섰다.

"늦은 시간에 죄송합니다."

"아닙니다. 어서 오십시오, 휘트니 부인."

방문자는 케이트 휘트니였다. 그녀는 아내의 오랜 친구이자 학교 동창이었다. 나는 이 방문이 환자의 방문이 아니라는 것이 안도가 되면서도 한편으로는 차라리 환자가 오는 것이 낫겠다는 생각을 했다. 그것은 그녀가 시도 때도 없이 찾아와 그녀의 남편에 대한 걱정을 늘어놓는가 하면 때로는 울면서 자신의 신세를 하소연했기 때문이었다. 사실 그녀 남편 이사 휘트니는 아편중독자였다. 드 퀸시가 쓴 ≪어느 영국인 아편중독자의 고백≫이란 책을 읽고 그 몽환적인 세계에 대한 호기심으로 시작한 것이 이제는 더 이상 구제할 길 없을 정도로 아편의 노예가 되어 있었던 것이다. 때문에 친구는 물론이고 친지들도 그를 외면하고 있었다. 그렇다고는 해도 이렇게 늦은 시간에 남의 집을 방문하는 그녀의 태도는 도무지 마음에 들지 않았다.

"케이트, 이리 앉아. 진정 좀 하고!"

아내의 말처럼 그녀는 금방이라도 울음을 터뜨릴 것 같은 눈을 하고 있었다.

"오, 어쩌면 좋을지……. 늦은 시간인 줄은 알지만 찾아오지 않을 수가 없었어."

그녀는 내가 예상한 대로 흐느끼기 시작했다. 항상 그랬다. 슬프거나 어려운 일을 당한 사람들은 나방이 불빛을 향해 달려들 듯 아내에게로 왔던 것이다. 케이트 휘트니도 예외는 아니었다.

"무슨 소리야, 당연히 왔어야지. 잘 왔어. 포도주라도 한잔 하겠니? 마음 편히 하고……."

아내는 어린아이를 다독이듯 울고 있는 그녀의 등을 쓰다듬어주며 상냥하게 말했다. 아내가 포도주를 가져오기 위해 일어서자 휘트니 부인은 아내의 손을 잡고 고개를 절레절레 흔들었다. 두 여인의 모습을 보고 있자니 내가 할 일이 없어 보였다. 그냥 있기도 민망했고, 내가 없어야 휘트니 부인이 말하기도 편할 것 같아서 자리를 피해주기로 했다.

"그럼, 편히 말씀 나누십시오. 저는 이만 실례하겠습니다."

"아니에요, 왓슨 박사님. 제가 찾아온 건 박사님의 도움이 필요했기 때문이에요."

그녀는 급하게 나를 만류했다. 그리고 손수건으로 눈물을 닦은 후 크게 심호흡을 했다. 그때까지도 아내는 그녀의 한 손을 꼭 잡고 있었다. 나는 다시 앉을 수밖에 없었다. 그리고는 그녀가 진정하고 스스로 입을 열 때까지 기다렸다.

"왓슨 박사님, 박사님을 뵙는 것만으로도 마음이 놓이는군요."

"무슨 일이 있으셨습니까?"

내가 부드럽게 말하자 케이트는 짧은 한숨을 내쉬더니 말을 이었다.

"박사님, 남편이 이틀 동안이나 집에 돌아오지 않았어요. 어디에 쓰러져 있는 것은 아닌지, 정말 걱정이 돼서 미칠 지경입니다."

"그런 일이 있으셨군요."

그녀의 애타는 마음은 이해가 되었지만 나로서는 조금 맥 빠지는 대답이었다. 그런 일이라면 새삼스럽게 놀랄 만한 것도 아니었기 때문이었다. 하지만 나로서는 그녀의 남편이 어디에 있을지 짐작조차 할 수 없었다.

"너무 걱정하지 마십시오, 부인. 무슨 일이야 있겠습니까?"

"아니에요. 물론 그이가 종종 아편을 피우기 위해 집을 나가기는 했지만, 길어도 한나절이면 돌아왔어요. 약에 취해 형편없는 몰골이기는 했지만 외박을 한다거나 하는 일을 결단코 한 번도 없었단 말이에요. 그런 그가 이틀째 돌아오지 않는다는 건 분명 무슨 일이 일어났다는 거예요. 아편의 독기로 정신이 없는 틈에 거리의 부랑자들에게 당해서 어딘가에 쓰려져 있는 것이라면 저는……."

그녀는 말을 채 마치지도 못하고 흐느끼기 시작했다. 아내는 케이트에게 포도주를 한 잔 가져다주었다. 애처로운 그녀의 모습을 보고 있자니 내 마음도 편치만은 않았다.

"부인, 부군이 평소 아편을 하시기 위해 가시는 곳이 어딘지 알고 계시나요?"

"네, 그이는 약이 필요할 때마다 구시가 동쪽 끝에 있는 아편 소굴에 가곤 해요. 어퍼 스완덤 골목에 있는 '골드 바'라는 곳이라고 하더군요."

"어퍼 스완덤 골목이라면 대단히 위험한 곳이로군요."

"혼자라도 가고 싶지만 도저히 용기가 나

지 않네요. 어쩌면 좋을지……. 박사님, 정말 죄송하지만 그곳에 같이 가 주실 수는 없을까요? 제가 도움을 청할 수 있는 분은 오직 박사님뿐입니다."

사실 그곳은 쓰레기와 불량배가 득시글거리는 부둣가로 대낮에도 마음 놓고 활보하기가 결코 쉽지 않은 곳이었다. 더욱이 젊은 여자 몸으로는 불가능하다는 편이 옳았다.

"제발 부탁 드려요, 박사님."

그녀가 재차 부탁을 했다. 아내 역시 말은 하지 않았지만 친구의 어려움을 해결해주기를 바라는 눈치였다. 아내의 간절한 눈빛이 그것을 증명하고 있었다. 다만 내가 오늘 하루 얼마나 피곤했는지를 잘 알고 있기 때문에 직접 권하지 못할 뿐이었다. 나는 이 달갑지 않은 청을 들어주리라 결심했다. 그녀들의 부탁이 아니라도 내게는 의사로서, 이사 휘트니의 주치의로서 해야 할 의무가 있었던 것이다.

"알겠습니다. 하지만 그곳에는 저 혼자 다녀오겠습니다. 이 야심한 밤에 부인께서 가신다는 것은 오히려 위험을 부를 수 있으니까요. 만에 하나 이사가 약에 취해 쓰러져 있다고 해도 데려오는 건 제 힘만으로도 가능하니 걱정하지 마십시오."

"오, 박사님. 제가 얼마나 고마워하고 있는지 상상도 하지 못하실 거예요."

"아닙니다, 부인. 이사는 제 환자이기도 하니 제게도 책임이 있습니다. 하여간 너무 걱정하지 마십시오. 이사가 지금도 '골드 바'에 있기만 하다면 두 시간 안에 부인 앞에 데려다 놓을 수 있을 겁니다."

나는 아직도 눈물짓고 있는 케이트에게 가볍게 고개를 끄덕이고 자리에서 일어났다. 안락의자에 아쉬움이 남기는 했지만 두 여인의 간절한 눈빛과 내 직업에 대한 책임감이 더 강하게 내 마음을 움직였다.

2. 낯익은 노인

10분 뒤 나는 이륜마차에 몸을 싣고 런던의 동쪽 끝을 향해 가고 있었다. 어퍼 스완덤 골목은 템스 강 북쪽에서부터 런던 다리 동쪽까지 이어지는 부두 뒤쪽에 자리하고 있는 음침한 곳이었다. 곳곳에 드럼통에 불을 피우고 옹기종기 모여 있는 부랑자들이 눈에 띄었다. 그들은 낯선 마차의 출현을 퀭한 눈빛으로 응시했다. 홈즈와 함께 여러 사건들을 다루며 갖가지 끔찍하고도 위험한 고비를 숱하게 넘긴 나였지만 골목과 사람들이 풍기는 분위기에 압도되는 것은 어쩔 수 없는 노릇이었다.

나는 곧장 '골드 바'를 찾아갔다. 그곳은 옷 가게와 술집 사이에 자리하고 있었는데, 입구가 마치 동굴의 그것과 같이 시커멓게 입을 벌리고 있었다. 불빛이 보이지 않는 것으로 보아 아편 소굴은 지하에 있는 듯했다. 나는 바로 앞에서 마차를 세웠다.

"다시 나올 테니 여기서 기다려주게."

나는 마부의 약속을 받고 가파르고 군데군데가 움푹 파인 허름한 계단을 따라 아래로 내려갔다. 계단이 끝나는 곳에서 문이 하나 나타났다. 하지만 불빛이라고는 문 위에 매달려 있는 작은 기름등잔이 유일했기 때문에 나는 문고리를 찾기 위해 더듬거려야만 했다. 문을 열고 들어가자 제일 먼저 눈에 들어온 것은 어두운 실내를 가득 채우고 있는 갈색의 아편 연기였다. 잠시 문 앞에 서서 어둠에 눈이 익숙해질 때까지 기다렸다.

방 안은 천장이 낮았고 이민선의 삼등실같이 나무 침상이 줄지어 있었다. 그 침상 위에는 아편에 정신을 내맡긴 사람들이 여럿 있었다. 그들은 하나같이 생기 없는 눈동자를 하고 구부정한 자세로 앉아 있거나 마치 죽은 사람처럼 사지를 늘어뜨리고 누워 있었다. 그런 정신에도 인기척을 느꼈는지 아주 잠깐 동안 무거운 눈꺼풀을 들어 올려 나를 바라보다가 이내 다시 눈을 감고는 자신의 세계에 빠져버렸다. 간간이 사람들 목소리도 들렸지만 그것은 대화라기보다는 혼잣말 같았다. 어둠 곳곳에서 빨갛고 작은 불빛이 나타났

다가 사라지기를 반복하고 있었다.

방 맨 끝에는 불을 피워놓은 작은 화로가 있었고, 그 옆 삼발이 의자에는 한 사람이 앉아 있었다. 그는 키가 크고 깡마른 노인이었는데 화로의 불빛을 뚫어져라 쳐다보고 있었다. 왠지 낯익은 인상이었지만 이 몽롱한 방 안의 공기 때문인지 생각이 나지 않았다. 그러나 나는 곧 기억 더듬는 일을 포기했다. 그에게만 집착하고 있을 수는 없었다.

내가 방으로 들어서자 어디서 나타났는지 말레이시아인으로 보이는 동양인 하나가 다가왔다. 그의 손에는 금속 파이프와 아편이 들려 있었다. 종업원인 듯했다.

"이쪽으로 오십시오. 빈자리로 안내해 드리겠습니다."

"고맙지만 사양하지, 사실 사람을 찾아온 것이거든. 여기에 이사 휘트니 씨라고 계실 텐데……."

그런데 내 말이 끝나기도 전에 누군가 나를 불렀다.

"왓슨, 여기네."

그 목소리는 바로 내 오른쪽에서 들렸다. 어둠 속에서 누군가 나를 쳐다보며 힘없이 손을 흔들고 있었다. 자세히 들여다보니 이사가 확실했다. 그러나 그의 얼굴은 얼마 전에 보았을 때와는 비교도 안 될 정도로 변해 있었다. 안색은 납빛처럼 창백했고 얼굴에 가죽만 남은 것같이 말라 있었다. 어엿한 귀족 집안의 자제라고는 생각되지 않을 만큼 엉망으로 흐트러진 몰골이었다. 그는 눈을 제대로 뜨기도 어려운 것 같았다.

"자네, 이게 무슨 꼴인가?"

나는 급히 그에게 다가가 상태를 살펴봤다. 그는 온몸의 신경이란 신경이 다 경련을 일으키는 지독한 약물 중독 상태였다.

"자, 어서 돌아가세, 이사. 부인이 얼마나 걱정하고 있는 줄 아나?"

그제야 그는 눈을 들어 나를 보았다.

"지금 몇 시나 됐나?"

그의 목소리에는 힘이 하나도 없었다.

"벌써 11시가 다됐군. 조금 있으면 자정이네. 그리고 오늘은 6월 19일, 금요일이야."

"자네, 내가 정신없다고 놀리려는 모양이군. 여기 들어온 지 두세 시간밖에 되지 않았는데 무슨 금요일인가! 오늘은 수요일일 텐데……."

그는 신경질적으로 머리를 흔들었다

"이봐, 오늘은 금요일이 맞네. 자네는 이틀 동안이나 이곳에 있었단 말일세. 제발 정신 좀 차리게."

"아니야, 자네가 잘못 안 거야. 난 아직 파이프를 서너 대밖에 안 피웠단 말일세. 아니……, 그보다는 많이 피웠나? 아, 잘 모르겠군. 하여간 집에는 가야겠군. 몸이 여간 힘든 게 아니라서 말이야. 혹시 마차를 타고 왔나?"

그는 아직도 잠에서 덜 깬 듯한 목소리로 중얼거리듯이 말했다.

"밖에 대기하고 있네."

"잘됐군. 자네 신세 좀 져야겠네. 그런데 여기 돈을 내야 하는데, 음……, 돈은 어디에 뒀더라. 여기에 둔 것 같은데 ……."

그는 주머니에 손을 넣으려 했지만 그조차도 마음대로 되지 않았다.

"됐네, 내가 지불하고 오겠네. 자네는 정신 좀 차리고 있게."

나는 그가 자리에 앉을 수 있도록 도와주고는 지배인을 찾기 위해 침상이 늘어서 있는 통로를 따라 안으로 걸어 들어갔다. 안쪽으로 들어갈수록 연기는 더욱 지독해졌다. 이러다가 나도 약에 취해 몸이 마비되는 것은 아닌가 싶을 정도였다. 결국 손수건으로 코와 입을 틀어막을 수밖에 없었다.

그런데 화롯가에 앉아 있는 노인 앞을 지날 때였다. 누군가 내 바지 자락을 잡아끌었다. 나는 너무 놀라서 하마터면 소리를 지를 뻔했다. 나를 잡은 것은 바로 그 노인이었다. 노인은 낮지만 분명한 목소리로 말했다.

"조용히 하고 그대로 있게."

내가 바라봤지만 그는 미동도 없이 여전히 화롯불만 응

시하고 있었다. 노인의 몸은 비쩍 마르고 구부정했다. 그의 주름투성이 얼굴에는 불빛이 어른거리고 있었고, 약에 취해 있는지 피우던 아편 파이프가 무릎 사이에 간신히 매달려 있었다. 노인이 내게만 얼굴이 보일 수 있도록 몸을 돌려 앉았다. 순간 나는 나도 모르게 두어 걸음 뒤로 물러났다. 나는 노인이 사람을 착각한 것이라 생각했지만, 제정신이 아닌 사람이 어떻게 해코지를 할지 몰라서 두려웠던 것이다.

그러나 다음 순간 처음보다 더 놀라운 일이 벌어졌다. 노인의 몸이 꼿꼿하게 세워지고 주름이 펴지며 멍한 눈에 광채가 살아나더니 놀랍게도 내가 아는 사람으로 변했던 것이다. 그는 다름 아닌 홈즈였다. 내가 눈을 동그랗게 뜨고 아무 말도 못하자 홈즈는 재미있다는 듯 씩 하고 웃었다.

그는 파이프도 제대로 들고 있지 못하던 아까와는 달리 재빨리 손을 들어 내게 가까이 오라고 신호를 보냈다. 그리고는 순식간에 다시 약에 취한 아편중독자로 되돌아갔다.

"홈즈, 정말 자넨가?"

나는 그에게 다가가 남들이 눈치 채지 못하게 속삭였다.

"더 작게 말하게. 난 귀가 아주 좋으니까 말이야."

홈즈는 여전히 나는 쳐다보지 않고 말하고 있었다.

"자네 지금 여기서 뭐하고 있는 건가?"

"그 얘기는 자네의 아편쟁이 친구를 집으로 돌려보낸 다음에 해주지. 물론 자네가 시간이 있다면 말이야."

"시간이야……."

나는 홈즈의 이야기가 궁금했지만 이사가 걱정되었다. 홈즈는 내가 무엇 때문에 망설이는지 분명히 안다는 투로 말했다.

"자네 친구는 걱정할 필요 없을 걸세. 아무리 못된 짓을 하고 싶어도 저 몸으로는 아무것도 하지 못할 테니 말이야."

그의 말처럼 이사는 아직도 정신을 차리지 못하고 축 늘어져 있었다.

"알았네. 저 친구를 보내고 오겠네. 밖에 마차가 있으니까 얼마 걸리지 않을 거야."

"아니, 다시 들어올 필요는 없네. 친구를 보낸 후 밖에 그대로 있게. 5분 후에 내가 나가지. 아, 그리고 자네 부인에게는 오늘 밤 나와 함께 보낼 거라는 편지를 써서 마부 편에 보내게."

홈즈는 말을 마치고는 마치 모르는 사람처럼 나를 외면했다. 내가 홈즈의 청을 거절한다는 것은 쉽지 않은 일이었다. 홈즈의 행동에는 언제나 분명한 이유가 있었다. 그런 그가 변장까지 하고 이 위험한 곳에 있었다는 것은 분명 예사롭지 않은 일이 있다는 것을 의미했다. 사건을 '존재의 의미'

라고 생각하는 그와 함께하는 모험이라면 나로서는 절대로 거부할 수 없는 유혹이었다.

나는 서둘러 지배인에게 아편 값을 치르고 이사를 부축해 아편 소굴을 빠져나왔다. 마부의 도움으로 간신히 이사를 마차에 태우고는 수첩을 뜯어 이사의 집 주소와 아내에게 전할 편지를 각각 쓴 다음 그것을 마부에게 건네주었다.

"저분을 이 주소로 모셔다 드리게. 그리고 이 편지는 우리 집에 들러 내 아내에게 전해주게."

마차 삯을 두둑하게 챙겨주자 마부는 신이 나서 염려 말라고 큰소리 치고는 이내 어둠 속을 달려 빠르게 사라져 갔다. 마침내 마차가 보이지 않을 때쯤 아편 소굴에서 한 사람이 나왔다. 홈즈였다. 우리는 말없이 어깨를 나란히 하고 인기척이 드문 거리를 걸었다. 두 블록 정도를 구부정한 자세로 비틀거리며 걷던 그는 주위에 아무도 없는 것을 확인하고 그제야 허리를 쭉 폈다.

"아, 허리야! 이 짓도 두 번은 못하겠군."

홈즈는 허리를 몇 번 두들기고는 예의 큰 키로 우뚝 섰다.

"도대체 어떻게 된 건가, 홈즈? 아까는 정말 기절할 뻔했단 말일세."

그러자 홈즈는 큰소리로 웃음을 터뜨렸다.

"놀란 건 나도 마찬가지야. 자네같이 반듯한 사람이 느닷

없이 아편 소굴에 들이닥쳤으니까 말일세."

"나야 아까 그 친구를 데리러 간 것뿐이지만 자네는 변장까지 하고……."

"난 적을 찾으러 왔네."

"적?"

예상한 대로였다. 적이라고 해서 놀라긴 했지만 사건이 있는 것이 틀림없었다. 순간 내 가슴이 뛰는 것이 느껴졌다.

"말하자면 나의 천적이라고나 할까? 음, 먹잇감이라고 하는 게 더 좋을까?"

홈즈는 빙그레 웃었다.

"자네 사건을 맡은 모양이군."

"자네 말대로네. 중요한 사건을 조사 중인데 좀처럼 단서가 잡히지 않아서 말이야. 간혹 약에 취한 사람들이 두서없이 중얼거리는 말 속에 단서가 될 만한 것이 있기도 하거든. 전에도 사용해봤는데 효과가 그만이었지."

"그런데 변장을 왜 한 건가?"

"전에 이 방법을 쓴 것 때문에 그곳의 주인이 나한테 원한을 가지고 있거든. 그 사람은 인도인인데 지독한 악당이라네. 만약에 변장을 하지 않았거나 내 정체가 탄로 나기라도 했다면 난 벌써 죽은 목숨이었을 거네."

"그런데 무슨 사건을 맡은 건가?"

"표면적으로는 실종 사건이네. 하지만 ……."

"하지만?"

홈즈는 잠시 생각하는 것 같더니 이내 입을 열었다.

"그게, 음……. 그 아편 소굴 뒤에 부두로 바로 나갈 수 있는 창이 하나 있는데, 달이 없는 밤이면 그곳에서 있을 수도 없는, 아니 있어서도 안 되는 일이 벌어지거든."

"도대체 무슨 일이 있는데 그렇게 뜸을 들이나? 시체라도 나가나?"

"바로 맞혔네."

"뭐라고?"

내가 알고서 한 대답이 아니었다. 그저 홈즈의 얼굴이 하도 심각해서 농담을 했을 뿐이었다. 홈즈는 무심한 표정으로 말을 이어 나갔다.

"그 창은 템스 강 연안에서 제일가는 시체들의 문일 걸세. 템스 강에 던져 버리면 조수 때문에라도 시체를 찾기가 말처럼 쉬운 일이 아니지. 그 소굴에 들어왔다가 죽어 나간 불쌍한 인생들이 얼마나 되는지 자네는 상상도 하지 못할 거네. 하여간 이번에는 네빌 세인트클레어라는 사람이 그곳에 갔는데, 그 후로는 아무도 본 사람이 없어. 자기 발로 나오지 못한 것 같아. 음, 여기에 마차가 있어야 하는데 어디 갔지?"

홈즈는 좌우를 살피더니 양쪽 검지를 입에 넣고 휘파람을 불었다. 날카로운 휘파람 소리가 어둠을 뚫고 사방으로 퍼져 나갔다. 그러자 저쪽 어둠 속에서 누군가 휘파람으로 화답을 했다. 잠시 후 마차 한 대가 스르르 나타났다.

"오, 저기 오는군."

우리 앞에 나타난 건 노란 촉등을 켠 이륜마차였다.

"존, 수고했네. 이젠 마차를 내게 맡기고 돌아가게. 그리고 내일 아침 11시까지 우리 집으로 와야 하네. 그리고 이건 약속한 반 크라운일세."

마부는 돈을 받아 들고 곧바로 어둠 속으로 총총히 사라졌다.

"어떤가, 나와 함께 가겠지?"

"물론이야. 이미 아내에게 편지도 보냈겠다, 내가 망설일 이유가 어디 있겠나. 자네만 좋다면 이런 일은 언제나 환영이네."

"역시 자네는 언제나 믿음직한 동지란 말이야. 모처럼 자네와 함께 수사를 하겠군."

홈즈는 정말로 기분이 좋은 것 같았다.

"하지만 내가 무슨 도움이 되겠나? 사건에 대해서는 아무것도 모르는데……."

"일단 마차에 오르게. 가면서 조금 더 자세히 얘기해줌세. 그리고 미리 말해두는데 잠자리 걱정은 하지 말게. 지금 묵고 있는 방의 침대가 2인용이니 말이야."

홈즈는 마부의 자리에 올라앉았다. 나도 그 옆자리에 앉았다.

"베이커가로 가는 게 아닌가?"

"시다스 저택으로 갈 거네."

"시다스 저택?"

"이번에 실종된 네빌 세인트클레어의 집이지. 이번 사건을 조사하면서 그곳에서 지내고 있네."

"처음 듣는데? 런던 시내가 아닌가 보군."

"그렇다네. 저택은 켄트 주의 리 근처거든. 여기에서 한 11킬로미터쯤 떨어진 곳이지."

말을 마친 홈즈는 가볍게 채찍을 휘둘러 마차를 출발시켰다.

3. 네빌 세인트클레어의 실종

마차는 빠른 속력으로 달렸다. 음산한 어퍼스완덤 골목을 벗어나자 길이 넓어지는가 싶더니 어느새 마차는 난간이 있는 넓은 다리를 건너 런던 시내를 벗어나고 있었다. 어디선가 파티를 여는지 사람들의 노랫소리가 들려왔다. 두껍게 끼어 있는 구름 사이로 간간이 별이 반짝일 뿐 주위에는 그 어떤 불빛도 보이지 않았다. 그때까지 홈즈는 아무 말도 하지 않았다. 그는 무슨 생각을 하는지 고개를 숙이고 마차만 몰았다. 나는 이 갑작스런 동행과 그가 맡았다는 사건, 그리고 지금 그가 무슨 생각을 하고 있는지 너무도 궁금했지만 차마 물어볼 수가 없었다. 그건 오랫동안 홈즈와 함께 사건 현장을 돌아다니면서 얻은 내 경험의 결과였다. 묻는다고 해서 추리를 멈

추고 친절하게 대답해줄 홈즈가 아니라는 걸 잘 알고 있기 때문이었다. 그렇다고 그가 내 존재를 아주 잊고 있는 것은 아니었다. 생각이 정리되면 묻지 않아도 자세히 얘기해주는 홈즈였다. 따라서 지금의 나로서는 기다리는 것만이 할 수 있는 최선이었다.

얼마나 달렸을까? 주변에 불빛이 보이기 시작했다. 마차가 교외의 별장 지대로 접어들고 있었던 것이다. 그때 갑자기 홈즈가 고개를 들더니 좌우로 흔들었다. 그리고는 파이프에 불을 붙였다. 생각의 결론이 난 듯했다.

"왓슨, 자네가 얼마나 멋진 동료인 줄 아나? 자네는 침묵의 소중함을 아는 사람이거든. 게다가 내 생각이라는 게 온통 사건에 관한 것이어서 그다지 즐겁지도 않고, 때때로 끔찍하기조차 하지. 그런데 그런 것까지도 마음 놓고 털어놓을 수 있는 동료가 있다니 얼마나 커다란 축복인가!"

"그렇게 생각해주니 고맙군."

"오히려 내가 고맙네. 사실 오늘 밤 내가 오기만을 기다리고 있을 가엾은 부인에게 뭐라고 해야 할지 생각하고 있었거든. 아무튼 자네를 심심하게 한 것 같군."

"가엾은 부인이라면 사라졌다는 세인트클레어 씨의 부인을 말하는 건가?"

"그래. 이 사건은 얼핏 보면 지극히 단순한 실종 사건인데 수사는 아무런 진척 없이 제자리걸음만 하고 있네. 몇 가지 단서가 있기는 한데 이것들을 한데 꿰맞추기가 여간 어려운 게 아니야. 세인트클레어 씨가 아까 그 아편 소굴에서 증발해버린 것은 분명한데……, 음. 이번 사건이 아니더라도 그곳은 수상하기 짝이 없는 곳이야."

"처음부터 차근차근 얘기해줄 수 없겠나?"

"아, 미안하네. 자네가 아직 이 사건에 대해 자세히 모른다는 걸 잊었군. 그래, 운이 좋으면 자네가 사건의 실마리를 풀지도 모르지."

홈즈는 빙그레 웃으며 말을 이었다.

"사건 자체는 간단해. 하지만 먼저 네빌 세인트클레어라는 사람에 대한 설명이 있어야겠지. 그는 서른일곱 살로 4년 전, 그러니까 1884년 5월에 리 시로 이사를 왔네. 돈이 많았는지 저택을 구입해서는 근사한 정원을 꾸미고 파티도 하면서 여유로운 생활을 했다더군. 1887년에 양조업자의 아름다운 딸과 결혼했고, 지금은 두 아이까지 두고 있어. 그는 특정한 직업이 있는 것은 아니었지만

몇몇 회사에 관여하고 있어서 아침마다 시내로 갔다가 캐논 가에서 출발하는 5시 14분 기차로 매일 같은 시간에 귀가했다더군. 듣기로는 성격이 매우 좋았던 것 같아. 내가 조사한 바로는 그를 아는 사람치고 그를 칭찬하지 않는 사람이 없었거든. 좋은 남편에 자상한 아버지였고, 선량한 이웃이기까지 했던 거지."

"그런 사람이 뭐가 아쉬워서 아편을 했을까? 실제로는 재정이 안 좋았던 걸까?"

"그건 아니네. 부채가 있기는 하지만 고작 88파운드 10실링이거든. 캐피탈 앤 카운티스 은행에 예금하고 있는 돈이 220파운드에 달하는 것으로 봐서는 큰 문제가 되는 금액은 아니지. 결국 돈 문제라고는 볼 수 없어. 그리고 나는 그가 아편을 했다고는 하지 않았네."

"그가 사라진 곳이 '골드 바'라고 하지 않았나? 멀쩡한 사람이 그런 곳에는 왜 간단 말인가?"

"아직 그 이유까지는 알아내지 못했지만 아편을 한 건 아니야. 아무튼 그가 사라진 건 지난 월요일이었네. 그날 아침까지만 해도 평소와 다름없었지. 이른 아침을 먹고 런던 시내로 간다며 집을 나섰어. 부인에게는 처리해야 할 중요한 일이 있다고 했다더군. 그리고 돌아올 때 장난감 블록을 사다 주겠다고 아이들과 약속을 했어. 그런데 그가 나가자마자 부인 앞으로 전보가 배달되었다네. 부인이 기다리고 있던 짐이 애버딘 기선회사에 보관되어 있으니 찾아가라는 내용이었어. 부인은 점심 식사 후에 부랴부랴 런던으로 갔지. 먼저 시내에서 일용품을 샀고, 그 다음 기선회사가 있는 프레노스가로 갔네."

"프레노스가라고 했나?"

나는 깜짝 놀라서 되물었다.

"자네도 눈치 챈 것 같군. 그래, 프레노스가는 문제의 '골드 바'가 있는 어퍼 스완담 골목과 연결되어 있지. 사건은 바로 거기에서부터 시작되었네."

4. 창틀의 핏자국

홈즈의 말은 잠시 끊겼다가 이어졌다.

"짐을 찾은 세인트클레어 부인은 기차 시간이 빠듯했기 때문에 위험하다는 것을 알면서도 어퍼 스완담 골목을 가로질러 갈 수밖에 없었다네. 그때가 4시 30분이었다더군. 자네도 기억하고 있겠지만 지난 월요일은 굉장히 무더운 날이었어. 그래서 무거운 짐까지 들고 그 거리를 지나가기가 부인에게는 여간 버거운 게 아니었지. 물론 그 무시무시한 거리를 한시라도 빨리 벗어나고 싶기도 했을 거야. 아무튼 그녀는 부지런히 걸으면서 혹시 지나가는 마차가 있지 않은지 주의 깊게 살폈다네. 그러다 문득 고개를 들어 어떤 건물의 2층을 보았지."

나는 긴장해서 침을 꿀꺽 삼켰다.

"그런데 그녀가 본 것은 바로 자신의 남편, 세인트클레어 씨였네. 그가 거기 있다는 것도 놀라웠지만 정작 부인을 놀라게 한 것은 그의 창백한 얼굴이었지. 그녀의 말에 따르면 그는 완전히 겁에 질려서는 뭐라고 소리를 지르며 자신을 향해 손짓을 했다더군. 그녀는 너무 놀라서 소리도 못 지르고 자리에 우뚝 서고 말았어. 그런데 다음 순간 남편이 창에서 사라져버렸던 거네. 마치 누군가가 뒤에서 억센 힘으로 잡아당긴 것처럼 말이야. 그런데 여자들이란 탐정 못지않게 예민한 구석이 있더군. 특히 급박한 순간에 발휘되곤 하는데 세인트클레어 부인도 예외는 아니었어."

"그건 또 무슨 말인가?"

"남편을 아주 잠깐 본 것인데도 그의 옷차림을 분명하게 기억하고 있더군."

"옷차림이라니, 뭔가 이상한 점이라도 있었나?"

"그게 말이야, 셔츠도 넥타이도 없이 검은색 겉옷만 입고 있었다는 거야. 집을 나설 때의 점잖은 신사의 모습이 아니라 마치 미친 사람 같았다고 하더군. 아무튼 부인은 남편에게 무언가 좋지 않은 일이 벌어졌다는 걸 직감하고는 그 건물로 뛰어 들어갔다네."

"용감한 부인이군."

"그렇지. 하지만 그녀는 2층은 고사하고 계단을 오르지

도 못했지. 문을 열고 들어가자마자 불량배인 듯한 사람들에 의해 밖으로 쫓겨나고 말았거든."

"도대체 그곳이 어디기에 불량배가 현관을 지킨단 말인가?"

"그녀가 남편을 본 곳은 아까 우리가 만난 아편 소굴이 있는 건물이었다네."

"아!"

나는 그제야 지금껏 했던 홈즈의 이야기가 제자리를 찾아간 듯했다.

"그녀를 내쫓은 건 아까 내게 이를 갈고 있다는 인도인이었고, 나머지 하나는 그의 조수인 덴마크인이었지."

"저런, 큰일날 뻔했군. 그런 곳에 여자 혼자 몸으로 들어가다니……. 차라리 경찰에 신고했으면 좋았을걸."

"부인도 그렇게 생각했네. 걷잡을 수 없는 의혹과 두려움에 쌓였지만 혼자서는 해결할 수 없다는 걸 부인도 알았던 거지. 그녀는 도움을 청하기 위해 미친 듯이 거리를 뛰어갔어. 그리고 프레노스가 입구에서 마침 순찰을 하고 있던 경찰을 만났다네. 부인은 자초지종을 설명하고 도움을 청했고, 곧바로 경위 한 명, 경관 두 명과 함께 문제의 장소로 돌아왔지."

"다행이군."

"아니."

홈즈는 가볍게 머리를 좌우로 흔들며 단호하게 말했다.

"그게 그렇지가 않았어. 먼저 집주인이나 그 부하들의 저항이 만만치가 않았던 거지. 덕분에 시간이 많이 지체된 후 가까스로 경찰의 도움으로 2층에 올라갔지만 세인트클레어 씨의 모습은 이미 어디에도 없었어. 그곳에는 아무렇게나 뒹굴고 있는 쓰레기들과 추하게 생긴 앉은뱅이만 있었던 거야. 그 앉은뱅이는 자신은 오래전부터 그 건물 2층에 세 들어 살았고, 오늘은 오후 내내 집주인인 인도인 말고는 아무도 본 적이 없다면서 경찰의 방문에 거칠게 항의했다는군. 상황이 그쯤 되니 경찰도 사람을 잘못 본 것은 아니냐고 부인에게 되물을 수밖에 없었네. 하지만 부인도 물러서지 않았어. 경찰들에게 자신이 본 것은 분명하다면서 집을 수색해달라고 설득했지. 그런데 바로 그 순간 부인의 눈에 들어온 것이 있었어. 그녀는 소리를 지르며 탁자를 향해 미친 듯이 뛰어갔지. 그 위에는 전나무로 만든 작은 상자가 있었는데, 그 속에 남편이 사오겠다고 약속한 장난감 블록이 들어있었던 거야. 부인이 장난감 블록을 들고 울부짖자 여태껏 큰소리로 항의하던 자들의 얼굴에 당황하는 빛이 역력했네. 경찰들도 그제야 사건이 단순하지 않다는 것을 깨달았고, 2층 전체를 샅샅이 조사하기 시작했어.

가구라고 해야 몇 개 안 되는 싸구려가 전부인 2층 거실에는 각 방으로 가는 통로가 붙어 있었는데, 그 통로 끝 눈에 잘 띄지 않는 곳에서 다른 방보다 작은 침실 하나를 발견했다네. 그 침실 안쪽에는 커튼이 있었고 그 뒤에 침대가 놓여 있었는데, 침대머리가 창문을 향해 있었지."

"특이한 가구 배치로군."

"특이한 건 그것뿐이 아니었다네. 그 창문은 부두의 끝과 거의 맞닿아 있었어. 그 사이에는 좁은 틈이 있었는데 평소에는 바닥이 드러나지만 만조만 되면 깊이가 1미터 30센티미터나 될 정도로 물이 들어온다고 하더군. 그런데 그 방에서 아주 중요한 단서가 발견되었다네."

"단서?"

"바로 그 방 여기저기에서 핏자국이 발견된 거야."

"그럴 수가……."

"핏자국은 창틀에도 있었고 바닥에도 있었네. 그리고 더 놀라운 것은 그 방에서 세인트클레어 씨의 옷가지며 소지품들이 쏟아져 나온 거야. 부츠, 양말, 모자, 시계, 셔츠, 넥타이……, 아침에 그가 하고 나갔던 모든 것이 바로 거기에 있었던 거네. 단, 겉옷만 빼고 말이야. 핏자국을 발견한 경찰은 눈에 불을 켜고 수색을 했지. 하지만 끝내 세인트클레어 씨를 찾을 수는 없었네."

"잠깐 사이에 어디로 사라진 건가?"

"세인트클레어 씨가 그 집을 나갔다면 그 창을 통해서였을 거야. 다른 통로는 없었으니 말일세. 그런데 창틀에 묻어 있는 핏자국을 보아서는 그가 스스로 도망간 것이라고 생각하기에는 무리가 있네. 왜냐하면 그 시간은 만조였거든. 상처 입은 몸으로 헤엄을 치려 했다는 건 상식적으로 이해되지 않아."

"그렇다면……."

"자네가 상상한 대로겠지."

나는 놀라서 입을 다물지 못했다. 그리고 이 기막힌 상황에 화가 나기 시작했다.

"벌건 대낮에 사람을 죽이다니……, 도대체 어떤 놈들인가?"

"한마디로 악당이지. 특히 주인인 인도인의 전력은 화려하기가 타의 추정을 불허할 걸세. 하지만 그자가 직접 범행을 저질렀다고 보기는 어렵네."

"그건 왠가?"

"부인이 창가에 서 있는 남편을 마지막으로 본 후 건물로 뛰어 들어가기까지는 불과 몇 초밖에 걸리지 않았어. 그런데 2층도 아닌 건물 입구에서 그녀를 제지한 것이 바로 그 인도인이었거든. 그러니 그가 직접 세인트클레어 씨에게 어떤 위해를 가할 수는 없었지. 실제로 그는 자기는 아무것도 모른다고 딱 잡아떼고 있어. 휴 분이 뭘 했는지도 모르고 관심도 없다는 거야. 자기는 그저 세를 주었을 뿐이라고 하더군. 하지만 그 말이 사실이든 아니든 이 사건과 무관하다고 볼 수는 없을 거네. 기껏해야 방조범이겠지만 말이야."

"휴 분? 그건 또 누군가?"

"그건 2층에 세 들어 산다던 그 앉은뱅이의 이름이라네."

나는 말없이 고개를 끄덕였다.

"아무래도 제일 의심이 가는 건 그자야. 줄곧 2층에 있었으니까 말일세. 세인트클레어 씨를 마지막으로 본 것은 분명히 그자일 거야. 아, 그래! 자네도 한번쯤 그자를 본 적이 있을지도 모르겠군."

"내가?"

홈즈는 내 놀라는 모습을 재미있다는 듯이 쳐다보았다.

5. 수상한 앉은뱅이

"휴 분이라고 하는 자는 겉으로는 성냥 행상을 하고 있지만 사실은 걸인이라네. 게다가 한번 보면 절대로 잊기 어려울 만큼 얼굴이 흉해서 이름까지는 모른다 해도 얼굴을 모르는 사람은 런던에 거의 없을 거야."

"흉한 얼굴의 거지……? 그럼 혹시 은행이 몰려 있는 스레드니들가에 있는 자 말인가?"

"왜 아니겠나?"

홈즈는 그럴 줄 알았다는 듯이 고개를 끄덕이더니 말을 이었다.

"그자는 하루도 빠짐없이 무릎에 몇 개도 안 되는 알량한 성냥을 올려놓고 거리 모퉁이에 앉아 있다네. 성냥은 경찰의 단속을 피하려는 눈속임일 뿐 하루 종일 그가 하는 일이라고는 가련한 표정과 비참한 몰골로 앉아 있는 것이지. 그런데 사람들은 그 앞에 놓인 모자에 동전 던져주는 것을 마다하지 않더군. 언젠가 한번은 호기심 때문에 그자를 유심히 관찰한 적이 있는데, 아주 잠깐 사이에 모자가 동전으로 가득 찼다네. 남의 이목만 두렵지 않다면 그만한 직업도 없을걸."

홈즈는 스스로도 자신의 말이 우스운지 코웃음을 치며 키득댔다.

"하기는……. 나도 전에 그자를 본 적이 있는데, 그 몰골을 보면 동정하지 않을 수가 없겠더군."

"그래. 태어나서 한 번도 빗지 않았을 것 같은 그 부스스한 오렌지색 머리하며 화상으로 끔찍하게 일그러진 볼과 끝이 말려 올라가서 한쪽으로 심하게 비뚤어진 입술을 보면서 가련한 생각이 들지 않는다면 오히려 이상할 거네. 어디 그뿐인가? 그자는 앉은뱅이란 말이네. 그런 얼굴과 그런 몸으로는 정상적인 직업을 얻기가 어려울 거야. 그러니 사람들의 동정이 쏟아지는 것도 무리는 아니지. 게다가 그를 다른 걸인들에 비해 단연코 돋보이게 하는 건 불도그처럼 여러 겹으로 처진 턱과 날카로워 보이는 검은 눈동자, 그리고 그 어떤 조롱도 척척 받아내는 재치라네."

“홈즈, 하지만 자네 말처럼 그자는 불구가 아닌가? 그런 자가 어떻게 세인트클레어 씨를 해칠 수 있었겠나?”

나는 휴 분이 세인트클레어 씨를 마지막으로 보았을 거라는 홈즈의 생각이 아주 틀렸다고는 생각하지 않았지만, 그가 범인일 수 있다는 생각에는 찬성할 수 없었다. 건강상 아무런 문제가 없는 서른일곱 살 건장한 사내가 몸 하나 가누기도 어려운 불구에게 당했다는 것은 아무래도 납득이 되지 않았던 것이다.

"왓슨, 자네도 잘 알겠지만 팔이나 다리가 부자유스러운 사람은 그 외의 다른 부분이 특별히 강해진다네. 게다가 분, 그자는 앉은뱅이라고는 하지만 다리를 절 뿐, 걸어 다니는 데는 그다지 지장이 없어. 기운도 제법 있을 만한 건장한 몸집이고 말이야. 다리가 약한 대신 완력만큼은 누구에게도 지지 않는다면 남자 하나쯤 어떻게 하는 게 그렇게 어려운 일은 아니지 않겠나?"

생각을 모처럼 말한 나로서는 맥이 빠졌다.

"그래, 그 다음은 어떻게 됐나?"

"그 후에 작은 소동이 있었지. 창틀에 묻은 피를 본 세인트클레어 부인이 너무 놀라서 기절해버린 거라네. 경찰은 그녀를 마차에 태워 집으로 돌려보내느라고 정신이 없었어. 그 때문에 아주 중요한 실수를 하고 말았다네. 바로 휴 분과 인도인을 내버려둔 거야. 아주 잠깐이었지만 부인에게 정신을 빼앗긴 경찰들의 눈을 피해 그들은 얘기를 나눌 수가 있었던 거지. 어쨌든 나중에 모두를 체포해서 조사는 했지만 혐의를 입증할 만한 증거는 끝내 찾지 못했고, 결국 분을 제외한 다른 자들은 모두 풀려나고 말았다네."

"경찰도 그자를 제일 수상하게 생각했던 모양이로군."

"그럴 수밖에 없었지. 그자의 셔츠 소맷부리에 피가 묻어 있었거든."

"그거라면 범인이라는 확실한 증거 아닌가?"

"그게 그렇지가 않아. 그자는 그 피가 자신의 손가락 상처에서 나온 거라고 했거든. 실제로 그의 약손가락 손톱 근처에 제법 큰 상처가 있었어. 또 창틀의 핏자국도 자신이 밖을 내다보느라고 손을 짚었을 때 생긴 거라고 우겨댔지."

"하지만 그자의 집에서 세인트클레어 씨의 옷이나 소지품이 나오지 않았나?"

"놈은 그것도 자신은 모르는 일이라고 했다네. 또 세인트클레어라는 사람은 알지도 못하고 보지도 못했다고 주장한 거야. 심지어 그자는 부인에 대해서 정신이상이 아니냐고 되묻기까지 했다더군. 경찰로서는 그자의 뛰어난 말솜씨를 당해낼 재간이 없었어. 경찰서로 끌려가면서도 내내 소리 지르고 발버둥치고, 아무튼 대단한 소동이었다고 하더군."

홈즈가 혀를 찼다.

"하여간 녀석이 결찰서로 연행된 뒤에도 이번 수사의 책임자인 바튼 경위는 남아서 조사를 계속했네. 바닷물이 어느새 썰물로 바뀌어 있었기 때문에 새로운 단서가 나타나지 않을까 해서 말이야."

"새로운 단서라면 세인트클레어 씨의 시체 말인가?"

"뭐, 딱히 그걸 바란 것은 아니었지만……, 어쨌든 수확은 있었어."

나는 눈을 크게 뜨고 홈즈의 말에 귀를 기울였다.

"마침내 물이 다 빠져 바닥이 보이자 경위가 옷 하나를 발견한 거야. 바로 세인트클레어 씨가 입고 있었던 겉옷이었어. 어째서 세인트클레어 씨에게서 벗겨진 것인지는 확실히 알 수 없지만 비교적 온전한 상태였다네."

"그거 이상하군. 어떻게 썰물에 휩쓸려 떠내려가지 않을 수 있었을까?"

"그 이유는 주머니에 있었다네."

나는 숨을 죽이고 홈즈의 다음 말을 기다렸다.

"모든 주머니에 1페니와 반 페니짜리 동전이 가득 들어 있었던 거야. 나중에 꺼내서 세어보니 1페니짜리 동전이 무려 421개였고, 반 페니짜리 동전도 270개나 되었다더군. 덕분에 겉옷은 조수에 떠내려가지 않고 물속에 가라앉아 있었던 거지."

"그럼 세인트클레어 씨는 어떻게 된 건가?"

"부두와 그 집 사이의 좁은 틈에는 밀물 때면 심한 소용돌이가 생긴다네. 그렇기 때문에 만약에 그자가 세인트클레어 씨를 창밖으로 던져버렸다면 틀림없이 그 소용돌이에 휩

쓸렸을 거고, 끝내는 물길을 따라 강으로 떠내려갔을 거야. 하지만 동전이 든 옷은 사람의 몸보다는 상대적으로 물에 닿는 면적이 작고 무겁기 때문에 바로 바닥에 가라앉았지."

"하지만 어째서 겉옷만 물속에서 발견된 걸까? 다른 옷들은 방에서 발견되었다고 하지 않았나?"

"음, 확실한 건 좀 더 알아봐야 하겠지만 추측을 해보자면 이렇다네. 세인트클레어 씨가 창밖으로 던져지기 전에 무슨 이유에서인지 이미 옷을 벗고 있었을 거야. 때문에 휴 분은 세인트클레어 씨를 처리한 후 그의 옷을 치워야만 했네. 증거가 될 테니 말이야. 일단 창밖으로 던지려고 했지만 물 위에 둥둥 떠다닐 거라는 데 생각이 미쳤겠지. 그런데 마침 아래층에서 세인트클레어 부인이 2층으로 오기 위해 옥신각신하는 소리가 들렸던 거야. 조금 후에는 경찰이 들이닥쳤고 말이야. 그에게는 시간이 없었어. 옷을 가라앉히기 위해서는 무언가 무거운 것이 필요했지만 눈에 들어오는 것이 없었지. 결국 그가 선택한 것은 그동안 힘들게 구걸해서 모아두었던 동전이었네. 그는 먼저 겉옷 주머니에 동전을 넣고 물에 던졌어. 다른 것들도 그렇게 하려

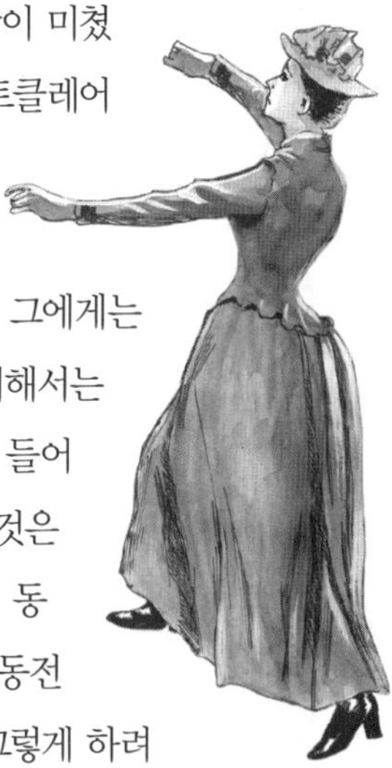

고 했겠지. 하지만 경찰이 너무 빨리 도착하고 말았네. 그는 겨우 창문을 닫고 남은 옷가지들을 커튼 뒤에 숨기는 것밖에 할 수 없었던 거야."

홈즈는 잠시 숨을 고른 후 계속 말했다.

"하지만 이건 어디까지나 가설일 뿐이네. 분은 오래전부터 거지 노릇을 하고 있었지만 나쁜 짓을 저지른 적 없이 비교적 조용하게 살아온 모양이야. 아무튼 현재까지는 그렇다네. 도대체 세인트클레어 씨가 아편 소굴에는 왜 간 것인지, 거기서 무슨 일을 당했는지, 과연 살해된 것인지, 그리고 휴 분과는 어떤 관계인지, 이 모두가 우리가 해결해야 하는 문제라네. 하지만 해답은 오리무중이야. 그래서 아편 소굴에 숨어들어 조사를 해보는 수밖에 없었던 거네."

홈즈는 길게 한숨을 내쉬었다. 내 친구의 얼굴이 심각하게 굳어 있었기 때문에 나는 더 이상 묻지 않았다.

홈즈가 길고도 기이한 이야기를 서서히 풀어놓는 동안에도 마차는 쉬지 않고 어둠을 뚫고 있었다. 울퉁불퉁한 시골길을 지났고 한적한 들판을 달렸다. 그리고 마차는 이제 어느 작은 마을로 들어서고 있었다.

"왓슨, 잠깐 사이에 우리는 세 개의 주를 거쳐 왔다네. 미들섹스 주에서 출발해 서레이 변두리를 지나고 여기 켄트주까지 온 거야. 한밤의 여정치고 대단하지 않나? 아, 저기

불빛이 보이지? 저게 시다스 저택이야. 그나저나 좀 난처한 걸. 분명히 세인트클레어 부인이 잠도 자지 않고 나를 기다리고 있을 텐데……."

"그런데 자네는 왜 여기에 묵고 있는 건가? 그럴 필요까지 있는지 모르겠군."

"이곳에서도 조사가 필요했거든. 내가 조사하겠다고 하니까 부인이 두말 않고 방 두 개를 내주었다네. 자네가 지내기에도 불편하지 않을 거야."

홈즈는 어둠 속에 커다란 형체를 드러낸 저택 앞에 조용히 마차를 세웠다. 그러자 마구간에서 한 소년이 달려와 홈즈에게서 말고삐를 건네받았다. 우리는 마차에서 내려 자갈이 깔린 마당을 가로질러 현관을 향해 걸었다. 집 앞에 거의 다다랐을 무렵 문이 활짝 열리며 작은 키의 금발 여인이 모습을 드러냈다. 목과 소매에 시폰으로 단을 댄 모슬린 드레스를 입은 그녀는 무언가를 찾는 듯한 간절한 눈빛이었다. 한눈에도 세인트클레어 부인임을 짐작할 수 있었다.

"다녀오셨군요, 홈즈 선생님. 나가셨던 일은 잘되셨나요?"

그녀의 목소리는 다급했고 들떠 있었다. 그러나 홈즈가 대답 대신 고개를 가로젓는 것을 보고는 실망의 빛을 감추지 못했다.

"아무……, 아무 소식도 없나요?"

"실망시켜 드려서 매우 죄송합니다. 아직까지 아무런 소식도 없군요. 하지만 부인, 그 대신 아주 믿음직스러운 분을 모셔왔습니다. 이쪽은 왓슨 박사로 여러 사건에서 제게 큰 도움을 준 훌륭한 제 동료입니다. 이번에도 많은 도움이 될 겁니다."

"정말 잘 오셨습니다. 왓슨 박사님. 경황이 없어서 손님 대접이 소홀하더라도 이해해 주세요."

부인은 매우 반가워하며 내게 악수를 청했다.

"오히려 갑자기 찾아와서 폐가 되는 건 아닌지 모르겠습니다."

그러자 그녀는 부드럽게 웃으며 문을 활짝 열어 우리를 안으로 맞아들였다.

6. 저승에서 온 편지

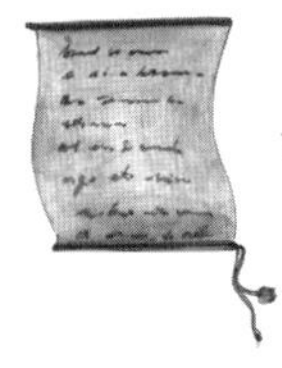

세인트클레어 부인은 우리를 식탁이 있는 방으로 안내했다. 식탁 위에는 차갑게 식힌 요리가 차려져 있었는데, 매우 정성이 깃든 것들이었고 맛도 좋았다. 부인이 얼마나 신경을 쓴 식탁인지 알 수 있었다.

"부인, 좋은 소식도 없지만 그렇다고 나쁜 소식이 있는 것도 아니니 그리 낙담하지 마십시오."

홈즈가 이렇게 말하자 부인은 고개를 끄덕였다.

"네, 실망하지 않아요. 무엇보다도 이렇게 홈즈 선생님께서 도와주시고 계시니까요. 하지만 선생님 고생이 이마저만 한 게 아니군요."

그녀는 진심으로 미안해했다.

"그러실 필요 없습니다. 저야 이것이 직업이니까요."

홈즈는 천천히 홍차를 마셨다.

"홈즈 선생님."

세인트클레어 부인은 잠시 망설이는 듯했다.

"몇 가지 묻고 싶은 게 있는데……, 분명히 말씀드리지만 결과가 어떻든 절대로 당황하지 않겠어요. 그러니 꼭 사실대로 대답해주세요."

홈즈는 대답 대신 그녀를 빤히 쳐다보았다.

"지난번처럼 쓰러지거나 하는 일은 없을 거예요."

"알겠습니다, 부인."

그녀는 심호흡을 하고 마침내 결심한 듯 입을 열었다.

"그이가 아직 살아 있을까요?"

순간 홈즈의 얼굴에 곤혹스러운 표정이 스쳤다. 부인 역시 그 표정을 본 듯했다. 들릴락말락 한 탄식이 그녀의 입에서 새어나왔다. 홈즈는 식탁에서 일어나 고리버들로 만든 의자로 몸을 옮겼다. 그는 의자 깊숙이 등을 기댔다.

"선생님의 솔직한 대답을 듣고 싶습니다."

그녀는 의외로 침착했다.

"솔직히 말씀드리자면……."

"그이는 죽은 건가요?"

내 친구가 대답도 하기 전에 이미 부인의 얼굴은 창백하다 못해 파랗게 변해 있었다. 대답을 짐작하고 있는 듯했다.

"현재까지의 정황으로는……, 바로 그렇습니다만 확실한 것은 아닙니다."

부인은 잠시 눈을 감았다 떴다. 몸을 가누기 어려운 것처럼 보였다. 그러나 그녀는 이내 침착을 되찾고 다시 질문을 했다.

"그럼 살해당한 걸로 보시는 건가요?"

부인은 뚫어지도록 홈즈를 쳐다보았다.

"조사가 더 필요하지만 그럴 가능성이 높습니다."

"살해되었다면 언제쯤이었을까요?"

"월요일일 겁니다. 부인께서 어퍼 스완덤 골목의 그 아편 소굴에서 부군의 모습을 보신 바로 그날이지요."

"월요일요?"

그녀의 목소리 톤이 높아졌다. 남편이 죽었을지도 모른다는 말을 들었을 때보다 더 놀라는 것 같았다.

"홈즈 선생님, 그이가 살아 있을 때 편지를 보냈다면 오늘에야 도착할 리는 없겠지요?"

"그렇습니다. 화요일이나 늦어도 수요일에는 도착했을 겁니다. 보통 하루 이틀이면 도착하니까요."

"그럼 이게 어떻게 된 일일까요? 저승에서 편지를 보냈을 리도 없고……."

"편지라고 하셨습니까?"

"네, 오늘 그이가 쓴 편지가 배달되었어요."

"뭐라고요?"

홈즈는 감전이라도 된 것처럼 자리에서 몸을 벌떡 일으켰다.

"선생님, 오늘은 금요일이에요. 그이가 정말 월요일에 죽었다면 편지가 어떻게 오늘 올 수 있겠어요. 그이는 죽지 않은 게 틀림없어요."

"음, 어디 한번 보여주시겠습니까?"

"이거예요. 오후에 집배원이 가져왔지요."

부인은 한결 편안해진 표정으로 한 통의 편지를 홈즈에게 건네주었다. 홈즈는 편지를 등불이 놓여 있던 탁자 위에 펼쳐놓고 자세히 들여다보기 시작했다. 나도 홈즈의 등 너머로 편지를 살펴보았다.

편지 봉투는 흔히 볼 수 있는 싸구려로 좀 구겨졌지만 소인을 알아보지 못할 정도는 아니었다. 어퍼 스완덤 골목 근처인 그레이브센드 소인이 찍혀 있었다. 그런데 소인의 날짜가 바로 오늘이었다.

"부인, 이 봉투에 주소를 쓴 글씨체가 부군이신 세인트클레어 씨의 것이 맞습니까?"

봉투에는 매우 거친 필체로 이 저택의 주소와 부인의 이름이 적혀 있었다.

"아니에요. 하지만 안의 편지는 분명히 남편이 쓴 거예요."

부인은 조금 전 남편이 죽었을지도 모른다는 이야기를 들었을 때와는 달리 생기가 있었다.

"봉투를 쓴 사람이 누군지는 모르겠지만 이 댁 주소를 몰랐던 모양이군요."

"그걸 어떻게 아시지요?"

부인이 고개를 갸웃거리며 물었다.

"이것 보십시오. 주소는 글자색이 희미하지요? 이건 압지를 사용해서 번지는 것을 방지했다는 증거지요. 그런데 이름 부분은 잉크 색깔이 진합니다. 그대로 말랐던 거지요. 만약에 이름과 주소를 단번에 쓰고 압지로 눌렀다면 이름만 진하게 될 리 없습니다. 모두 회색이어야 하겠지요. 따라서 이 겉봉을 쓴 사람은 먼저 당신의 이름을 쓴 후에 주소를 다른 사람에게 묻거나 조사를 해서 나중에 적어 넣은 겁니다."

"그렇겠군요. 하지만 그게 중요한 건 아니지 않나요?"

"아무리 사소한 것이라도 사건을 푸는 중요한 실마리가 될 수 있습니다. 어느 것 하나 소홀하게 봐서는 안 되지요. 아무튼 이번에는 편지를 한번 볼까요?"

"편지에 그이의 반지 인장이 찍혀 있어요. 남편이 보낸 게 틀림없어요."

"남편의 글씨라고 확신하십니까?"

"물론이에요. 그이의 필체 중 하나가 분명해요."

"필체 중 하나라니요? 부군의 필체가 여러 개라는 말씀이십니까?"

"네, 그 글씨는 남편이 몹시 서두를 때 쓰는 필체지요. 평상시하고는 많이 틀리지만, 제가 잘 알고 있는, 의심할 바 없는 그이의 필체예요."

홈즈는 편지를 유심히 살펴봤다. 내용은 간단했다.

사랑하는 당신.

아주 이상한 사건에 말려들었지만, 아무것도 걱정할 필요 없소. 일이 이렇게까지 된 건 내 실수지만 말이오. 아무튼 시간이 좀 걸리겠구려. 참고 기다려 주시오.

— 네빌

"급하긴 했던 것 같군요. 편지지도 아닌 8절지 공책에다 쓴 것을 보면 말입니다. 더구나 급하게 뜯어낸 흔적이 역력하네요. 음, 일단 물 묻은 자국은 없고……. 그런데 부인, 부군께서 씹는 담배를 즐기셨습니까?"

"아닙니다."

"그렇다면 편지를 우체통에 넣은 사람은 세인트클레어 씨가 아니로군요."

"네?"

"우체국에 간 자는 엄지손가락이 매우 더러운 자입니다. 틀림없이 씹는 담배를 즐기는 자일 겁니다."

"그건 어떻게 아나?"

내가 궁금함을 참지 못하고 물었다.

"봉투를 봉하기 위해 풀칠을 했는데, 그 주위에 지저분한 손자국이 남아 있거든."

홈즈는 빙그레 웃으며 대답해주었다. 그리고는 부인을 향해 날카로운 시선을 던졌다.

"부인, 혹시나 해서 다시 질문 드립니다만, 정말로 세인트 클레어 씨의 글씨가 확실한 겁니까?"

"남편의 글씨를 제가 잘못 볼 리가 없어요. 분명히 네빌, 그이의 글씨입니다. 맹세를 해도 좋아요."

"알겠습니다, 부인. 어쨌든 감이 좀 잡히는군요."

"홈즈 선생님, 그이는 살아 있는 게 분명하겠지요?"

부인은 잔뜩 기대에 차서 물었다.

"글쎄요, 아직 마음을 놓아도 된다고 말씀드릴 수가 없군요."

"아니, 왜요? 그이가 쓴 것이 분명하고 그이의 인장까지 찍혀 있잖아요. 그런데 뭐가 의심스러우신 건가요?"

그녀는 화가 난 사람처럼 강하게 대꾸했다.

"주소를 쓴 봉투의 글씨가 세인트클레어 씨의 것이 아니라는 것이 아무래도 마음에 걸리는군요. 세인트클레어 씨의 필체를 위조했을 수도 있는 데다가 세인트클레어 씨가 직접 쓴 것이 확실하다고 해도 사고를 당하기 전에 강요에 의해 써놓은 것일 수도 있으니까요. 그 경우 편지를 부친 사람은 범인이거나 공범일 겁니다. 이건 수사에 혼선을 빚기 위해 범인들이 흔히 사용하는 수법이지요."

홈즈의 표정은 어두웠다. 그때 부인이 두 손으로 얼굴을 가리며 외쳤다.

"오, 선생님은 제 희망을 무참하게 깨뜨리시는군요. 하지만 그이는 살아 있는 게 분명해요. 믿지 않으시겠지만 남편과 저는 감정적으로 연결되어 있습니다. 마치 쌍둥이들처럼 말이에요. 아무리 멀리 떨어져 있어도 무슨 일이 생기면 서로가 육감으로 알 수가 있어요. 지난 월요일에도 그랬어요. 그때 전 아래층에서 식사를 준비하고 있었는데 갑자기 불길한 예감이 들었지요. 그래서 곧바로 2층으로 뛰어 올라가 그이를 찾았는데,

아니나 다를까 그이가 면도칼에 손가락을 다쳤던 거예요. 홈즈 선생님, 그렇게 사소한 것도 민감하게 느낄 수 있는 제가 그이의 생사를 모른다는 것은 말이 되지 않습니다."

"여성들의 직감이 그 어떤 추리나 증거보다도 확실할 때가 있다는 건 저도 잘 알고 있습니다. 부인의 말씀대로 세인트클레어 씨께서 살아 계시다고 확실히 말씀드릴 수 있다면 저로서도 바랄 게 없겠습니다. 하지만 부인, 편지까지 보내시면서 어째서 집에는 돌아오시지 않는 걸까요? 부인께서 얼마나 걱정하실지 누구보다도 잘 알고 계실 텐데 말입니다."

"그거야 편지에 쓰여 있는 대로 무슨 일이 있으니까……."

부인은 풀이 죽어서 말끝을 흐렸다.

"뭐, 좋습니다. 그날 부군께서는 집을 나가시면서 별다른 말씀은 없으셨나요? 아니면 이상한 낌새라도……."

"아니요. 평소와 다름없었어요."

"이전에도 어퍼 스완덤 골목에 대해 말씀하시는 것을 들으신 적이 있으셨나요?"

"그런 불결한 거리에 대해서는 한 번도 들어본 적 없어요."

"혹시 부군께서 아편을 하셨습니까? 솔직하게 대답해주십시오."

"당치도 않은 말씀이세요. 그이는 누구보다도 성실한 사람입니다."

"알겠습니다. 그런데 그날 세인트글레어 씨를 마지막으로 보셨을 때 비명소리를 들었다고 하셨는데, 맞습니까?"

"네."

"부인을 부르는 소리였나요, 아니면 그냥 비명이었나요?"

"음, 글쎄요. 처음에는 그냥 흘려들어서 잘 모르겠어요. 하지만 그이는 저에게 손을 흔들고 있었어요. 저를 보고 소리를 지른 것이 분명해요."

"부인을 향해 손을 흔드셨단 말이지요."

"네."

그녀는 홈즈의 질문이 이해가 되지 않는 듯 어리둥절한 표정이었다.

"어떤 옷을 입고 계셨는지 다시 한 번 말씀해주시겠습니까?"

"셔츠와 넥타이도 없이 맨몸에 겉옷을 입고 있었어요."

"아침에 집을 나설 때 입으셨던 것이겠지요?"

"네."

"그런 후에 부군께서는 누군가에 의해 끌려가셨다고 하셨는데, 혹시 스스로 뒷걸음질을 치신 것일 수도 있지 않을까요? 아니면 누군가 뒤에 있는 것이라도 보셨습니까?"

"그런 건 아니에요. 하지만 갑자기 사라졌거든요. 뭐하러 그런 일을 하겠어요?"

"그러니까 부군 말고는 아무도 못 보셨단 말이지요?"

그녀는 힘없이 고개를 끄덕였다.

"선생님 말씀을 듣고 나니 제가 본 것이 확실한지 의심이 가는군요. 워낙 순식간에 벌어진 일이라……."

"한 가지 더 묻겠습니다. 부인, 2층으로 올라가셨을 때 누구를 보셨습니까?"

"그 무섭게 생긴 사람 말고는 아무도 없었어요. 인도인은 아래층에 있었고요."

그제야 홈즈는 옅은 미소를 지었다.

"이제 됐습니다. 제가 듣고 싶은 건 다 들은 셈이군요. 부인, 마음고생도 심하실 텐데 답변하시느라 고생하셨습니다. 이런, 밤이 너무 늦었군요. 오늘은 이만 쉬었으면 좋겠군요. 내일도 아주 바쁜 하루가 될 것 같으니까요. 그럼 안녕히 주무십시오. 왓슨, 가세."

홈즈는 부인을 그 자리에 그대로 둔 채 성큼성큼 식당을 나섰다.

홈즈가 묵고 있다는 침실은 두 사람이 누워도 넉넉한 2인용 침대가 있는 커다란 방이었다. 화려하지는 않았지만 가구며 소품이 안주인의 꼼꼼한 성격을 엿보게 했다. 나는 방으로 들어가자마자 침대에 누워버렸다. 오후 내내 환자에게 시달린 데다가 예기치 못한 이 한밤의 모험 때문에 몹시 고단했다. 그러나 홈즈는 윗옷과 조끼를 벗고 헐렁한 실내복을 입기는 했지만 침대에 눕기는커녕 책상 앞에 앉아 예의 날카로운 눈빛을 쏘아내고 있었다. 홈즈에게는 아직 풀리지 않는 의혹이 있는 것이 분명했다.

매번 느끼는 것이지만 사건 앞에서 셜록 홈즈라는 인간은 도무지 피곤이라는 것을 모르는 것 같았다. 미처 해결되지 않은 것이 있기라도 하면 그는 며칠이 걸릴지라도 쉬는 법이 없었다. 그때마다 그는 기계처럼 정확한 두뇌를 이용해 모은 자료의 순서를 바꿔가며 끊임없이 다양한 조합의 추리를 만들었다. 그런 일은 해답을 찾을 때까지 계속되었다. 그러다가 큰 병이 걸린 적도 있었지만, 그 이후에도 그의 태도는 조금도 고쳐지지 않았다. 말린다고 내 말을 들을 그도 아니었다. 그것은 이번에도 예외는 아닌 듯했다.

한동안 의자에 앉아 깊은 생각에 빠져 있던 홈즈는 벌떡 일어나 방 안을 돌아다니며 베개와 쿠션을 모아 바닥에 놓고 차곡차곡 쌓아 올렸다. 동양풍의 보료 모양이 되자 홈즈는 독한 잎담배 30그램과 성냥 한 갑을 앞에 갖다 놓고는 그 보료 위에 책상다리를 하고 올라앉았다. 그런 후 그는 천장을 무섭게 노려보기 시작했다. 방 안에서 움직이는 것이라고는 그가 피워대는 담배의 푸른 연기뿐이었다. 나는 그러

고 있는 홈즈를 바라보다가 나도 모르게 잠이 들고 말았다.

얼마나 잔 것일까? 나는 누군가 급하게 외치는 소리를 듣고 눈을 떴다. 어느새 창으로 눈부신 햇살이 들어오고 있었다. 눈을 비비고 홈즈를 찾았다. 그런데 그는 그때까지도 그 자세로 앉아 여전히 담배를 피우고 있었다. 방 안은 그가 피운 담배 냄새로 매캐했다.

"뭐야, 지금까지 그러고 있었던 건가?"

"그렇게 되었군. 기왕 눈을 떴으니 그만 일어나는 게 어떻겠나?"

"그러지."

그의 앞에 놓여 있던 담배는 모두 사라지고 없었다.

"자네, 그 많던 걸 다 피운 건 아니겠지?"

홈즈는 말없이 빙그레 웃었다. 나는 자리에서 일어나 창문을 열었다. 맑은 날이었다.

"자, 왓슨. 잠이 달아났으면 곧 떠날 차비를 하게."

해가 떠올라 있었지만 아직 5시도 되지 않은 이른 시간이었다. 우리는 서둘러 옷을 갈아입었다.

"이 집안 사람들은 아직 자고 있지만 마차를 꺼내는 것은 어렵지 않네. 마구간 아이의 방이 어딘지는 이미 알아놨거든."

홈즈는 기분이 매우 좋아 보였다. 두 눈은 광채로 빛나고 있었고, 입가에서는 웃음이 떠나지 않고 있었다. 사건의 실마리를 잡은 것이 분명했다.

"뭘 좀 알아낸 건가?"

"그렇다네. 이번 사건을 해결할 열쇠를 발견하기는 했지. 하지만 왓슨, 지금 내가 나를 얼마나 바보스럽다고 생각하는지 자네는 모를 걸세. 자네가 나를 채링 크로스까지 차버린다고 해도 할 말이 없어. 그래도 늦게나마 분별을 찾았으니 얼마나 다행인가!"

"무슨 뜻인가?"

"차차 알게 될 거야. 일단 준비가 됐으면 출발하기로 하세."

홈즈는 어느새 자신의 짐이 들어 있는 여행용 가방을 들고 있었다. 우리는 다른 사람들이 깨지 않도록 조심하며 밖으로 나왔다. 홈즈는 마구간에서 일하는 소년의 방으로 가 소년을 깨운 후 말을 준비시켰다. 소년은 졸린 눈을 비비면서도 군소리 없이 말과 마차를 준비했다. 홈즈는 소년에게 동전을 주고는 말고삐를 넘겨받았다.

저택의 울타리를 벗어난 마차는 맹렬하게 달리기 시작했다. 새벽에 런던을 향해 질주하는 마차는 농부들의 시선을 끌기에 충분했다. 오늘 하루의 장사를 위해 채소를 도시로 운반하는 짐마차를 제외하고는 우리의 길을 막는 것이 없었다.

"홈즈, 아까 열쇠를 찾았다고 했는데 어디서 뭘 찾았다는 건가?"

"열쇠는 욕실에 있었네."

"농담하지 말게."

내가 정색을 하고 말하자 홈즈는 큰소리로 웃었다.

"아니야, 정말 농담이 아니네. 물론 자네가 화내는 것도 이해는 되지만 말이야. 하지만 난 분명히 욕실에서 찾았고, 그것은 지금 내 가방 안에 있어. 그 열쇠가 맞는 것인지는 조금 있으면 밝혀질 거야."

"도대체 그 열쇠라는 게 뭔가?"

"목욕용 솔이라네."

나는 하도 어이가 없어서 대답하는 것도 잊었다. 그런 나를 보며 홈즈는 싱긋 웃었다.

마차의 맹렬한 속도는 마치 풍랑이 심한 바다에서 조각배를 타고 있는 것 같은 느낌을 가지게 했다. 마차는 시내로 접어들고 있었다. 우리는 어느덧 워털루 브리지 골목과 웰링턴가를 지나 보가를 향하고 있었다.

"벌써 도착했군. 우리의 목적지는 바로 저기라네."

홈즈가 가리키는 곳은 다름 아닌 경찰서였다. 마차는 경찰서 입구에 정확하게 정지했다. 무시무시한 기세로 달려온 마차가 경찰서 앞에 서자 문 밖에서 보초를 서고 있던 경찰들이 깜짝 놀라며 우리를 주시했다. 그들은 우리를 향해 다가오다가 주인공이 홈즈인 것을 알고는 공손하게 경례를 붙였다. 놀라운 일도 아니었다. 그만큼 홈즈는 경찰들 사이에서도 유명했던 것이다.

"홈즈 씨 아니십니까? 이렇게 이른 아침부터 웬일이십니까?"

홈즈는 마차에서 뛰어내리며 그들 중 한 명에게 말고삐를 건네주었다.

"급한 볼일이 있어서 말이야. 오늘 당직이 누군가?"

"브래드스트리트 경위님이십니다."

요란한 마차 소리를 들었는지 정복 차림의 경위 한 사람이 현관에 나타났다. 브래드스트리트 경위였다.

"안녕하셨소, 경위. 미안하지만 시간 좀 내주시겠소. 조용한 곳에서라면 더 좋겠군요."

"그럼 제 사무실로 가시지요."

우리는 경위를 따라 경찰서 안으로 들어갔다.

7. 두 얼굴의 사나이

경위의 사무실은 책상과 의자, 그리고 전화기 한 대가 전부인 작은 방이었다.

"홈즈 씨, 무엇을 도와드리면 되겠습니까?"

"휴 분이란 자를 만나고 싶소. 네빌 세인트클레어 씨 실종 사건 때문에 여기에 감금되어 있을 거요."

"그자라면 조사가 끝나지 않아서 아직 유치장에 있습니다. 직접 가서 보시겠습니까?"

"수고스러우시겠지만 부탁하오."

그는 선선히 우리를 유치장으로 안내했다. 우리는 긴 복도를 따라 걸었다.

"가방은 두고 오지 그러셨습니까?"

홈즈가 아직도 가방을 들고 있었던 것이다.

"아닙니다. 그나저나 그자가 말썽을 부리거나 하지는 않았소?"

"아니요, 잡혀올 때와는 달리 아주 얌전하게 지내고 있습니다. 하지만 지저분한 데는 질렸습니다."

"지저분하다고요?"

"끔찍할 정도지요. 아무리 사정을 해도 목욕은커녕 세수도 하지 않습니다. 겨우 손만 닦더군요. 어쨌든 조사만 끝나면 바로 목욕탕으로 보내버릴 겁니다."

경위는 떠올리는 것만으로도 기분이 좋지 않은지 인상을 찌푸렸다.

유치장은 지하실에 있었다. 열쇠로 철문을 열고 나선형 계단을 내려가자 하얗게 칠한 복도 양쪽으로 문들이 줄지어 있었다.

"홈즈 씨, 이 방입니다. 아직 자고 있군요."

경위는 오른쪽에서 세 번째 문 위의 판자를 열고 안을 들여다보다가 우리에게 양보했다. 휴 분은 얼굴을 문 쪽으로 향한 채 코를 골고 있었다. 숨소리로 보아 깊이 잠들어 있는 것이 분명했다. 체격은 보통이었는데 걸인이라는 직업에 걸맞게 다 떨어진 누더기를 입고 있었다.

경감의 말대로 그는 더럽기 짝이 없었다. 그래서인지 그의 얼굴은 더욱 추하게 보였다. 빗질이 불가능할 정도로 엉켜 있는 오렌지색 머리가 이마와 눈을 가리고 있었지만 그의 혐오스러운 용모는 감출 수 없었다. 더구나 윗입술이 삐뚜름하게 휘말려 올라가는 바람에 이빨 세 개가 고스란히 드러나 있었다. 마치 금방이라도 상대방을 물어뜯을 것같이 공격적으로 보였다.

"과연 짐작대로군."

안을 들여다보던 홈즈가 낮게 중얼거렸다.

"볼 만하지요?"

"그렇군요. 도구를 가져오길 잘한 것 같습니다."

홈즈는 들고 온 가방을 열어 무언가를 꺼냈다. 그것은 놀랍게도 커다란 목욕용 솔이었다.

"그게 뭡니까?"

"이걸로 저 녀석을 아주 멋쟁이로 만들어놓을 작정입니다."

"목욕이라도 시키실 요량이십니까?"

"왜 아닙니까?"

"홈즈 씨 취미도 별나군요."

홈즈는 뜻 깊은 미소를 지어 보였다.

"자, 이 문을 열어주시겠소. 녀석이 깨어나지 않게 조용히 말이오."

"기대되는군요. 하여간 잘 해보십시오."

경위는 비웃으면서도 조심스럽게 열쇠를 돌려 문을 열었다. 홈즈는 숨을 죽이고 그자에게 다가가더니 목욕용 솔에 주전자에 있던 물을 적신 후 그의 얼굴을 있는 힘껏 두어 번 문질렀다.

"앗! 무슨 짓이야!"

휴분은 소리를 지르며 벌떡 일어났다. 그는 두 손으로 얼굴을 감싸며 고개를 숙였다.

"자, 여러분, 네빌 세인트클레어 씨에게 인사하시지요."

홈즈는 큰소리로 외쳤다. 다음 순간 우리가 본 것은 나무껍질처럼 벗겨져 나간 얼굴 허물이었다. 그리고 마치 얼굴을 감싸고 있던 가면이 벗겨진 것처럼 흉터도 비뚤어진 입술도 없는 하얗고 말끔한 얼굴이 드러났다. 게다가 홈즈가 그의 머리를 잡아당기자 엉클어진 오렌지색 머리가 힘없이 달려 올라왔다. 그리고 그 자리에는 검고 단정한 머리가 나타났다.

휴 분은 잠시 어리둥절해하다가는 사태를 깨달았는지 소리를 지르며 베개에 얼굴을 파묻었다.

"하느님 맙소사!"

"대체 이게……."

나와 경위는 누가 먼저랄 것도 없이 신음 소리를 냈다.

"세인트클레어 씨, 연극은 이제 끝났습니다."

휴 분, 아니 세인트클레어는 모든 것을 체념한 듯 얼굴을 들었다. 그리고 오히려 큰소리를 치는 것이었다.

"내가 변장한 게 무슨 죄가 됩니까?"

"죄랄 것까지야 없겠지요. 하지만 거짓 사건을 만들어 공무집행을 방해한 것은 분명히 죄가 될 겁니다. 또 이 사실이 세상에 공개된다면……."

"안 됩니다!"

홈즈의 말이 채 끝나기도 전에 세인트클레어가 다급하게 외쳤다.

"어떤 벌이라도 달게 받겠습니다. 그러니 제발 공개한다

는 말씀만은 말아주십시오. 아내는 물론이고 아이들에게는 절대로 비밀로 해야 합니다."

"부인을 믿으셨다면 이렇게까지는 되지 않으셨을 겁니다."

"압니다. 하지만 아내를 믿지 못해서 그런 게 아닙니다. 다만 아이들에게 부끄러운 아버지가 되고 싶지 않았을 뿐입니다. 그러니 제발……."

세인트클레어는 애원하고 있었다.

"왜 이런 짓을 벌이셨는지 설명하지 않으신다면 도와드릴 방법이 없습니다."

"모두 다 말씀드리겠습니다. 이제 와서 무얼 숨기겠습니까? 하지만 벌을 면하기 위해서가 아닙니다. 이 얘기가 세상에 공개되지만 않는다면 사형을 당해도 좋습니다."

"자초지종을 설명하신다면 그렇게 되실 일은 없을 것 같군요."

홈즈는 부드럽게 그의 등을 두들겨주었다.

"먼저 제 이야기부터 해야겠군요."

세인트클레어는 모든 것을 포기한 듯 슬픈 표정으로 천천히 입을 열었다.

8. 숨기고 싶은 비밀

"저는 체스터필드에서 교장을 역임하셨던 아버지 덕분에 남에게 뒤지지 않는 교육을 받으며 자랐습니다. 한때 배우 생활을 하며 떠돌아다니기도 했지만 나중에는 런던의 어느 신문사 기자라는 번듯한 직업도 가졌습니다. 그러던 중에 편집장 명령으로 구걸에 대한 연재를 맡게 되었습니다. 물론 제가 자진한 것이기도 합니다. 어쨌든 저는 기사를 쓰기 위해서는 자료가 필요했고, 그러다 보니 직접적인 경험만큼 확실한 자료가 없다는 것을 알았지요.

배우를 했던 경험 때문에 걸인으로 변장하는 것은 그리 어려운 일이 아니었습니다. 살색 석고를 이용해 입술 한쪽이 올라가게 했고 물감을 이용해서 화상 흉터를 만든 다음

가발을 썼습니다. 게다가 누더기를 걸치니 영락없는 걸인이더군요. 변장이 끝나자 바로 런던 은행가 한쪽에 자리를 잡고 앉았습니다. 경찰의 단속을 피하기 위해 성냥을 준비하는 것도 잊지 않았지요. 그런데 일곱 시간 정도 앉아 있었을 뿐이었는데 수입이 무려 26실링 4펜스나 되었던 겁니다. 놀랍기도 하고 재미있기도 했습니다."

"오, 열흘 정도면 내 월급보다 많아지겠군. 그래서 본격적으로 구걸을 하시기로 한 겁니까?"

경위가 놀라워하며 끼어들었다.

"그러기야 했겠습니까? 전 제 기사를 위해 변장을 한 것이었고 별도의 수입을 챙긴 것에 기뻐했을 뿐입니다. 제 연재 기사는 매우 인기가 있어서 기자로서도 신뢰를 받을 수 있었습니다. 전 제가 했던 일의 결과에 만족하며 한동안 그 일을 잊고 지냈습니다. 그런데 그때 친구의 부탁으로 수표에 이서를 해주게 되었습니다. 보증을 섰던 거지요. 그리고 결과는 제 앞으로 떨어진 25파운드의 빚이었습니다. 그 무렵 저는 일주일에 2파운드의 급료를 받고 있었기 때문에 25파운드는 정상적인 수입으로는 도저히 마련할 수 없는 금액이었습니다. 그때 생각난 것이 구걸이었습니다. 제 변장술과 약간의 창피를 무릅쓸 용기만 있으면 되는 아주 쉬운 일이었으니까요. 게다가 수입이 제 급료를 웃돌았다는 사실이 무엇보다 저를 유혹했습니다. 제게 선택의 여지는 없었습니다. 재촉하는 채권자에게 보름의 말미를 얻은 후 신문사에 휴가를 냈습니다. 그리고 불과 열흘 만에 빚을 청산할 수 있었습니다.

일이 이 지경이 되니 제 직업에 회의가 들더군요. 힘들게 기자 일을 해서 받는 것이라고는 쥐꼬리만 한 급료가 전부였으니 말입니다. 돈이냐 명예냐, 그것이 문제였지요. 결국 돈의 위력에 지고 말았습니다. 저는 바로 회사에 사표를 내고 지난번에 앉았던 곳에서 구걸을 하기 시작했습니다. 세상 사람 아무도 모르게 말입니다."

"적어도 인도인 그자는 알고 있었겠지요. 그렇잖습니까?"

세인트클레어는 홈즈를 잠시 쳐다보더니 짧은 한숨을 쉬었다.

"홈즈 씨 말씀대로입니다. 아무도 모르게 하자면 집에서 변장을 하고 나올 수는 없었습니다. 그래서 변장을 할 만한 곳이 필요했지요. 제가 한참을 수소문한 끝에 발견한 곳이 바로 그 아편 소굴이었습니다. 그런 자들은 돈만 주면 무슨 짓이든 하지 않습니까. 그러니 비밀을 지키게 하는 것도 어려운 일이 아니었습니다. 항상 과분할 정도로 방값만 챙겨 주면 그만이었습니다. 일 년에 7백 파운드 이상 수입을 올렸던 저에게 시세보다 비싼 방값이라도 얼마 안 되는 금액이었을 뿐이니까요.

날로 늘어가는 화술과 꽤 쓸 만한 변장 덕분이었는지 어느결에 런던의 명물이 되어 있더군요. 동전은 날로 늘었습니다. 재수가 없는 날도 하루에 2파운드는 벌 수 있었지요. 그런데 주머니가 두둑해지니 욕심도 생기더군요. 남들처럼 가정을 꾸리고 싶어진 겁니다. 그래서 일단 리 시에 저택을 사고 이웃과 친해졌지요. 돈 잘 쓰고 여유롭게 사는 저를 모두 신사로 대해주더군요. 그 덕에 지금의 아내와 결혼도 했습니다. 제가 구걸을 한다는 건 꿈에도 모르고 말입니다. 그들은 모두 제가 런던 시내에서 사업을 하고 있는 줄 알고 있지요. 그 누구도 구걸을 해서 그만큼의 부를 가질 수 있다고는 생각하지 않을 겁니다."

"그런데 월요일의 그 소동은 도대체 왜 일으킨 거요?"

경위가 인상을 쓰며 물었다.

"그건 우연이었습니다. 아니, 사고라고 해야 옳겠군요. 그날은 다른 날보다 특별히 돈벌이가 잘된 데다가 아이들과 약속한 선물도 있고 해서 일찌감치 구걸을 걷고 집으로 가기 위해 그곳에서 옷을 갈아입고 있었습니다. 그러다가 문득 창밖을 내다봤는데 놀랍게도 그곳에 아내가 있었던 겁니다. 더구나 저를 똑바로 쳐다보고 있는 게 아니겠습니까? 저는 너무나 당황한 나머지 저도 모르게 소리를 치게 되었지요. 그리고 얼굴을 가리려고 손을 들었는데, 이미 아내는 저를 알아보고 마치 못 볼 것을 본 사람처럼 기겁을 하더군요. 저는 재빨리 인도인에게 돈을 주고 아무도 올라오지 못하게 해달라고 부탁했습니다. 아내에게는 미안한 일이었지만, 비밀을 지키는 게 우선이었으니까요. 아니나 다를까 아래층에서 아내가 외치는 소리가 들리더군요. 인도인이 아내를 쫓아내고 있는 사이 재빨리 양복을 벗어 던지고는 다시 거지로 분장을 했습니다. 아내나 다른 사람을 속일 만큼 분장은 완벽했습니다. 하지만 문제가 있었습니다. 바로 벗어놓은 옷가지들이었지요. 방을 뒤지기라도 한다면 금방 눈에 띌 게 분명했느니까요. 저는 창밖으로 던져버리기로 하고 창문을 열었습니다. 먼저 윗옷을 던졌지요. 그 옷 주머니에는 그날 구걸해 모은 돈이 가득 들어 있었기 때문에 쉽게 가라앉더군요. 그런데 나머지들을 던지려

고 하는 찰나에 경찰이 들이닥친 겁니다. 할 수 없이 그것들은 커튼 뒤에 숨길 수밖에 없었습니다."

"그럼 그 피는 뭡니까?"

경위가 의아하다는 듯 미간을 찡그리며 물었다.

"아침에 다친 상처가 덧났던 것이겠지요."

홈즈의 대답이었다. 그의 말에 놀란 것은 세인트클레어뿐만이 아니었다. 홈즈를 제외한 우리 모두는 홈즈를 일제히 쳐다보았다.

"네, 맞습니다. 창문을 열면서 힘을 너무 줬던지 아침에 다친 상처가 벌어지면서 피가 나더군요. 아, 아침에 면도칼을 다루다가 손가락을 다쳤거든요. 아무튼 그 덕분에 정체를 들키지 않은 대신 나 자신을 살해했다는 죄목으로 체포되었지요. 저로서는 다행스러운 일이었습니다. 가족에게 들키는 것보다는 살인자가 되어 이대로 교수형을 당하는 편이 좋다고 생각했으니까요."

"그래서 그렇게 씻지 않으려 했던 거군."

경위가 어이없다는 듯 너털웃음을 터뜨렸다. 그러나 홈즈의 얼굴은 차갑기만 했다.

"그토록 명예가 중하신 분이 구걸은 어떻게 한 겁니까?"

홈즈의 질책에 세인트클레어는 고개를 숙였다.

"돈에 눈이 멀었던 겁니다. 죄송합니다."

"편지를 보낸 건 인도인이겠군요."

"편지요?"

경위가 무슨 소리냐는 듯 물었다. 홈즈는 어제 시다스 저택으로 배달된 편지에 대해 간략하게 설명해주었다.

"그 편지는 제가 직접 써서 인도인에게 부탁한 것이었습니다. 제가 죽은 줄 알고 기절한 아내를 집으로 보내느라 경찰이 허둥대는 사이 편지만 급하게 써서 그에게 건네줬던 겁니다. 아내의 걱정을 덜어주기 위한 것이었는데 별로 효과가 없었나 보군요. 오, 불쌍한 사람. 일주일 동안 얼마나 속을 태웠을까!"

"경찰의 감시 때문에 쉽게 보낼 수 없었을 텐데……."

브래드스트리트 경위가 어깨를 으쓱하며 말했다.

"음, 아마 편지는 인도인이 직접 부치지는 않았을 겁니다. 경위 말씀대로 감시를 받고 있었다면 말입니다. 하는 수 없이 의심을 받지 않고 부탁받은 일을 해치울 수 있는 심부름꾼이 필요했습니다. 예로 아편 소굴에 드나드는 손님 같은 자들 말입니다. 그들이라면 들킬 염려가 없다고 생각했을 겁니다. 하지만 그가 고른 심부름꾼은 불행하게도 성실한 자가 아니었습니다. 이래저래 시간을 허비한 뒤에야 편지를 부쳤으니까요. 덕분에 우리는 사건을 해결할 수 있었지만 말입니다."

세인트클레어는 고개를 끄덕였다.

"그런데 세인트클레어 씨, 그동안 구걸 때문에 체포되거나 한 적이 한 번도 없었습니까?"

"여러 번 있었습니다. 하지만 얼마 안 되는 벌금만 내면 그만이었지요."

"이젠 당장 그만두시오!"

경위가 으박지르는 듯한 목소리로 외쳤다.

"사지가 멀쩡한 사람이 동정으로 살아가다니……. 결단코 휴 분이란 자는 세상에서 사라져야 하오."

"맹세합니다. 다시는 이런 짓을 하지 않겠습니다."

"좋소. 그동안 당신 때문에 헛고생을 한 걸 생각하면 몇 년 감옥에 넣어두고 싶지만 맹세를 한다니 이번 일은 너그럽게 봐주겠소. 살인 사건도 아니고, 단지 구걸을 했다는 것만으로는 큰 벌을 받는 것도 아니고 말이오. 세인트클레어 씨, 이제 집으로 돌아가도 좋소. 하지만 약속대로 다시는 구걸하지 않는 게 신상에 좋을 거요. 적어도 이 비밀이 세상에 공개되는 것을 원치 않는다면 말이오."

"물론입니다. 이제부터 성실하게 살겠습니다."

세인트클레어는 눈시울을 적셨다. 경위는 자신이 사건을 해결한 것처럼 거들먹거리며 호탕하게 웃었다.

"자, 이것으로 네빌 세인트클레어 실종 사건은 완전히 해결된 셈이군요. 이번에도 홈즈 씨 도움을 받았군요. 감사합니다. 그런데 도대체 어떻게 진상을 알게 된 겁니까? 비법이라도 있으면 좀 가르쳐주십시오."

"비법이라……, 글쎄요."

내 친구는 장난꾸러기 같은 웃음을 머금으며 입을 열었다.

"지난밤에 제가 한 것이라고는 푹신한 보료 위에서 30그램이나 되는 담배를 피워댄 것이 전부입니다. 아, 천장을 노려본 것도 뺄 수 없겠군요."

"네?"

"자, 사건도 해결되었으니 어서 베이커가로 가서 느긋하게 아침이나 먹었으면 좋겠군요. 그렇지 않나, 왓슨?"

홈즈는 멍하게 서 있는 경위를 뒤에 남긴 채 호탕하게 웃으며 큰 걸음으로 유치장을 나섰다.

소어 다리

The Problems of Thor Bridge

닐 깁슨

황금왕으로 불리는 대단한 재력가다. 그러나 하인들에게는 '검은 악마'로 불릴 만큼 성격이 난폭하며 잔인하다. 평소 사이가 좋지 않던 부인이 총에 맞아 죽고 가정교사인 댄버 양이 사건의 용의자로 몰리자 댄버 양의 혐의를 벗겨달라며 홈즈에게 사건을 의뢰한다.

깁슨 부인(마리아 핀토)

아마존 태생으로 그곳에서 남편인 깁슨을 만나 사랑에 빠지고 결혼을 했지만 남편에게 미움을 받는다. 정열적이고 거침없는 성격에 재력가의 아내라는 점 때문에 '아마존의 여왕'이라는 별명이 붙었다. 소어 다리에서 오른쪽 관자놀이에 총을 맞은 채 발견되었는데, 손에 댄버 양이 보낸 쪽지를 쥐고 있었다.

그레이스 댄버

깁슨 집안의 가정교사로 미모가 뛰어나고 지성미도 넘친다. 그녀에게 한눈에 반한 깁슨이 청혼하지만 매몰차게 거절한다. 자신이 보낸 쪽지와 옷장에서 발견된 권총 때문에 깁슨 부인 살해 용의자로 몰려 유치장에 갇히지만 사건의 진실을 말하지 않는다.

≪셜록 홈즈의 사건≫ 편에 실려 있는 작품으로 1922년 2월에서 3월까지 〈스트랜드 매거진〉에 발표되었다.

한편 2004년 3월 자살한 '셜록 홈즈 연구자'로 꼽히는 영국의 학자, 리처드 란셀린 그린(50)이 실제로 홈즈가 등장하는 소설 내용에 따라 자살했다는 주장이 제기되어 주목을 받고 있다. 그는 자신의 침대 위에서 신발 끈으로 목이 졸린 채 발견되었는데, 이것을 두고 법원이 자살인지 타살인지 명확한 판단을 내리지 못하고 있던 차에 그의 한 측근이 셜록 홈즈가 등장하는 시리즈 중 '소어 다리'의 내용을 흉내 내 자살했다고 주장한 것이다. 즉, 20년 동안 추적해왔던 코난 도일의 희귀 저작물을 라이벌인 미국 학자가 크리스티 경매를 통해 사들인 데 상당한 불만을 품은 그린이 나무 숟가락으로 조이게 되어 있던 끈으로 자살함으로써 미국의 라이벌 학자에게 살인범의 누명을 씌우려 했다는 것이다. 그린의 한 친구는 다음과 같이 말했다.

"그린은 완벽한 미스터리를 창조해내고 사망했다."

1. '아마존의 여왕' 살해 사건

제법 찬바람이 부는 10월 어느 날이었다. 누렇게 변한 플라타너스 이파리 하나가 빙글빙글 맴돌며 땅으로 떨어지고 있었다. 나는 떨어진 나뭇잎을 보다가 문득 내 친구 홈즈의 기분이 울적하지 않을까 하는 생각을 했다. 홈즈는 탐정이지만 예술가처럼 감정이 풍부했고, 그래서 주변 환경 변화에 민감했다. 그런데 그의 방으로 들어가자 내 예상과는 달리 홈즈는 콧노래를 흥얼거리고 있었다.

"홈즈, 뭐 재미있는 사건이라도 생겼나? 기분이 상당히 좋아 보이는군."

"그렇게 보이나? 맞았네, 왓슨. 자네의 추리 능력도 날로 향상되고 있군. 나에게 아주 흥미로운 사건이 들어왔다네."

홈즈는 기분이 좋은지 계속해서 미소를 짓고 있었다.

"자, 차나 한잔 마시면서 얘기하세."

홈즈는 내게 홍차 한 잔을 따라주고는 자기 잔에도 차를 따랐다.

"자네 황금왕, 닐 깁슨을 알고 있나?"

"그럼, 당연히 알고 있네. 미국에서, 아니 세계에서도 최고로 손꼽힐 만큼 대단한 금광왕이 아닌가. 듣자 하니 미국 상원의원을 지낸 적도 있다더군. 5년 전쯤에 영국으로 와서 햄프셔 주에 살고 있다고 들었네."

"맞았네. 잘 알고 있군. 그는 햄프셔 주에서 상당한 규모의 땅을 사들였다네. 그런데 자네는 그 부인이 어떻게 사망했는지에 대해서도 알고 있나?"

"아! 그 부인이 비극적인 죽음을 맞았다는 이야기를 며칠 전에 신문에서 읽었네. 제목이 아마 '아마존의 여왕 피살되다'였을 걸세. 그런데 자세한 경위는 잘 모른다네."

"깁슨 부인은 저택 근처에 있는 소어 다리에서 오른쪽 관자놀이에 총을 맞고 죽었다네. 사실 나도 그 신문 기사를 읽었네만 그때까지만 해도 내가 이 사건을 맡게 되리라고는 생각도 못했어."

"그랬을 테지. 그런데 깁슨 부인은 왜 아마존의 여왕이라고 불리는 건가?"

"깁슨 씨는 젊은 시절, 브라질의 아마존 근처에서 금광을 발견해 엄청난 부자가 되었네. 그런데 그가 묵었던 마을에 마리아 핀토라는 대단한 미인이 살고 있었지. 그는 그녀와 사랑에 빠졌고 결혼까지 하게 되었어. 대단한 갑부의 아내인 데다 아마존 출신이었기 때문에 그녀의 별명을 아마존의 여왕이라고 붙였다네."

"혹시 자녀가 있나?"

"다섯 살과 일곱 살 된 아이들이 있다네."

"그렇군. 그나저나 범인에 대한 정보는?"

"유력한 용의자가 잡혔네."

"오호, 그래? 그게 누군가?"

"그 집의 가정교사인 그레이스 댄버 양이라네. 품위가 넘치는 스물세 살의 미녀라고 하더군."

"그렇게 훌륭한 처녀가 왜 부인을 죽였을까?"

"그런 의문을 품을 만하지. 그런데 분명한 증거들이 발견되었네. 이대로 간다면 그녀의 유죄가 확정되는 일은 시간문제야."

"그렇다면 자네가 굳이 나서서 할 일이 없지 않은가?"

"그렇지. 그 사람이 사건을 의뢰하기 전까지는 나도 그렇게 생각했네."

"그 사람이라니? 누군가, 사건을 의뢰한 이가?"

"그건 바로 깁슨 씨라네. 편지로 내게 사건을 의뢰했어."

홈즈는 책상 위에 놓여 있던 편지를 내게 건네주었다. 굵고 힘 있는 글씨체로 쓴 편지의 내용은 다음과 같았다.

셜록 홈즈 귀하

선생이 훌륭한 탐정이라는 명성은 익히 들어 잘 알고 있소. 선생은 내 아내가 피살된 사건을 이미 알고 있을 것이라고 생각하오. 나는 이 일이 올바로 해결되기를 진심으로 바라며 그런 뜻에서 이 편지를 보내오. 우선 분명한 것은 경찰의 조사와는 달리 댄버 양은 이 사건의 범인이 아니라는 점이오. 모두 그녀가 유죄라고 말하지만 그것은 그녀의 성품을 몰라서 하는 말에 불과하오. 댄버 양은 정말 순수하고 깨끗한 마음을 지녔소. 파리 한 마리도 죽이지 못할 정도로 말이오.

홈즈 선생, 당신은 이 어두운 상황을 정리해줄 수 있는 유일한 사람이오. 부디 선생의 뛰어난 추리력과 지혜로 이 사건의 진범을 잡아주기 바라오. 그렇게만 해 준다면 선생이 원하는 대로 사례를 하겠소.

자세한 이야기는 직접 만나서 했으면 좋겠소. 10월 3일 오전 11시에 댁으로 찾아가겠으니 댁에 계시기 바라오.

닐 깁슨

내가 편지를 읽는 동안 홈즈는 느긋한 자세로 앉아 파이프를 물고 있었다.

"이제 내가 왜 이 사건을 맡았는지 알겠나?"

"알겠네. 그런데 10월 3일이라면 오늘이군. 게다가 시간도 한 시간밖에 남지 않았어."

"시간이 벌써 그렇게 되었군. 잠시 후면 이 대단한 사건의 의뢰인께서 이 방에 등장하시겠구먼. 그런데 그 정도 시간이면 자네에게 사건의 자세한 내용을 이야기해 주기에 충분하겠어."

홈즈는 재를 털어낸 파이프에 다시 담배를 꾹꾹 눌러 담으며 이야기를 시작했다.

2. 유력한 용의자

대부호 깁슨의 저택은 영국에서도 유서 깊은 햄프셔 주의 중앙에 있었다. 집 근처에는 허리 부분이 잘록하게 생긴 소어 호수가 있는데, 호수의 잘록한 부분에는 소어 다리가 세워져 있었다. 저택에서 소어 다리까지의 거리는 대략 1킬로미터 남짓이었다.

비극적인 사건이 일어난 것은 지금부터 6일 전이었다. 밤 11시경에 깁슨 저택에서 일하는 하인이 술을 마시고 집으로 돌아가던 중 소어 다리를 지나게 되었다. 그는 다리 한가운데쯤에서 하늘을 보고 쓰러져 있는 여자를 발견했다. 깜짝 놀라 여자를 일으켜 세워보니 그녀는 자신이 일하는 집의 마님인 아마존의 여왕이었다. 그녀는 어깨에 숄을 두르고 야회복을 입고 있었는데, 온몸이 피에 흠뻑 젖어 있었다.

자세히 살펴보니 총에 맞았는지 오른쪽 관자놀이에 구멍이 뻥 뚫려 있었다. 깜짝 놀란 하인은 있는 힘을 다해 저택으로 달려갔다. 늦은 밤이었지만 서재에서 책을 읽고 있던 깁슨은 이 소식을 듣자마자 하인에게 경찰에 신고하라고 명령했다. 그리고 자신은 소어 다리로 정신없이 달려갔다. 깁슨이 사건 현장에 도착했을 때는 벌써 경관이 현장을 조사 중이었다.

"검시관이 나와서 조사할 때까지는 시체에 손을 대서는 안 됩니다. 혹시 남아 있을지도 모를 증거를 보존해야 하기 때문입니다."

경관의 말에 깁슨은 아내의 시신에 가까이 다가서지도 못하고 그 주변을 초조하게 서성댈 수밖에 없었다. 다음 날 아침 6시가 되어서야 본서에서 코벤트리 경감과 검시관이 나왔다. 검시관은 시신을 이리저리 들여다보며 꼼꼼하게 검사했다. 그리고 얼마 후 검시관의 보고를 받은 코벤트리 경감이 밤새 피가 마르는 심정으로 자리를 지킨 깁슨에게 검시 결과를 알려주었다.

"부인께서는 어젯밤 9시에서 10시 사이에 살해된 것으로 추정됩니다. 시신을 보시면 아시겠지만 부인은 총에 맞아 사망하셨습니다. 총알은 오른쪽 관자놀이로 들어갔는데, 현재 두개골 안에 그대로 박혀 있습니다. 또 관자놀이 주변에서 화약 성분이 검출된 것으로 보아 아주 가까운 위치에서 총을 발사한 것으로 보입니다."

그리고 그는 완전히 구겨진 쪽지 한 장을 보여주었다.

"부인의 왼손에서 발견된 종이입니다. 어찌나 꽉 쥐고 계셨는지 이것을 빼내기가 힘들 정도였습니다."

경감이 보여준 쪽지에는 다음과 같이 쓰여 있었다.

9시에 소어 다리에서 뵙겠습니다.

그레이스 댄버

경감은 부인의 사망 추정 시간과 쪽지에 적힌 시간이 일치하는 것을 보고 댄버를 이 사건의 유력한 용의자로 점찍었다. 그는 더 자세한 검시를 위해 부인의 시신을 본서로 보낸 뒤 자신은 저택으로 향했다. 경감은 자기 방에 있던 댄버를 불러내 조사를 시작했다.

"이 쪽지, 당신이 쓴 것 맞습니까?"

경감이 쪽지를 내밀자 댄버의 얼굴이 새파랗게 질렸다. 그녀는 입술을 꽉 깨물고 두 눈을 꼭 감더니 이내 결심이라도 한 듯 입을 열었다.

"네, 맞습니다. 제가 쓴 쪽지예요."

"그럼 밤 9시에 깁슨 부인을 만났습니까?"

"그렇습니다."

"부인과 어떤 이야기를 나누었습니까?"

"그건 말씀드릴 수 없습니다."

"그 이야기를 하지 않음으로써 당신의 상황이 얼마나 나빠질지 알고 있습니까?"

"설령 제게 나쁜 일이 벌어진다고 해도 저는 드릴 말씀이 없습니다. 다만 제가 부인을 죽이지 않았다는 것만은 확실히 말씀드릴 수 있습니다."

댄버의 얼굴은 매우 창백했지만 두 눈빛만은 살아 있었다.

"그런 말은 아무런 소용이 없습니다. 그럼 부인과 얼마 동안이나 이야기를 나누었습니까?"

"그리 길지 않았습니다. 대략 15분 정도입니다."

"그 이후엔?"

"이야기를 마치고 저는 바로 집으로 돌아왔습니다. 다리를 다 건넌 후 뒤를 돌아보았는데, 그때까지도 부인은 저를 바라보고 계셨습니다……."

"그게 답니까? 이후에 어떤 소리도 듣지 못했나요? 예를 들어 총소리라든가."

"아니오. 어떠한 소리도 듣지 못했습니다."

"알겠습니다. 실례가 될지 모르겠지만 어쩔 수 없이 댄버 양의 방을 조사해야겠습니다."

댄버는 말없이 고개를 끄덕였다. 댄버의 방은 2층 맨 끝에 있었다. 깨끗하게 정리정돈이 잘된 방에서 경감은 금세 권총 한 자루를 찾아냈다. 권총은 옷장 서랍 안에서 댄버의 옷가지에 싸인 채 발견되었다. 경감이 탄창을 열어보았을 때 6연발인 총의 총알이 하나 빠져 있었는데, 총알의 구경이 부인이 맞은 총알의 구경과 일치했다. 또 총구에 코를 갖다 대자 희미하게 화약 냄새가 났다. 댄버는 경감이 총을 찾아내는 순간 너무 놀란 나머지 몸을 비틀거리기까지 했다. 경감은 확실한 증거를 잡았다고 확신하며 큰소리로 댄버를 몰아세웠다.

"이보다 더한 증거가 있을 거라고 생각합니까?"

"아닙니다. 그 총은 제 총이 아니에요. 절대 아닙니다."

"그럼 이 총이 제 발로 걸어 들어갔다는 말입니까?"

경감이 어이없다는 얼굴로 물었다.

"나 몰래 누군가가 가져다 놓은 게 분명해요!"

댄버가 절규하듯 외쳤지만, 경감은 고개를 가로저으며 댄버의 말을 전혀 믿지 않았다.

그런데 그것 말고도 댄버에게 불리한 증언이 나왔다. 마을 사람 하나가 그날 밤 9시쯤에 소어 다리에 서 있는 댄버를 봤다고 진술한 것이다. 경감은 더 조사할 필요도 없다는 듯 그 자리에서 바로 댄버를 체포했다. 그리고 그녀를 본서 유치장에 감금해버렸다. 댄버는 자신은 결백하다고 몸부림쳤지만 돌아온 것은 그녀를 살인자로 바라보는 차가운 시선뿐이었다.

3. '검은 악마'의 두 얼굴

홈즈가 막 이야기를 마친 순간, 현관의 초인종이 울렸다. 나와 홈즈는 거의 동시에 시계를 쳐다봤는데, 11시가 되려면 30분이나 남아 있었다.

"아직 시간이 남았는데 깁슨 씨가 벌써 온 걸까?"

홈즈가 들릴 듯 말 듯한 목소리로 중얼거렸다. 허드슨 부인이 현관문을 열고 방문객과 이야기를 나누는 소리가 들렸다. 이어서 계단을 올라오는 발소리가 나더니 곧바로 노크 소리가 났다.

"들어오십시오."

홈즈가 말하자 깡마른 한 사내가 방 안으로 들어섰다. 다 낡은 코트를 입은 사내는 잔뜩 겁먹은 표정이었는데, 마음이 몹시 불편한 듯 식은땀을 흘리고 있었다.

"무슨 일이십니까?"

"안녕하십니까? 홈즈 선생님. 저는 깁슨 씨 댁의 관리를 맡고 있는 말로 베이츠입니다."

"베이츠 씨, 어디 불편하신 것 같은데 여기 앉아서 말씀하시지요."

베이츠는 약간 망설이는 듯 주춤거리다가 홈즈가 가리킨 의자에 앉았다.

"사실 이번 사건에 대해서 홈즈 선생님께 드릴 말씀이 있어서 왔습니다."

"그렇군요. 그런데 11시에 깁슨 씨가 이곳을 방문하기로 되어 있습니다. 아무래도 이야기가 길어지면 곤란할 것 같은데요."

"네, 알고 있습니다. 그래서 주인님보다 일찍 오려고 서둘러 온 것입니다."

베이츠가 고개를 끄덕이며 말했다.

"하고 싶은 말씀이 뭡니까?"

"홈즈 선생님, 저희 주인님은 천벌을 받으실 겁니다. 그분은 너무나 나쁜 사람입니다. 악마처럼 잔인한 사람이에요."

"왜 그렇게 주인에 대해 나쁘게 말씀하시는 거죠?"

예상치 못한 이야기에 홈즈가 이상하다는 듯 물었다.

"사실 이보다 더 심하게 표현해도 될 만큼 주인님은 잔혹한 사람입니다. 그분은 늘 채찍을 들고 다닙니다. 그러다가 자기 눈에 거슬리는 것을 보기라도 하면 하인들을 닥치는 대로 때리시죠. 실은 매를 맞은 건 하인뿐만이 아니었지요. 가장 큰 희생양은 마님이셨습니다."

"깁슨 부인에게 폭력을 행사했다는 말입니까?"

질문을 하는 홈즈의 눈빛이 반짝 빛나고 있었다.

"네, 마님에게 얼마나 잔인하고 난폭하게 굴었는지 모릅니다. 아시겠지만 마님은 브라질 태생으로 정말 아름다운 분이셨습니다. 열정적이었던 마님은 주인님을 진심으로 사랑했지요. 그런데 마님의 육체적인 아름다움이 점점 사라지자 주인님은 마님을 거들떠보지도 않고 미워하기 시작했습니다. 하녀들에게 들은 이야기입니다만, 주인님은 마님을 때리기까지 하셨다는군요. 일이 이렇게 되고 보니 마님을 좋아하던 우리 하인들은 하나같이 마님을 동정하고 주인님을 미워하게 되었습니다. 홈즈 선생님, 우리 주인님의 겉모습을 보고 속아서는 절대로 안 됩니다. 그 속에 엄청나게 못된 악마가 숨어 있다는 사실을 잊어서는 안 된단 말씀입니다."

온 힘을 다해 설명하느라 베이츠의 얼굴은 벌겋게 달아올라 있었다.

"그렇군요. 그럼 최근에 깁슨 씨가 부인에게 난폭한 행동을 하는 것을 보신 적이 있습니까?"

"그럼요. 마님이 돌아가시기 일주일 전쯤의 일일 겁니다. 저는 주인님을 도와 밤늦게까지 서재에서 일을 하고 있었습니다. 그때 마님께서 따뜻한 우유를 가지고 서재로 들어오셨지요. 생각해보십시오. 그런 일이야 남편을 걱정하는 부인이 당연히 할 수 있는 일 아닙니까? 그런데도 주인님은 버럭 소리를 질렀습니다. '누가 이런 걸 가져오라고 했어? 시키지도 않은 짓을 왜 하는 거야?'라고 말하면서 마님이 들고 있던 쟁반을 밀쳐버렸습니다. 우유 잔이 넘어지면서 마님의 옷은 온통 우유에 젖어버렸답니다."

"그렇군요. 깁슨 씨의 행동에 대해 깁슨 부인은 어떻게 반응하던가요?"

"마님께서는 아무 말 없이 바닥에 떨어진 우유 잔을 들고 조용히 방에서 나가셨습니다. 제 생각에 마님은 주인님에게 학대를 받으면서도 주인님을 사랑하는 마음 때문에 참으셨던 것 같습니다."

베이츠는 말을 멈추고 잠시 망설이는 듯 초조하게 다리를 떨더니 이내 입을 열었다.

"우리 하인들은 주인님을 '검은 악마'라고 부릅니다."

"검은 악마라고요?"

"네, 그분은 젊었을 때부터 사냥을 즐기셨습니다. 그래서 얼굴이 온통 검게 탔지요."

"흠, 사냥을 즐겨했다면 총을 소유하고 있겠군요."

베이츠는 바로 그것이라는 듯 크게 고개를 끄덕이며 말했다.

"네, 주인님은 총기류를 많이 갖고 계십니다. 총기실에는 물론이고 침실에도 엽총이나 권총을 놓아두신답니다. 그것도 실탄을 넣어둔 총을 말입니다."

"그렇다면?"

홈즈가 흥미롭다는 표정으로 턱을 쳐들자 베이츠는 홈즈 가까이로 몸을 숙이고 목소리를 최대한 낮춰 속삭였다.

"사실 저는 주인님이 마님을 총으로 쏴서 죽인 것이 아닐까 생각하고 있습니다."

"그렇게 생각할 수도 있겠군요. 그런데 부인의 시체를 발견한 하인이 집으로 달려갔을 때 깁슨 씨는 서재에서 책을 읽고 있었다고 하던데요."

"그렇긴 하지만 그때는 11시가 넘은 시간 아니었습니까. 마님께서 돌아가신 시간에 주인님이 어디서 무엇을 하셨는지는 아무도 모릅니다. 게다가 저택에서 소어 다리까지는 1

킬로미터 정도밖에 되지 않고, 그 시간에는 사람들이 그 주변을 지나지 않습니다. 그러니 댄버 양을 만난 뒤 혼자 있던 마님을 주인님이 쏘고 달아났다고 해도 누가 알겠습니까. 게다가 마님은 가까이서 총에 맞았다고 하던데 주인님이라면 마님 가까이로 접근하기가 쉬었을 겁니다."

"흠, 그럴듯한 추리군요. 그렇다면 권총이 어째서 댄버 양의 방에서 나왔을까요?"

"그거야 댄버 양에게 모든 죄를 뒤집어씌우려는 수작이겠지요."

베이츠는 자신의 생각을 확신하는 듯 큰소리로 힘주어 말했다.

"그런데 깁슨 씨는 댄버 양이 무죄임을 밝혀달라고 제게 사건을 의뢰했습니다."

홈즈의 말에 베이츠는 무릎을 탁 치며 말했다.

"바로 그겁니다. 주인님은 그렇게 교활한 사람입니다. 자신의 죄를 감추기 위해 댄버 양에게 누명을 씌운 것도 모자라 혹시라도 자신을 의심하는 일이 생길까 이렇게 미리 수를 쓰는 것을 보십시오. 주인님은 지금껏 다른 사람들을 피눈물 흘리게 하고 자신의 재산을 모았습니다. 아까도 말씀드렸지만 절대 주인님의 겉모습에 속아서는 안 됩니다. 그가 정말 악마라는 것을 잊지 마십시오."

"알겠습니다. 그런데 11시가 다되었습니다. 깁슨 씨가 오시기 전에 여기서 나가시는 게 나을 것 같군요."

베이츠는 시계를 보고 깜짝 놀라 자리에서 벌떡 일어났다.

"큰일이군요. 어서 나가야겠습니다. 그리고 홈즈 선생님, 제가 여기 온 사실은 비밀로 해주십시오. 부탁드립니다."

홈즈가 고개를 끄덕이는 것을 본 베이츠는 허둥지둥 방을 나섰다. 홈즈는 그의 뒷모습을 보며 살짝 미소를 지었다.

"생각지도 않았던 방문객 덕분에 그 집안 사정을 잘 알게 되었군."

"자네도 저 사람의 말이 사실이라고 생각하는가?"

나는 홈즈의 생각이 궁금했다. 그러나 홈즈는 의자 손잡이를 톡톡 두드리며 잠시 무엇을 생각하는 듯했다.

"글쎄, 아직은 뭐라고 단정 지을 단계가 아니야."

4. 어긋난 사랑

그때 창밖에서 마차가 멈추는 소리가 들려왔다. 창가로 가서 내려다보니 현관 앞에 서 있는 마차에서 실크 모자와 고급 코트를 입은 신사가 내리고 있었다.

"홈즈, 자네 손님이 도착한 모양이네."

홈즈는 고개를 끄덕이며 시계를 보았다. 시계는 정확히 11시를 가리키고 있었다. 잠시 후 계단을 올라오는 발소리가 들렸고, 이내 홈즈의 방문이 활짝 열렸다.

문을 열고 들어온 신사는 키가 매우 컸고 체격도 좋았다. 베이츠의 말대로 얼굴은 검게 그을려 있었는데, 꽉 다문 입과 각진 턱은 그의 성격이 만만치 않음을 드러내고 있었다. 얼굴에 드러난 억척스러움과 강인함에서 그가 황금왕이라는 위치에 올라가기 위해서 얼마나 많은 경쟁자를 물리쳤을지 짐작할 수 있었다. 이맛살을 찌푸린 깁슨은 회색 눈동자를 번득이며 나와 홈즈를 번갈아 보더니 다소 거만한 말투로 물었다.

"누가 홈즈 선생이오?"

"접니다, 깁슨 씨. 기다리고 있었습니다."

홈즈가 인사하자 깁슨은 실크 모자를 벗고는 의자에 털썩 주저앉았다.

"홈즈 선생, 단도직입적으로 말하리다. 편지에서 밝혔듯 댄버 양이 무죄라는 것을 입증해주시오. 이번 일에 돈은 전혀 문제가 되지 않소. 얼마를 요구하든 사례는 달라는 대로 하겠소. 얼마면 되는지 말해보시오."

말을 마치기도 전에 깁슨의 손은 벌써 저고리 주머니에 가 있었다. 홈즈는 굳은 얼굴로 손을 들어 그를 막았다.

"나는 수고에 대한 보상을 항상 일정한 범위 내에서만 받습니다. 이제껏 그 이상을 요구한 적이 없습니다."

홈즈가 차갑게 말하자 깁슨은 가볍게 고개를 가로저었다.

"좋소. 그러니까 당신은 돈에는 별 관심이 없다는 말이로군. 그렇다면 당신은 돈보다 명예를 더 중요하게 여기는 건가? 만약 당신이 댄버 양의 무죄를 입증하기만 한다면 당신은 미국과 유럽의 신문에 당신의 이름을 크게 날릴 수 있을 거요. 그만하면 보상은 충분하겠지요?"

"계속해서 마음대로 판단하고 계시는군요. 나는 돈뿐만 아니라 명예에도 별 관심이 없습니다. 지금 내 이름 앞에 붙는 명성 정도로도 충분하니까요. 내게 중요한 것은 사건이 내 관심을 끄는가 여부입니다. 만약 그런 사건이 주어진다면 나는 내 이름을 앞세우지 않고 숨어서라도 조사합니다."

홈즈는 차분하게 진실을 말하고 있었다. 나는 이 말이야말로 사건을 멋지게 해결할 때만큼이나 명탐정 홈즈의 진면목을 보여주고 있다고 생각했다. 그러나 황금왕 깁슨에게 돈도 명예도 관심 없다는 홈즈의 말은 이상한 논리에 불과한 것 같았다. 깁슨은 여전히 못마땅한 얼굴이었다.

"알겠소. 그야 어찌됐건 사건부터 해결합시다."

"좋습니다. 일단 제가 묻는 말에 대해 오로지 사실만을 말씀해주시기 바랍니다."

"대부분의 사실들은 신문에 다 나와 있지 않소?"

"그것으로는 부족합니다."

"알겠소. 선생이 알고 싶은 게 무엇이오?"

"당신과 댄버 양의 관계를 알고 싶습니다."

순간 깁슨의 얼굴이 확 일그러졌다.

"관계라니? 그게 무슨 말이오? 댄버 양과 나는 그저 가정교사와 학생의 부모일 뿐이오. 나는 그녀와 이야기를 하더라도 항상 아이들이 있을 때만 했지 단둘이서 이야기를 나눈 적도 없소."

깁슨은 너무 흥분한 나머지 얼굴을 씰룩이면서 소리쳤다. 홈즈는 무표정한 얼굴로 자리에서 일어서며 단호하게 말했다.

"내가 얼마나 바쁜 사람인지 모르시는 것 같군요. 괜히 시간 낭비만 했습니다. 어서 돌아가십시오."

"돌아가라니! 당신 지금 뭐하자는 거요?"

깁슨은 자리에서 벌떡 일어나 잡아먹을 듯 홈즈를 노려보았다. 깁슨이 홈즈보다 키나 체격 면에서 훨씬 컸기 때문에 충분히 위협적이었다. 그러나 홈즈는 눈썹 하나 까딱하지 않고 말했다.

"나를 때리기라도 할 셈입니까? 마음대로 해보시지요. 당신이 어찌하건 나는 이 사건을 맡지 않을 생각입니다."

깁슨은 꽉 쥔 주먹을 부들부들 떨며 분노에 가득 찬 두 눈을 부라리고 있었다.

"당신의 진짜 속셈이 뭐요? 혹시 나에게 뭔가 다른 걸 뜯어내고 싶은 거요?"

"아직도 그렇게밖에 생각하지 못하다니 안타깝군요. 내가 사건을 맡지 않겠다는 이유를 정확히 알려드리지요. 그것은 당신이 거짓을 말하기 때문입니다."

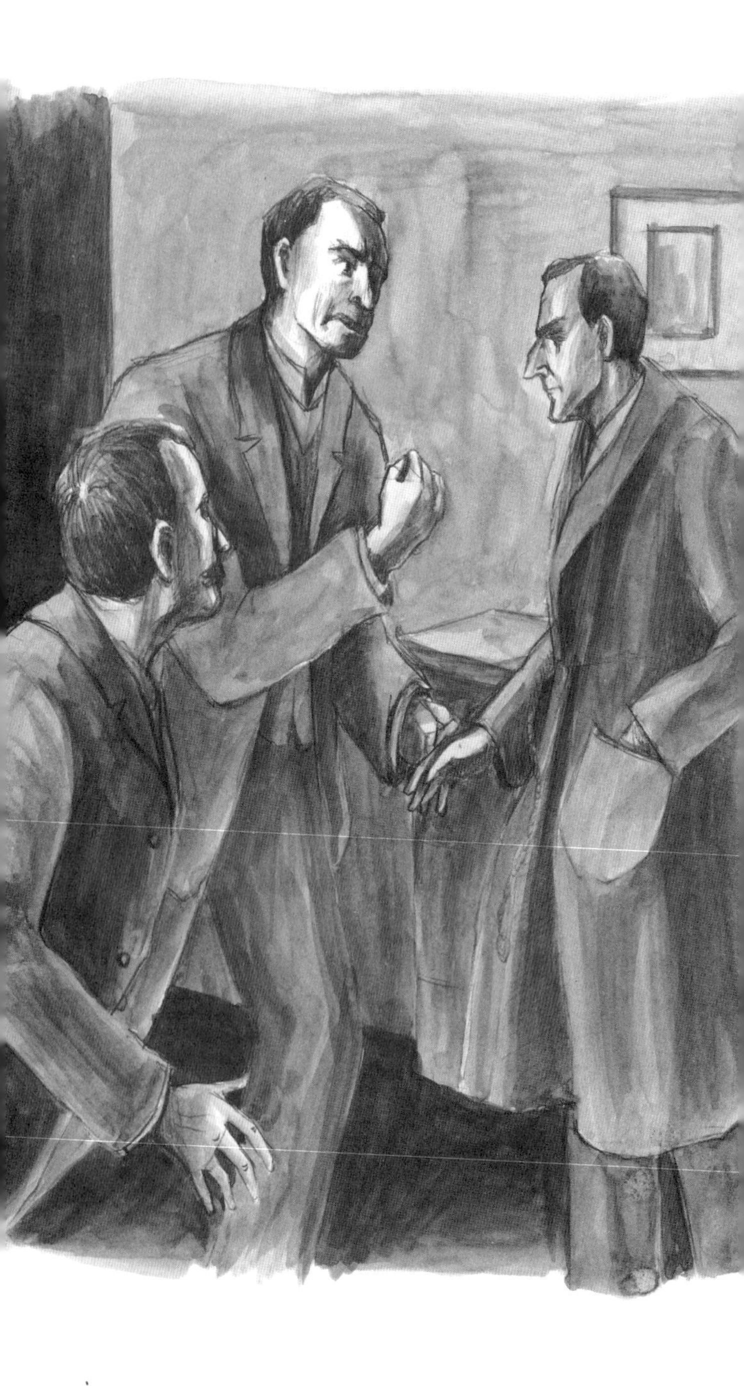

홈즈는 엄한 목소리로 꾸짖듯 말했다. 그러자 깁슨은 어금니를 꽉 깨물더니 화를 이기지 못하고 급기야 주먹으로 탁자를 쾅 내리쳤다.

"흥! 당신 말고도 탐정은 얼마든지 있어! 건방진 인간 같으니라고!"

깁슨은 자신의 실크 모자를 움켜쥐고는 요란한 문소리와 발소리를 내며 홈즈의 하숙집을 빠져나갔다.

"여보게, 홈즈, 저렇게 대단한 사람을 저 상태로 보냈다가 무슨 일이라도 생기면 어쩌나? 혹시라도 깡패들을 동원해서 자네에게 해라도 입힐까 걱정되네."

내가 걱정스럽게 말하자 홈즈는 아무렇지도 않다는 얼굴로 파이프를 물었다.

"자네는 아직도 나를 모른단 말인가? 그런 일쯤이야 탐정에게는 일상이 아닌가. 그나저나 조금만 기다려보게. 저 사람은 아마 30분도 되지 않아 돌아올 걸세. 내기를 해도 좋아."

홈즈가 장난기 가득한 미소를 지으며 말했다.

"그런데 홈즈, 정말 깁슨 씨와 댄버 양이 어떤 관계를 맺고 있다고 생각하나?"

"사실 아직은 확실하지 않아. 일단 그냥 대충 넘겨짚어 본 걸세. 그가 내게 보낸 편지에서는 방금과 같이 불같은 성격은 전혀 드러나지 않았었네. 매우 자제력이 강한 태도로 댄버 양을 보호하려는 모습을 보이고 있었어. 게다가 피살당한 부인보다 댄버 양을 걱정하고 있지 않던가. 그래서 나는 혹시나 하는 의구심을 가졌을 뿐이야."

시간이 얼마 흐르지 않아 홈즈의 예상대로 요란스럽게 계단을 올라오는 소리가 났다. 그리고 깁슨이 방문을 열고 다시 방으로 들어섰다. 그런데 조금 전 방을 나설 때 뿜어내던 분노나 적대감은 어디로 사라졌는지 풀이 팍 죽은 모습이었다. 아무래도 자신의 목표를 이루기 위해서는 어쩔 수 없이 상황에 따라가야 한다는 것을 깨달은 듯했다.

"홈즈 선생, 아무래도 내가 당신에게 큰 실례를 저지른 것 같소. 사건을 조사하기 위해서 선생이 진실을 알아야 하는 것은 당연한 일이오. 자기의 소신을 버리지 않는 모습을 보고 나는 당신을 다시 보게 되었소."

"그렇게 생각하셨다니 다행이군요. 일단 앉으신 후에 차분히 말씀하시지요."

깁슨은 자리에 앉아 길게 한숨을 내쉬었다.

"다시 말하지만 무엇보다 중요한 점은 댄버 양은 이 사건과 전혀 관계가 없다는 것이오. 이것이 진실임을 밝히기 위해 지금부터 모든 일을 사실대로 말하겠소."

그런데 진실을 털어놓는 것이 힘들었는지 깁슨은 다시 한

번 깊은 한숨을 쉬었다.

"우선 죽은 아내와의 일부터 말하리다. 이미 아실지 모르겠지만, 나는 20년 전 아마존 강 근처에서 그 마을에 살고 있던 아내를 만났소. 그녀는 열대지방 사람답게 열정적이고 감정이 풍부했지. 게다가 너무나 아름다웠소. 우리는 열렬히 사랑했고 결혼도 했다오. 그러나 시간이 지나고 처음의 열정도 차츰 사라져가자 나는 이 결혼을 깨고 싶어졌소. 살다 보니 우리에겐 공통점이 없었소. 뿐만 아니라 아내는 정식 교육을 못 받은 탓인지 교양이 없고 무식했소. 나는 그런 그녀가 내 아이들의 엄마라는 것마저 싫었다오. 나는 내 재산의 절반을 나눠줄 테니 나와 헤어지자고 말했소. 그러나 그녀는 막무가내였소. 내가 아무리 거칠게 굴고 난폭한 행동을 해도 마음을 바꾸지 않았다오. 그녀는 20년 전, 아마존에서 나를 만났던 그때의 감정을 그대로 품고 있었소."

깁슨은 괴로운 듯 머리를 감싸쥐었다.

"그 무렵 댄버 양이 집으로 들어온 거로군요."

"맞소. 그녀는 가정교사 구인광고를 보고 나를 찾아왔소. 선생도 그녀를 만나봤는지 모르겠지만, 그녀는 아름답고 교양이 넘치는 사람이오. 상냥하고 밝은 성격 때문인지 아이들도 금세 그녀를 잘 따랐고 공부 실력과 예의범절까지 좋아졌소. 나는 가끔 그녀와 소어 호수 근처를 산책하기도

했고, 물건을 사러 런던에 가기도 했소. 내 마음은 너무도 자연스럽게 그녀에게로 향했고, 나도 모르게 사랑에 빠져버렸다오. 게다가 나는……, 그녀에게 청혼까지 했소."

"부인과 함께 그 집에 살면서 댄버 양에게 청혼을 하셨단 말씀입니까?"

홈즈가 인상을 찌푸리며 말했다.

"선생이 비난한다 해도 어쩔 수 없다오. 나는 그동안 원하는 것이라면 무엇이든 손에 넣고야 말았소. 그때 내게는 댄버 양이 가장 중요했고, 그녀를 내 사람으로 만들고 싶은 생각밖에 없었소."

"좋습니다. 그럼 청혼을 한 건 언제쯤입니까?"

"한 달쯤 전이오."

"댄버 양의 반응은 어땠습니까?"

홈즈가 묻자 깁슨은 쓸쓸한 미소를 지었다.

"그녀는 단번에 거절했소. 그러면서 내게 아내를 소중하게 생각하라고 충고했지. 그리고 만약 또다시 그런 말을 입에 올리면 내 집에서 나가겠다고 말했소. 나는 그녀를 설득하려고 애썼다오. 그녀가 원하는 것은 무엇이든 들어주겠다고도 했고, 돈을 원하면 얼마든지 주겠다고도 했으며, 행복하고 편하게 살게 돕겠다고도 했소. 그러나 아무런 소용없었소."

"당신은 너무도 쉽게 가정을 깨고 젊은 아가씨를 취하려고 했군요. 자신의 부와 권력이면 무엇이든 할 수 있다고 생각해서 말입니다. 그것은 부자들이 흔히 하는 행동이지요."

홈즈가 날카롭게 비난의 화살을 던졌지만 의외로 깁슨은 묵묵히 받아들이는 듯했다.

"나도 지금은 당신의 비난이 당연하다고 생각하오. 나는 모든 것을 너무 쉽게 생각했소. 내 뜻대로 모든 일이 이루어질 거라 잘못 판단하고 있었던 거요. 댄버 양은 이런 내 생각을 무참히 깨버리고 집을 나가겠다고 내게 알렸소. 그녀다운 판단이었소."

"그런데 깁슨 양은 왜 바로 집에서 나가지 않았습니까?"

"내가 그 이후로 그녀가 원하는 대로 행동했기 때문이오. 다시는 그녀에게 그런 말을 하지 않았지. 혹시라도 그녀가 집을 나가게 될까 두려웠기 때문이오. 그리고 한 가지 더, 가장 중요한 이유가 있소. 그녀는 나를 변화시키고 싶어 했소."

"깁슨 씨를 변화시킨다고요?"

"그렇소. 그녀는 내 사업이 얼마나 대단한 것인지 알고 있었소. 그리고 돈이 사람을 어떻게 죽이고 어떻게 살리는지도 잘 알고 있었다오. 그래서 그녀는 '돈으로는 행복을 살 수 없습니다. 그러나 만약 당신이 갖고 있는 돈으로 힘들고

배고픈 사람들을 도와준다면 당신은 진정한 행복을 알게 될 것입니다'라고 말했소. 내가 어찌 그녀의 말을 듣지 않을 수 있었겠소. 그래서 나는 가난한 사람들을 위해 병원과 학교를 세우기로 결심했소. 그녀는 그 일들이 다 이루어질 때까지 우리 집에 머무르겠다고 약속했지. 그녀는 돈밖에 몰랐던 냉혹한 사업가인 나를 자선을 베풀 줄 아는 사람으로 변화시켰소. 그렇게 모든 일이 잘 돌아가는 듯하던 차에 이런 일이 발생한 거요."

"댄버 양은 정말 훌륭한 사람이군요."

홈즈가 칭찬하자 깁슨은 눈을 반짝이며 미소를 지었다.

"그런데 두 분의 관계를 부인이 눈치 채지는 않으셨습니까?"

부인 이야기가 나오자 깁슨의 얼굴에 어두운 그림자가 드리워졌다.

"내 아내는 질투심이 매우 강한 사람이오. 그녀는 직감적으로 댄버 양이 내게 큰 영향력을 행사하고 있다는 것을 알아차렸소. 그 영향력이 남녀간의 애정이 아니라 자선사업에 미치는 거라고 해도 소용없었소. 아마존의 피가 끓고 있는 아내는 증오와 질투심에 치를 떨었소. 만약 내가 댄버 양에게 청혼한 사실을 알았다면, 그리고 댄버 양과 결혼하기 위해 자기와 이혼하기를 바란다는 것을 알았다면 그녀는 미쳐버렸을 거요."

"그렇다면 댄버 양이 부인을 소어 다리로 불러낸 이유는 무엇이라고 생각하십니까?"

"사실 나도 그것이 의문이오. 댄버 양은 경찰에게 조사를 받을 때도 그저 자신이 죽이지 않았다고만 말했을 뿐, 왜 아내를 만났는지에 대해서는 절대 입을 열지 않았소. 그런데 내 생각에……."

깁슨은 잠시 말을 멈추고 입술을 꽉 깨물며 뭔가 고민하는 눈치였다.

"무엇이든 좋으니 생각나시는 대로 말씀해보십시오."

"저……, 사실 나는 이런 생각을 했소. 아내가 댄버 양을 살해할 의도로 총을 가지고 소어 다리로 나간 게 아닐까 하고 말이오. 아내가 댄버 양을 총으로 위협하면서 말싸움을 하다 몸싸움까지 이어졌고, 그러다 사고가 발생했을 수도 있지 않소?"

"권총 오발 사고라고 생각하시는군요. 흠, 흥미로운 추리입니다. 만약 그렇다면 댄버 양은 무죄로 풀려날 수 있겠지요."

"그렇소! 바로 그거요!"

깁슨이 반가운 듯 소리쳤다.

"그러면 권총은 어째서 댄버 양의 옷장 안에서 발견되었을까요?"

"그야 당황한 댄버 양이 집으로 달려가 정신없이 집어넣은 게 아니겠소?"

"흠, 그런데 댄버 양은 그 권총에 대해 전혀 모른다고 하지 않았습니까. 그리고 실제 그랬다면 아까 당신이 말한 댄버 양의 성격과는 많이 다른 모습이군요. 일단 알겠습니다. 이제 제가 한 가지 묻겠습니다. 평소에 부인은 권총을 소지하고 다니셨습니까?"

"아니오."

"만약 깁슨 씨의 추리대로라면 부인은 댄버 양을 권총으로 위협하거나 죽이려는 계획을 미리 세우고 있었다는 말인데……, 나는 그 의견에 반대입니다. 댄버 양은 그날 밤 9시가 조금 넘은 시간에 부인을 만나 15분가량 이야기를 나눴습니다. 그리고 혼자 다리를 건너 집으로 돌아오다 돌아보니 부인은 그때까지 댄버 양을 바라보고 있었다고 했습니다. 만약 댄버 양의 말이 사실이라면 부인은 댄버 양이 집에 돌아간 이후에 사망한 것이 됩니다."

"그렇다면 범인이 다른 사람이란 말이오? 대체 그게 누구겠소?"

침통한 표정으로 깁슨이 물었다.

"글쎄요. 현재로선 누구라도 용의선상에 올릴 수 있습니다. 심지어 깁슨 씨 당신도 용의자일 수 있지요. 당신이 부인을 총으로 쏘고 그 총을 몰래 댄버 양의 옷장 안에 넣어 뒀을 수도 있지 않겠습니까?"

"그런 말도 안 되는 소리를 하다니!"

깁슨은 부들부들 떨며 자리에서 벌떡 일어섰다.

"깁슨 씨, 진정하시지요. 지금 나는 가정을 세웠을 뿐입니다. 이러한 가정은 다른 사람에게도 가능합니다. 평소에 당신이나 부인에게 원한을 갖고 있던 사람이 복수의 의미로 부인을 죽였을 수도 있습니다. 당신 때문에 사업이 망한 사람일 수도 있고, 부인에게 모욕을 당한 사람일 수도 있습니다. 사업가일 수도 있고, 하인일 수도 있고요."

홈즈가 차분하게 설명하자 깁슨은 흥분을 가라앉히고 다시 자리에 앉았다.

"사실 저는 그 권총이 댄버 양의 옷장에서 발견된 점이 매우 흥미롭습니다. 경찰에서는 그 이유로 댄버 양을 유력한 용의자로 보지만 저는 그렇게 생각하지 않습니다. 만약 댄버 양이 진짜 범인이라면 왜 자기 옷장에 범행 도구를 숨겼겠습니까? 차라리 소어 호수에 던져버리는 편이 더 안전했을 텐데 말이지요."

"오호! 맞는 말이오. 나는 거기까지는 생각하지 못했소."

깁슨이 무릎을 탁 치며 말했다.

"이렇게 이야기를 하다 보니 이 사건에 더욱 끌리는군요. 좋습니다. 이 사건을 맡겠습니다."

"고맙소. 댄버 양의 결백만 증명해준다면 돈을 얼마든지 청구해도 좋소."

"깁슨 씨, 아까도 말씀드렸지만 내게 중요한 것은 돈이 아닙니다. 돈이 정말 많으시다면 차라리 댄버 양의 말처럼 자선단체에 기부하십시오. 저와 왓슨은 일단 필요한 준비를 마치고 내일 아침 첫 기차로 소어 마을에 가겠습니다. 직접 현장 조사도 해야 하고, 댄버 양도 만나야 하니까요. 너무 걱정 마시고 먼저 돌아가 계십시오."

"선생만 믿겠소. 잘 부탁하오."

깁슨은 정중한 태도로 홈즈에게 목례를 하고는 방에서 나갔다.

5. 난간의 흠집

다음 날 아침, 우리는 첫 기차를 타고 소어 마을로 향했다. 한 시간쯤 지나 기차에서 내리자 체구가 크고 눈빛이 날카로운 사내가 기차역에서 우리를 기다리고 있었다.

"홈즈 선생과 왓슨 선생이시군요. 깁슨 씨에게 오신다는 이야기를 듣고 기다리고 있었습니다. 저는 이 사건을 맡고 있는 코벤트리 경감입니다."

경감이 웃으며 악수를 청하자 홈즈도 반갑게 그 손을 잡았다.

"홈즈 선생, 나는 런던 경시청에서 나온 사람보다 당신들이 더 반갑습니다. 경시청에서 나온 사람들은 우리를 하찮게 여기고 심지어 우리가 해결한 사건마저 자기들의 공으로 돌려버린답니다. 만약 사건에 문제가 생기면 우리에게 뒤집어씌우기까지 하고요. 제가 듣기로 선생은 모든 일을 정당하게 처리하신다고 하더군요."

경감의 말에 홈즈는 빙그레 웃으며 말했다.

"그런 일은 걱정하지 않으셔도 됩니다. 저는 흥미로운 사건에 뛰어들 뿐이지 제 이름을 알리기 위해 노력하는 사람은 아닙니다. 그보다도 그 사이에 새로 나온 단서가 있습니까?"

"하인들을 조사하다 흥미로운 사실을 알게 되었습니다. 깁슨 씨는 성격이 매우 난폭해서 '검은 악마'라는 별명이 붙었다고 합니다. 그리고 부인과 사이가 나빠서 폭력을 사용하는 경우도 있었다는군요. 반면에 댄버 양과는 사이가 무척 좋았답니다."

잠깐 말을 멈춘 경감은 홈즈 쪽으로 살짝 몸을 기울이더니 목소리를 낮추었다.

"혹시 깁슨 씨가 부인을 죽이지 않았을까요? 직접 죽이지 않았다면 적어도 댄버 양을 돕기라도 하지 않았을까요?"

"왜 그렇게 생각하십니까?"

"댄버 양의 미모와 지성에 반한 깁슨 씨가 그들 사이의 장애물인 부인을 죽인 게 아닐까 하는 생각이 들더군요."

"글쎄요. 가능한 일이지요. 일단은 깁슨 부인이 발견된 장소를 한번 조사해봐야겠습니다."

"그럴 줄 알고 미리 마차를 준비해두었습니다."

우리는 마차를 타고 20분쯤 달려 소어 다리에 도착했다. 커다란 소어 호수 가운데 부분은 잘록한 모양이었는데, 여기에 길이 60미터, 폭 5미터가량의 돌다리가 세워져 있었다. 경감은 다리 가운데에 서서 손가락으로 바닥에 놓여 있는 돌멩이를 가리켰다.

"여기가 깁슨 부인이 발견된 장소입니다. 장소를 정확히 표시하기 위해 돌을 올려놓았지요. 검시관이 오기 전까지 현장은 잘 보존되어 있었습니다. 아무도 시신에 손을 대지 못하게 조처를 취했지요."

"잘하셨군요. 그런데 시신은 어떤 자세로 누워 있었습니까?"

"하늘을 보고 누워 있었습니다. 싸운 흔적 같은 것은 없었습니다."

"총알이 오른쪽 관자놀이로 들어가서 머릿속에 박혔다고요?"

"네, 머리에 탄흔이 있는 것으로 보아 가까운 곳에서 총을 쏜 것이 분명합니다."

"또 종이쪽지가 발견되었다던데요?"

"그렇습니다. 부인의 왼손에서 댄버 양이 쓴 메모지가 발견되었습니다. 9시까지 소어 다리로 가겠다는 내용이었지요. 부인은 그 종이를 손에 꽉 움켜쥐고 있었습니다. 그것을 빼내려고 고생 좀 했지요."

"중요한 단서로군요. 누군가가 댄버 양을 모함하려고 부인이 죽은 뒤에 종이를 손에 쥐어준 것은 아니라는 말이 되니까요. 댄버 양은 이 메모를 자기가 쓴 것이라고 인정하던가요?"

"그렇습니다. 그러나 그것에 대해 자세한 설명은 하지 않더군요."

"그런데 이상한 점이 있습니다. 깁슨 부인은 분명히 이 메모를 약속 시간 전에 받았을 겁니다. 한 시간 전일 수도 있고 두 시간 전일 수도 있겠지요. 그런데 그 쪽지를 굳이 가지고 나가서 손에 꼭 쥐고 있었던 이유는 무엇일까요?"

"아하, 그렇군요. 정말 이상하군요."

"그리고 댄버 양을 다리 쪽에서 봤다는 목격자 말입니다.

그 사람을 만나보셨습니까?"

"그럼요. 그 사람은 깁슨 씨의 저택과 가까운 곳에 살고 있습니다."

"무슨 소리를 들었다고 하지 않던가요? 싸우는 소리나 총소리 말입니다."

"저도 혹시 총소리를 들었는지 물었지만 아무런 소리도 듣지 못했다고 하더군요."

홈즈는 고개를 끄덕이며 바닥으로 시선을 돌렸다.

"여기에는 핏자국이 전혀 없군요."

"네. 검시가 끝난 후에 깁슨 씨 댁 하인들이 모두 깨끗하게 씻어냈습니다."

"혹시 남아 있었을지도 모를 증거까지 모두 사라졌겠군요."

홈즈는 팔짱을 낀 채 주변을 살피기 시작했다. 그의 날카로운 눈초리는 작은 단서 하나도 놓치지 않겠다는 듯 반짝이고 있었다. 잠시 후 그의 시선이 호수에서 멈췄다.

"흙탕물이라 물속을 들여다볼 수가 없군요. 이 호수는 얼마나 깊습니까?"

"대략 3, 4미터쯤 됩니다. 그런데 이 다리 근처의 수심은 훨씬 더 깊어서 7, 8미터 정도 된다고 합니다."

홈즈가 잠자코 고개를 끄덕이며 몸을 돌리려던 순간이었다. 나는 홈즈의 눈이 동그랗게 커지는 것을 보았다. 그의

시선은 자신이 기대고 서 있던 난간 모서리에 난 약 2센티미터가량의 흠집에 있었다. 홈즈는 주머니에서 돋보기를 꺼내 흠집의 모양을 살피더니 이후에 난간 구석구석을 살폈다. 그리고는 들고 있던 지팡이를 휘둘러 난간을 몇 차례 세게 두들겼다.

"경감님도 이 흠집을 보셨습니까?"

홈즈가 흥미롭다는 표정으로 물었다.

"네, 그런데 그런 흠집이야 어디에든 쉽게 있는 것 아닙니까? 아이들이 장난으로 팠을 수도 있고, 주정뱅이가 지나가다가 구두로 찼을 수도 있고요."

"하지만 이 돌은 매우 단단해서 이 정도의 흠집이 생기려면 엄청난 힘이 필요합니다. 구둣발로 찬다고 이런 흠집이 나오지는 않습니다."

경감이 가까이 가서 살피자 과연 돌은 무척 딱딱해서 쉽게 상처가 나기 힘들었다. 게다가 흠집은 크기가 상당히 큰 편이었고, 돌 표면은 강한 충격으로 떨어져 나간 것이 분명했다.

"혹시 마차가 지나가면서 여기를 스친 게 아닐까요?"

"마차 바퀴가 스친 자국이라면 더 넓게 파였어야 합니다. 자세히 보시면 흠집은 초승달 모양으로 나 있습니다. 이건 분명히 쇠처럼 단단한 물건이 아래에서 위로 쳐올려지면서

생긴 자국입니다. 또 주변에 비해 색깔도 하얀 것을 보면 최근에 생긴 흠집이라는 것을 알 수 있습니다. 이건 분명히 이번 사건과 관련 있는 증거입니다."

홈즈가 확신에 찬 어조로 말했다. 그리고 어둑해진 주변을 둘러보더니 나를 향해 고개를 끄덕였다. 그것은 이곳의 조사가 다 마무리되었다는 신호였다.

"자, 현장 조사는 마쳤으니 이제 댄버 양을 만나러 갑시다."

"깁슨 씨가 기다리고 계실 텐데요."

"깁슨 씨는 이미 만났으니 새로운 이야기를 들을 게 없습니다. 이제 댄버 양을 만나 몇 가지 확인할 것이 있습니다."

6. 두 여인의 만남

우리는 다시 마차를 타고 소어 역을 향해 출발했다. 그리고 역에서 다시 기차를 타고 윈체스터 시로 향했다. 홈즈는 계속 눈을 감은 채 생각에 깊이 잠겨 있었다. 얼마 후 경시청에 도착하자 경감은 허가서를 받기 위해 서장실로 들어갔다. 잠시 후 그는 열쇠 꾸러미를 들고 우리에게 다가왔다.

"댄버 양을 만나도 좋다는 허락을 받았습니다. 같이 가시죠."

"죄송합니다만 왓슨과 저, 이렇게 두 사람만 댄버 양을 만나고 싶습니다."

"뭐, 상관없습니다. 어서 만나고 오십시오."

경감은 흔쾌히 말하며 유치장 쪽을 가리켰다.

나와 홈즈는 어두컴컴한 계단을 따라 내려가 지하 유치장에 도착했다. 댄버 양은 독방에 감금되어 있었는데, 어둡고 음침한 곳에서도 그녀의 아름다움은 빛이 났다.

"댄버 양, 나는 런던에서 온 탐정 셜록 홈즈입니다. 깁슨 부인 사건을 조사하러 왔습니다."

댄버는 서서히 자리에서 일어나 창살 앞으로 걸어왔다. 가까이서 보니 탐스러운 검은 머리와 빛나는 눈동자, 우윳빛 살결이 보는 사람의 시선을 확 잡아끄는 힘이 있었다. 뿐만 아니라 그녀에게서는 선하고 단정한 분위기가 강하게 풍겼다. 다만 상황이 힘겨워서 그런지 그녀의 두 눈에는 힘겨운 근심의 빛이 서려 있었다.

"댄버 양, 당신은 깁슨 부인이 죽던 날 밤에 소어 다리에서 깁슨 부인을 만나셨다죠?"

"네."

댄버는 들릴락말락한 목소리로 힘없이 말했다.

"깁슨 부인이 쥐고 있던 쪽지를 본인이 쓴 게 맞습니까?"

"그렇습니다."

"그날 부인과 만나서 어떤 이야기를 나

냈는지 말씀해주실 수 있습니까?"

"그건 말할 수 없습니다."

댄버는 단호하게 고개를 가로저었다.

"본인의 무죄를 입증하고 싶다면 하나도 빠짐없이 사실을 말씀해주시는 것이 좋을 텐데요."

"홈즈씨, 저는 그 집의 아이들을 가르치는 가정교사입니다. 그 댁에 해를 끼치는 일은 하고 싶지 않습니다."

"본인이 모든 죄를 다 뒤집어쓴다고 해도 말입니까? 모든 증거가 당신에게 불리합니다. 재판에서 지면 유죄 판결을 받고 오랜 기간 동안 감옥에서 지내야 합니다."

홈즈의 설득에 댄버의 눈빛이 살짝 흔들리는 듯했다.

"댄버 양, 당신이 아무리 사실을 숨기려고 해도 재판을 거치다 보면 사실은 모두 밝혀지게 될 겁니다. 차라리 지금 솔직히 말해서 혐의를 벗어버리는 게 낫지 않을까요? 사실 저는 이미 깁슨 씨에게서 당신과 관련된 이야기를 들었습니다. 지금 당신이 어떤 말을 하든 나와 왓슨은 절대 그 사실을 입 밖에 내지 않겠습니다."

깁슨이 홈즈에게 어떤 이야기를 했다는 말에 댄버의 얼굴에 놀라는 빛이 스치고 지나갔다. 잠시 후 댄버는 결심했다는 듯 입을 열었다.

"사실은 그날 밤, 제가 부인을 불러낸 것이 아니라 부인께서 저를 불러내셨습니다."

"부인이 불러냈다고요?"

"그렇습니다. 그날 오후 2시쯤이었을 겁니다. 아이들을 가르친 뒤 제 방으로 돌아가 보니 테이블 위에 부인이 보낸 쪽지가 놓여 있더군요."

"무슨 내용이 적혀 있던가요?"

"긴히 할 말이 있으니 저녁에 소어 다리에서 만났으면 좋겠다는 내용이었습니다. 그리고 이 사실을 절대 비밀로 할 것과 저의 답장은 정원 해시계 위에 놓아둘 것을 부탁하셨어요. 그래서 저는 9시에 소어 다리에서 만나자는 내용의 답장을 해시계 위에 올려놓았습니다. 나중에 보니 부인께서 가져가셨는지 쪽지가 없어졌더군요."

"음, 댄버 양의 이야기를 들으니 의문이 조금씩 풀리는 것 같군요. 그런데 부인은 왜 댄버 양의 메모를 손에 쥐고 있었을까요?"

"저도 그 이야기를 듣고 깜짝 놀랐어요. 그럴 이유가 전혀 없었는데 말이에요."

"알겠습니다. 그럼 부인과 만나서 어떤 이야기를 하셨습니까?"

"9시 정각에 다리에 도착해보니 부인이 먼저 나와서 저를 기다리고 계셨어요. 사실 저는 그때까지만 해도 부인께서

저를 그토록 미워하고 계시는 줄 몰랐어요. 그런데 부인이 갑자기 미친 사람처럼 흥분하면서 분노에 가득 차서는 무서운 말들을 쏟아내셨어요."

댄버는 그때의 일이 기억나는지 몸서리를 쳤다.

"그게 어떤 말이었습니까?"

"부인은 깁슨 씨와 저의 관계를 오해하고 계셨어요. 그분은 제가 깁슨 씨를 유혹해서 부인을 몰아내고 그 자리를 차지하려 한다고 생각하셨어요. 하지만 그건 정말 사실과 달라요. 저는 깁슨 씨와 자선사업에 관련된 일만 상의했을 뿐 개인적인 감정을 키운 적은 절대 없습니다."

입이 바짝 마르는지 댄버는 잠시 말을 멈추고 혓바닥으로 살짝 입술을 축였다.

"깁슨 씨에게 이야기를 들으셨다고 하니 말씀드리겠습니다만, 사실 깁슨 씨는 제게 청혼을 하셨습니다. 그러나 저는 그 자리에서 분명하게 거절했습니다. 만약 두 사람 사이에 어떤 사건이 있었다면 이게 전부일 뿐 그 외에 어떠한 부도덕한 일도 발생하지 않았습니다."

"잘 알겠습니다. 부인의 이야기를 더 해주시지요."

"부인께서는 제게 '너처럼 음흉한 여자를 더 이상 내 집에 둘 수 없어. 당장 짐을 싸서 내 집에서 나가!'라고 소리쳤어요. 저는 부인이 내뱉는 끔찍한 말들을 더 이상 듣고 있을 수가 없어서 귀를 막고 도망치듯 앞만 보고 달렸습니다. 다리 끝에 이르러서 뒤를 돌아보니 부인은 그때까지도 저를 향해 고래고래 악담을 퍼붓고 계셨습니다."

댄버는 괴로운 듯 깊게 한숨을 내쉬었다.

"그때 혹시 부인이 권총을 들고 있거나 옷 속에 숨기고 있는 것을 보지 못했습니까?"

"아니오. 그런 것을 본 적은 없습니다."

"다음 날 아침에 경찰이 당신의 옷장에서 권총을 발견했지요?"

"네, 그때 저는 까무러치는 줄 알았습니다. 권총이 제 옷가지에 싸인 채로 발견될 줄은 꿈에도 생각하지 못했거든요."

"권총이 언제부터 거기에 있었을까요?"

"그건 저도 정확히 모르겠어요. 권총이 발견된 옷장의 서랍은 여름옷을 넣어두는 곳이라 한동안 열어보지 않았거든요."

"그럼 혹시 전에 그 권총을 본 일이 있습니까?"

"네, 본 적 있어요. 그런데 제가 본 것은 케이스에 담겨 있는 똑같은 모양의 권총 두 자루였어요."

"똑같은 모양의 권총이라고요? 그게 언제입니까?"

갑자기 홈즈의 목소리에 생기가 돌았다.

"한 2주 전쯤일 겁니다. 총기실 옆을 지나다 보니 탁자 위에 검은 가죽으로 된 케이스가 놓여 있는 게 눈에 띄더군요. 무얼까 궁금한 마음에 한번 열어봤는데 똑같은 모양의 6연발 권총 두 자루가 들어 있더군요. 그때 본 권총이 제 방에서 발견된 권총과 같은 모양이었어요."

"아주 중요한 정보 고맙습니다. 이제 사건의 실마리가 잡힌 것 같군요. 깁슨 양, 곧 당신의 무죄가 밝혀질 것입니다.

조금만 참고 계십시오."

홈즈가 미소를 지으며 인사하자 댄버도 안심이 되는 표정으로 가볍게 목례를 했다.

우리가 다시 1층으로 올라가자 경감이 우리를 기다리고 있었다.

"경감님, 혹시 깁슨 씨 집의 총기류를 모두 압수하셨습니까?"

"그렇습니다. 스물한 자루 모두를 여기 증거물 보관실에 가져다 두었습니다. 보시겠습니까?"

"아니, 그럴 필요는 없습니다. 다만 한 가지만 확인해주시지요. 그중에 댄버 양의 옷장에서 발견된 권총과 같은 형태의 총이 있었습니까?"

"아닙니다. 그런 권총은 없었습니다."

"그럼 혹시 총기실에서 두 개의 권총을 담는 검은 가죽 케이스를 보셨습니까?"

"아니오. 그런 것도 없었는데요."

"누군가 가죽 케이스를 숨겨버린 모양이군."

내가 속삭이듯 말하자 홈즈가 고개를 끄덕였다.

"경감님, 이 사건에 대한 제 추리는 모두 끝났습니다. 이제 그 추리가 맞다는 것을 증명해 보일 테니 지금 소어 다리로 가시지요."

홈즈의 말에 경감의 눈이 휘둥그레졌다.

"아니, 그게 무슨 말씀입니까? 벌써 다 아셨단 말입니까?"

"그렇습니다. 제 말을 믿기 힘드시겠지만 댄버 양은 이 사건의 범인이 아닙니다. 모든 것은 소어 다리에서 실험을 통해 알려드리겠습니다."

홈즈는 어안이 벙벙한 표정으로 멍하게 서 있는 경감과 나를 보고 빙그레 웃었다.

7. 실험으로 밝혀진 진실

우리는 소어 마을로 돌아가기 위해 다시 기차를 탔다. 나는 기차를 타고 오는 동안 홈즈에게 궁금한 것들을 묻고 싶었다. 그러나 그는 시종일관 눈을 감고서 손가락으로 의자 팔걸이만 두드리고 있었다. 나는 홈즈가 생각하는 것을 방해하고 싶지 않아 소어 다리에 도착할 때까지 아무것도 묻지 않았다. 반면 경감은 이따금씩 불신의 눈초리로 홈즈를 흘낏거렸다.

홈즈는 소어 역에 도착하자마자 상점에 들러 노끈과 굵은 밧줄, 그리고 작은 갈고리 하나를 샀다.

"홈즈, 대체 어디에 쓰려고 그러나?"

"궁금해도 조금만 참게. 이따가 할 실험에 쓸 물건들이네."

다시 소어 다리에 도착했을 때는 해가 지고 있었다. 저녁

놀이 호수 위를 붉게 물들이자 주위 풍경은 가을 분위기가 물씬 풍기는 한 폭의 그림 같았다. 홈즈는 깁슨 부인의 시신이 있던 자리로 가더니 내게 물었다.

"왓슨, 자네 권총을 가져왔지?"

"물론이야."

나는 주머니에서 총을 꺼내 홈즈에게 건네주었다. 그것은 군대 시절에 사용하던 6연발 권총이었다. 홈즈는 권총을 손에 들고 무게를 가늠해보더니 그것을 경감에게 건네주었다.

"경감님. 이 권총이 댄버 양의 옷장에서 발견된 권총의 무게와 비슷합니까?"

경감 역시 권총을 손바닥 위에 올려놓고 무게를 쟀다.

"제 느낌엔 비슷한 것 같습니다."

홈즈는 다시 권총을 받아들더니 심각한 얼굴로 말했다.

"저는 지금부터 어떤 실험을 하려고 합니다. 그 실험이 성공한다면 이 사건과 관련된 모든 사실이 밝혀지게 될 겁니다. 우선 이 권총에서 총알을 하나 빼겠습니다."

홈즈는 탄창에서 총알을 하나 빼 내게 건네주었다.

"자, 이제 남은 총알은 모두 5발입니다. 댄버 양 옷장에서 발견된 총과 같은 조건이 되었습니다. 혹시 발생할지도 모를 사고에 대비해 안전장치는 잠그겠습니다."

경감이 아무 말 없이 홈즈의 행동을 유심히 지켜보는 가운데 홈즈는 다리 옆 수풀에서 상당히 큰 돌 하나를 주워 왔다. 그러더니 상점에서 산 노끈을 권총 손잡이에 묶었다. 그리고 그 노끈을 10미터쯤 풀어서 그 끝에 주워온 돌을 묶었다.

"왓슨, 이 총을 들고 다리 한가운데 서 있게."

나는 홈즈가 시키는 대로 권총을 들고 다리 가운데로 가서 섰다. 홈즈는 돌이 묶인 쪽을 잡고 난간 쪽으로 갔다. 그러더니 그 돌을 난간 너머 호수 위로 던져 물 위에 늘어뜨렸다. 무거운 돌덩이와 권총을 잇고 있는 노끈이 팽팽해졌다. 홈즈는 내 쪽으로 다가와서 권총을 받아들었다. 그리고 깁슨 부인의 시체가 있던 곳에서 북쪽으로 1미터쯤 떨어진 곳으로 자리를 옮겼다.

"이제부터 그날 밤, 깁슨 부인에게 무슨 일이 있었는지 보여드리겠습니다."

홈즈는 권총을 자신의 오른쪽 관자놀이에 갖다 댔다. 그러자 권총에 묶여 있던 줄이 더욱더 팽팽해졌다.

"깁슨 부인은 바로 이렇게 자신의 머리에 총을 쏜 것입니다."

홈즈가 방아쇠를 당기는 시늉을 하고 오른손을 내려놓자 총은 순식간에 앞으로 날아가 난간 모서리에 '딱' 소리를 크게 내며 부딪쳤다. 그리고 곧바로 호수 속으로 빨려 들어가 버렸다. 우리는 재빨리 달려가 호수를 들여다보았다. 그러나 호수 표면에는 동그란 파문만 일 뿐 권총은 자취도 없이 사라진 후였다.

"여기를 보게."

홈즈가 가리키는 곳을 보자 돌 난간 모서리에 흠집이 나 있었다. 그것은 색깔과 모양, 모든 면에서 1미터 떨어진 곳에 나 있는 흠집과 똑같았다.

"어떻습니까? 이제 모든 문제가 해결되지 않았습니까?"

홈즈가 자신만만하게 말했다. 하지만 경감은 여전히 의심에 찬 얼굴로 고개를 가로저었다.

"선생의 실험은 정말 그럴듯합니다. 그러나 깁슨 부인은 황금왕의 부인입니다. 그런 사람이 뭐가 부족하고 아쉬워서 자살을 했겠습니까? 동기가 분명치 않은 이상 저는 선생의 의견에 동의할 수 없습니다."

홈즈는 짧게 한숨을 내쉬며 말했다.

"이렇게 실험을 통해서 모든 사실을 증명했는데도 부족하단 말씀이십니까? 그렇다면 어쩔 수 없이 말로 설명해드리지요."

홈즈는 그동안 깁슨과 댄버에게 들은 이야기들을 경감에게 자세히 말해주었다. 경감은 때론 놀라기도 하고 때론 의심이 가득한 눈빛을 보내기도 하면서 홈즈의 이야기를 끝까지 경청했다.

"이것이 이 사건의 대략적인 내용입니다. 깁슨 부인은 남편과 댄버 양의 관계를 의심하고 그녀를 증오한 나머지 치밀하게 계획을 세웠던 것입니다. 무고한 사람에게 살인죄를 뒤집어씌울 계획을 말입니다. 그래서 깁슨 부인은 죽을 때 댄버 양이 쓴 쪽지를 꼭 쥐고 있었던 겁니다. 댄버 양의 옷장 속에 총알이 단 한 발만 발사된 총도 넣어두었고요. 게다가 댄버 양이 소어 다리에 있는 것을 목격한 사람까지 있지 않았습니까. 누가 봐도 댄버 양을 살인자로 지목할 수밖에 없도록 덫을 쳐 놓은 것이지요. 아주 잘 짜여진 계획이었고, 성공할 뻔한 계획이었습니다."

그러나 경감은 여전히 믿지 못하겠다는 얼굴이었다.

"사실 나는 아직도 선생의 말을 확신할 수가 없습니다. 지금까지의 설명은 전해 들은 이야기로 짜 맞춘 추리에 불과하지 않습니까? 무엇보다 정확한 증거가 부족합니다."

"좋습니다. 그럼 제가 증거를 보여드리지요. 부인이 자살할 때 사용했던 권총을 보여드리면 되겠습니까?"

"물론이죠."

"그럴 줄 알고 미리 밧줄과 갈고리를 준비했습니다. 우선 방금 던진 왓슨의 권총부터 건져보죠."

홈즈는 갈고리에 밧줄을 묶어 새로운 흠집이 난 난간 너머로 던졌다. 그러자 돌과 끈으로 연결된 권총이 갈고리에 걸려 물 밖으로 따라 올라왔다.

"자, 왓슨의 권총은 여기 찾아냈으니 이제 깁슨 부인의 권총을 찾아볼까요."

홈즈는 기존의 흠집이 있던 난간에 서서 방금 전과 같이 갈고리를 물속으로 던졌다. 잠시 후 돌과 연결된 권총 한 자루가 갈고리에 걸려 올라왔다.

"자, 여기 확실한 증거를 찾아냈습니다. 이것은 깁슨 부인이 자기 머리를 쏠 때 쓴 총입니다. 잘 보십시오. 댄버 양의 옷장에서 발견한 권총과 똑같지 않습니까?"

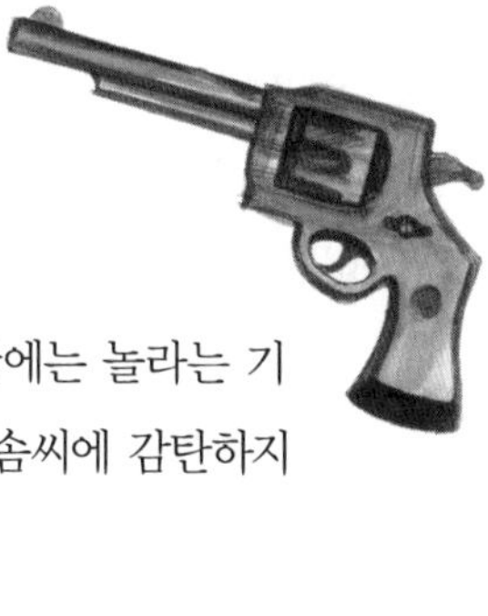

"그, 그렇군요. 어떻게 이런 일이!"

경감의 두 눈은 휘둥그레졌고, 얼굴에는 놀라는 기색이 역력했다. 나 역시 홈즈의 추리 솜씨에 감탄하지 않을 수 없었다.

"그런데 홈즈 선생, 권총은 어떻게 된 거요?"

"깁슨 씨에게는 똑같은 모양의 권총이 두 자루 있었습니다. 다행히 댄버 양이 목격한 적이 있더군요. 깁슨 부인은 이것을 교묘히 잘 이용한 겁니다. 먼저 한 자루를 꺼내서 한 발 쏜 뒤 몰래 댄버 양의 옷장 안에 감춰두었지요. 나중에 증거로 발견될 수 있게 말입니다. 그리고 나머지 한 발은 자기가 사용했지요. 또한 증거를 없애기 위해 권총이 담겨 있던 케이스는 없애버렸고 말입니다."

"오호! 정말 대단하십니다. 소문이 틀리지 않았어요. 놀라울 따름입니다."

경감은 감탄사를 연발하며 홈즈를 추켜세웠다.

"자, 그럼 깁슨 씨가 목이 빠져라 기다리고 계실 테니 어서 가서 이 소식을 알려드립시다."

경감의 말에 홈즈는 손을 저으며 거절했다.

"아닙니다. 저는 사건을 해결한 것으로 충분합니다. 그리고 자꾸 돈부터 꺼내들려고 하는 모습을 또 보고 싶진 않군요. 경감님이 제 대신 설명을 잘 해주시기 바랍니다. 그리고 여기 증거품이 있으니 받아 가십시오."

홈즈는 경감에게 방금 물에서 건져 올린 권총을 조심스럽게 건넸다.

"아, 그리고 댄버 양의 결백이 입증되었으니 이젠 걱정하지 않으셔도 된다고 전해주십시오."

"네, 댄버 양은 내일 오전 중에 풀려날 수 있을 겁니다."

"그리고 이번 사건이 이렇게 해결된 것을 알면 신문기자들이 사방에서 달려들 겁니다. 그때 댄버 양과 관련된 이 집안의 비극은 발설하지 말아주십시오. 어쩔 수 없어서 경감께는 말씀드렸지만, 비밀을 지켜주기로 댄버 양에게 약속했으니까요"

"알겠습니다. 아무에게도 말하지 않겠습니다."

"그러자면 더불어 강바닥에서 돌에 매달린 권총을 건져 올렸다는 말도 빼야겠지요?"

"그렇군요. 걱정 마십시오."

"혹시 댄버 양의 옷장에서 발견된 권총을 문제 삼는 사람이 있다면 그것은 댄버 양이 강도가 들 것에 대비해서 가지고 있던 것이라고 말씀하십시오."

"그렇게 하지요."

홈즈는 미소를 지으며 경감에게 악수를 청했다. 경감도 밝은 표정으로 그 손을 꽉 쥐었다.

"참, 그리고 이 사건에 제가 개입했다는 사실은 밝히지 말아주십시오. 모두 경감님이 해결하신 것으로 처리하시기 바랍니다."

"하지만……."

"전에도 말씀드렸지만 저는 흥미로운 사건에 뛰어드는 것을 즐길 뿐입니다."

손에 권총을 든 채 멍한 표정으로 서 있는 경감을 뒤로 하고 홈즈와 나는 다시 소어 역으로 나와 런던행 기차에 몸을 실었다.

다음 날, 늦잠을 잔 나는 아침 식사 시간보다 조금 늦게 식당으로 내려갔다. 홈즈는 이미 식사를 절반쯤 마친 후였다.

"어서 오게. 피곤했지?"

"무슨 재미있는 기사라도 났나?"

나는 홈즈가 읽고 있던 신문을 가리키며 물었다.

"어제 그 사건에 대한 기사가 났어. 여기 보게."

홈즈가 건네준 신문에는 기사 제목이 평소보다 큰 활자로 쓰여 있었다.

'아마존의 여황' 살해 사건, 전모가 밝혀지다.

자칫 미궁에 빠질 뻔했던 이번 사건은 코멘트리 경감의 기지로 비교적 빠르게 해결되었다. 경감에 따르면, 깁슨 부인은 평소 정신 이상으로 인해 발작을 일으킨 적이 많았는데, 이번에도 발작을 심하게 일으키다 권총으로 자살하게 된 것이라고 한다. 자살에 사용된 권총은 부인이 바닥에 쓰러지면서 호수에 빠진 것으로 보인다. 경찰에 따르면 호수의 깊이가 깊어 권총을 찾아내기까지 상당한 시간이 소요될 것이라고 한다.

한편 용의자로 지목되었던 댄버 양의 옷장에서 발견된 권총은 댄버 양의 개인 소유물로 밝혀졌다. 강도에 대비해 비상용으로 갖고 있던 것으로 이번 사건과는 아무런 관련이 없다고 한다. 댄버 양은 오늘 아침 일찍 석방되었다.

"흠, 댄버 양도 석방되고 모든 일이 자네 뜻대로 잘 해결되었군."

내 말에 홈즈는 여유로운 얼굴로 빙그레 웃었다.

"그런데 자네 이름이 빠져서 섭섭하지는 않나?"

"나는 이 사건을 하루 만에 해결했네. 어떤가? 그 정도면 충분한 것 아닌가? 나는 스스로에게 만족하고 있다네."

홈즈는 행복한 얼굴로 파이프를 입에 물었다.

다음 날, 홈즈에게 한 통의 편지가 배달됐다. 발신자는 소어 마을의 황금왕 깁슨이었다.

친애하는 홈즈 선생.

코벤트리 경감으로부터 선생의 활약상에 대해 전해 들었습니다. 이렇게 빠른 시간 안에 사건을 해결해주시니 정말 고맙습니다. 무엇보다 댄버 양의 무죄가 입증되어서 기쁘기 그지없습니다.

그런데 지금 제 마음은 찢어지게 아픕니다. 제 아내가 저지른 무서운 일들을 생각하면 소름이 끼칠 정도입니다만, 그녀가 자살을 선택하게 된 데는 제 잘못도 있다는 것을 깨달았기 때문입니다. 아마존 출신이어서 그런지 다른 사람보다 열정적이고 감정을 주체하지 못하는 성격이기 때문에 질투심도 더욱 강했을 것입니다. 그녀의 상처받은 마음을 제대로 파악하지 못한 것이 안타깝습니다. 그래서 저는 그녀가 자란 마을에 자선병원을 지어주기로 결심했습니다. 조금이나마 그녀의 상처 입은 영혼에 위로가 되기를 바랍니다.

그리고 동봉한 수표는 저의 성의이니 사양하지 마시고 받아주십시오.

닐 깁슨

봉투에는 200파운드짜리 수표가 들어 있었다. 홈즈는 씁쓸한 표정으로 고개를 저었다.

"아무래도 이건 너무 많지? 우리가 쓴 돈이라고는 고작 기차삯 정도인데 말이야. 왓슨, 이 돈을 깁슨 씨가 짓는다는 아마존의 자선병원에 기부하면 어떨까?"

나는 대답 대신 홈즈를 향해 활짝 웃어 보였다.

세 명의 개리뎁

The Three Garridebs

존 개리뎁

미국에서 변호사로 활동하다 대부호가 남긴 유언 때문에 영국으로 건너왔다. 유언의 내용은 존 개리뎁을 제외하고 개리뎁이라는 성을 가진 성인 남성 두 명을 더 찾으면 각각 500만 달러의 유산을 받을 수 있다는 것이었다. 그는 네이선 개리뎁이 홈즈에게 사건을 의뢰한 것을 알고 매우 화를 내지만 금방 세 번째 개리뎁을 찾아낸다. 그런데 누구나 믿었던 존 개리뎁의 진짜 정체를 홈즈가 밝혀내면서 사건은 전혀 다른 방향으로 흘러간다.

네이선 개리뎁

다양한 분야에 걸쳐 각종 수집품을 모으는 일에만 관심 있는 60대 수집광이다. 수집품을 정리하는 일로 바쁜 데다 몸도 좋지 않아서 웬만해서는 집 밖으로 나가지 않는다. 자신의 특이한 성 때문에 엄청난 유산을 받게 된다는 이야기를 듣고 매우 기뻐한다. 하루빨리 세 번째 개리뎁을 찾고 싶은 마음에 홈즈에게 사건을 의뢰한다.

'세 명의 게리뎁'은 ≪셜록 홈즈의 사건≫ 편에 수록된 단편으로 1924년 10월 25일에 〈콜리어즈〉지에 먼저 발표된 후 다음 해인 1925년 1월에야 〈스트랜드 매거진〉에 발표되었다.

한편 셜로키언들은 홈즈가 주인공인 작품 중 장편 4편과 단편 56편을 '카논', 즉 정전(正典)이라고 칭하는데, 이 작품 '세 명의 개리뎁'을 두고 셜로키언들 사이에서 '카논이냐, 아니냐?'에 대한 논쟁이 지속되어 왔다. 특히 러셀 맥로린은 "이 작품은 홈즈에 대해 잘 아는 누군가가 쓴 것이 분명하다"고 주장했다. 반면 ≪셜록 홈즈의 사건≫ 편의 작품이 모두 정전이 아니라고 주장하는 D. 마틴 데이킨은 '세 명의 개리뎁'만큼은 진짜 정전이라고 주장했다.

"베어커가의 팬들이라면 왓슨의 생애 중 최고의 순간, 즉 살인자 에반스가 왓슨에게 총을 쏘았을 때 홈즈가 그에게 얼마나 헌신적이었는가에 대한 묘사를 잊어버릴 사람은 없을 것이다."

1. 첫 번째 개리뎁

지금부터 이야기하는 이 사건은 1902년 6월 말에 일어났다. 시간이 조금 지나긴 했지만 나는 그때의 일을 생생히 기억하고 있다. 그 달에 그동안의 노고를 인정해 홈즈에게 기사 작위를 수여했는데 이를 거절했기 때문이다. 그처럼 엄청난 사건을 가장 친한 친구인 내가 잊을 리 없었다. 게다가 홈즈는 6월의 대부분을 침대 위에서 빈둥대며 보냈다. 다른 사람들은 잘 모르지만 홈즈는 이따금씩 침대 위에서 뒹굴며 시간을 보내는 습관이 있었다. 게으름 피우는 홈즈를 침대 밖으로 끌어내려면 그를 자극할 만큼 흥미로운 사건이 있어야 했지만, 6월이 다 가도록 내 희망은 철저히 외면당하고 있었다.

그러던 어느 날이었다. 다른 날에 비해 일찍 일어난 홈즈가 나를 보며 반갑게 인사를 건넸다.

"왓슨, 좋은 아침이야. 그런데 내게 엄청난 돈을 벌 수 있는 기회가 생겼다네. 생각 있으면 자네가 한번 나서보겠나?"

홈즈는 무슨 이유에선지 계속해서 싱글거리고 있었다. 나는 아침부터 무슨 엉뚱한 소리인가 싶어 그를 쳐다보았다.

"자네 혹시 개리뎁이라는 성을 들어본 적이 있나?"

"개리뎁? 그렇게 희한한 성도 다 있나?"

"그렇게 말하는 것을 보니 자네도 들어본 적이 없나 보군."

"처음 듣네. 그런데 그건 왜 묻나?"

"개리뎁이라는 성을 가진 사람을 찾으면 막대한 보상금을 받을 수 있어서 하는 말이네."

"그런 일이라면 굳이 홈즈 자네가 아니라도 할 사람은 많을 텐데."

나는 보상금이 걸린 사람을 찾는 일 따위에 홈즈가 관심을 갖는 것이 이상했다. 그리고 도대체 누가 그런 일을 홈즈에게 의뢰했을까 생각하자 기분이 언짢아졌다.

"여보게, 왓슨. 이 사건은 단순히 사람을

찾는 사건이 아니니 기분 나빠하지 말게."

금세 내 표정을 읽은 홈즈가 장난기 가득한 얼굴로 말했다.

"왓슨, 그동안 우리는 참으로 많은 사건을 다루어오지 않았나. 그 과정에 인간이 얼마나 복잡한 동물인가 깨닫기도 했지. 그런데 이 사건은 그런 깨달음을 뛰어넘을 만큼 매우 독특하고 묘한 사건인 것 같네."

"정말인가?"

"잠시 후면 내게 편지를 보낸 사람이 찾아올 테니 자세한 이야기는 그때 하기로 하세. 일단 개리뎁이라는 성씨가 있는지부터 찾아보는 게 좋겠네."

"그러면 우선 전화번호부부터 살펴봐야겠군."

사실 나는 별로 개운치 않았다. 그러나 일단 홈즈의 말을 따르기로 하고 탁자 위에 놓여 있는 전화번호부를 집어 들었다. 그리고 개리뎁이라는 성씨를 찾아 책장을 넘기기 시작했다. 그런데 몇 장 넘기지 않아 나는 희한하기 그지없는 성씨를 발견할 수 있었다.

"찾았네, 여기 있군."

나도 모르게 소리를 지르자 홈즈가 내게서 전화번호부를 건네받았다.

"어디 보자, 런던 서구 리틀 라이더가 136번지의 개리뎁이

라. 왓슨, 자네를 실망시키고 싶진 않네만 이 사람은 이 사건의 의뢰인이라네. 그가 보낸 편지 겉봉에 쓰인 주소와 똑같군. 우리는 다른 개리뎁을 찾아야만 해."

그때였다. 노크 소리가 나더니 허드슨 부인이 방 안으로 들어왔다. 그녀가 들고 있는 쟁반에는 명함이 한 장 놓여 있었다.

"홈즈 씨, 손님이 오셨습니다."

나는 허드슨 부인이 내민 명함에 적힌 이름을 보고 깜짝 놀랐다.

"여기 새로운 개리뎁이 있군! 미국 캔자스 무어빌에 사는 변호사, 존 개리뎁이라네. 이런 우연이 또 있을까?"

나는 놀라움을 금치 못하고 소리쳤다. 그런데 웬일인지 홈즈는 빙그레 웃고만 있었다.

"자네를 자꾸 실망시키고 싶지 않지만 어쩔 수 없군. 이 사람도 이미 알고 있는 개리뎁이라네. 사실 나도 오늘 아침까지는 이 사람을 만나게 되리라곤 생각지도 못했었네. 어쨌거나 이 사람을 만나고 보면 이 사건과 관련된 궁금증을 해결할 수 있을 거야."

홈즈는 그때까지 자리에 서서 기다리고 있던 허드슨 부인에게 정중하게 말했다.

"부인, 손님을 안내해주십시오."

잠시 후 존 개리뎁이라는 사내가 방 안으로 들어왔다. 그는 키가 작고 뚱뚱한 체격이었는데, 전체적으로 당찬 인상을 풍기고 있었다. 동글동글한 얼굴에는 웃음기가 가득했지만, 즐겁게 웃는 웃음은 아니었다. 그것은 마치 어떤 꿍꿍이를 감추느라 일부러 짓고 있는 웃음같이 부자연스러웠다. 무엇보다도 그의 날카로운 두 눈이 홈즈와 나, 그리고 방 안의 상황을 살피며 쉴 새 없이 움직이고 있었다.

"어떤 분이 홈즈 씨입니까?"

희한하게도 그의 말투에는 영국식 억양과 미국식 억양이 뒤섞여 있었다.

"아하, 말하지 않아도 알겠습니다. 신문에서 본 것과는 조금 다른 듯합니다만, 그래도 이렇게 가까이서 보니 알 수 있겠군요. 그런데 나와 성이 같은 네이선 개리뎁 씨의 편지를 받으셨지요?"

"그렇습니다. 당신이 그 편지에 나오는 존 개리뎁 씨 맞으시죠?"

"그렇습니다. 존 개리뎁이라는 이름이 또 있기는 힘들지요."

"알겠습니다. 이야기가 길어질 것 같은데 일단 앉으시지요."

순간 존 개리뎁은 가볍게 목례를 한 뒤 홈즈가 가리킨 소파에 앉았다.

"그런데 개리뎁 씨는 영국에 오신 지 오래되신 것 같습니다."

"어떻게 그걸 아십니까?"

존 개리뎁의 눈에 의심의 빛이 서렸다.

"그냥 보기에도 옷차림이 영국식이지 않습니까."

홈즈가 씩 웃으며 말하자 존 개리뎁은 억지웃음을 지으며 답했다.

"대단한 탐정이라고 하더니 역시 상대방을 분석하는 눈이 탁월한 모양이군요. 그런데 무엇을 보고 그렇게 단정하는지 설명해줄 수 있으십니까?"

"그거야 꼭 탐정이 아니라도 쉽게 맞출 수 있을 것 같은데요. 지금 입고 있는 윗도리의 어깨선이라든가 구두 축을 보면 알 수 있지요. 모두 영국식이니 말입니다."

"어허, 나는 내가 그렇게 보이는 줄은 꿈에도 몰랐습니다. 하지만 사실은 영국에 온 지 얼마 안 되었습니다."

여기까지 말하고 잠시 숨을 고른 존 개리뎁은 갑자기 불만에 찬 얼굴로 말했다.

"그건 그렇고, 지금 옷차림 따위나 이야기하려고 여기 온 게 아니지 않습니까. 내가 이렇게 찾아온 것은 네이선 개리뎁이 보낸 편지 때문이니 그 이야기로 돌아갑시다."

홈즈는 짜증 섞인 존 개리뎁의 말을 듣고도 아무렇지 않은 표정으로 여유롭게 말했다.

"여기 있는 왓슨 박사도 아주 잘 알고 있는 사실입니다

만, 사건과 전혀 관련 없는 것처럼 보이는 일들이 후에 중요한 단서가 되는 경우가 종종 있답니다. 그래서 나는 이런저런 일들에 관심을 갖고 물어보는 습관이 있으니 너무 언짢게 생각하지는 마십시오."

홈즈가 미소 띤 얼굴로 말하자 굳어 있던 존 개리뎁의 표정이 다소 풀리는 듯했다.

"그런데 왜 네이선 개리뎁 씨와 함께 오지 않으셨습니까?"

"내가 그와 함께 여기에 올 이유는 전혀 없습니다. 뿐만 아니라 원래 나 혼자서 여기 올 이유도 없었습니다. 아닌 게 아니라 그 자가 왜 선생을 끌어들였는지는 나도 잘 모르겠군요."

존 개리뎁의 얼굴이 다시 험상궂게 일그러지더니 갑자기 큰소리로 화를 내기 시작했다.

"네이선 개리뎁은 나와 동업하는 사이입니다. 그런데 나와는 한마디 상의도 없이 선생에게 사건을 의뢰해버린 겁니다. 오늘 아침에야 이 이야기를 듣고는 부랴부랴 이렇게 찾아온 겁니다. 생각할수록 불쾌하군요."

"개리뎁 씨, 진정하십시오. 네이선 개리뎁 씨는 그저 순수한 의도로 도움을 청했을 뿐입니다. 제게 보낸 편지를 봐도 알 수 있지만 당신을 비난하려고 했던 것도 아니고 못 믿어서도 아니었습니다. 아무래도 내가 탐정이기 때문에 정보를 수집하는 능력이 일반인에 비해 뛰어나다는 점을 고려했던 것 같습니다."

홈즈가 차분하게 설명하자 존 개리뎁은 헛기침을 하더니 누그러진 말투로 말했다.

"내가 잠시 흥분했는데 이해하십시오. 오늘 아침에 네이선 개리뎁 씨를 만나러 갔다가 탐정에게 사건을 의뢰했다는 이야기를 듣고 좀 놀랐습니다. 그래서 주소를 알아내 여기로 곧바로 찾아온 겁니다. 나는 평소에도 개인적인 일을 경찰이나 탐정 혹은 제삼자가 아는 것을 별로 좋아하지 않습니다. 그러나 이제 이렇게 된 이상 홈즈 씨의 도움을 받고 싶은 생각이 드는데, 이 사건에 도움을 줄 생각이 있으십니까?"

"물론입니다. 그러면 이제 사건에 관해서 자세히 설명해주시지요."

"네이선 개리뎁의 편지에 다 설명되어 있지 않던가요?"

"물론 그렇습니다만, 아무래도 사건 당사자에게 직접 듣는 편이 사건을 이해하는 데 도움이 될 것 같습니다. 그리고 여기 있는 왓슨 박사도 아직 사건에 대해 모르고 있으니 이야기를 해주시지요."

"하지만 이 사람은……."

존 개리뎁은 의심스런 눈초리로 나를 훑어보았다.

"아까도 말했지만 나는 제삼자가 내 일에 끼는 것을 좋아하지 않습니다."

"개리뎁 씨, 이제 사건을 의뢰한 이상 저를 믿으셨으면 합니다. 여기 있는 왓슨 박사는 제 절친한 친구이자 함께 사건을 해결하는 사람이기도 합니다. 제가 해결한 대부분의 사건을 이 친구와 함께 했으니 마음 놓으셔도 됩니다."

잠시 불만스런 표정으로 우리를 쳐다보던 존 개리뎁은 결심한 듯 입을 열었다.

"알겠습니다. 이렇게 된 이상 숨길 게 뭐가 있겠습니까. 사실 특별히 비밀이라고 할 만한 것도 없으니 간단히 설명하도록 하지요."

그가 우리에게 전해준 이야기는 다음과 같다.

2. 거액의 유산

미국 캔사스 주에 알렉산더 해밀턴 개리뎁이라는 대부호가 살고 있었다. 캔자스 지방 사람이라면 누구나 알 정도로 그는 엄청난 부자였다. 그는 사업을 해서 번 돈 대부분을 부동산에 투자했다. 그가 소유한 땅은 아칸소 강 연안에서 포트 도지 서쪽에 이를 만큼 면적이 넓었다. 거기에는 목장, 벌목지, 경작지, 광산을 비롯해 온갖 종류의 땅이 포함되어 있었다.

그런데 그에게는 단 한 명의 가족도, 친척도 없었다. 세상이 부러워할 만한 부를 누리며 거대한 저택에 살고 있었지만, 사실은 홀로 쓸쓸히 살아가는 사람이었던 것이다. 그런데 특이한 점은 그는 개리뎁이라는 자신의 성을 자랑스러워한다는 것이었다. 사실 개리뎁은 흔히 볼 수 있는 성은 절대 아니었다. 존 개리뎁이 그를 만나게 된 것도 순전히 성 때문이었다. 당시 존 개리뎁은 토프카 시에서 변호사 일을 하고 있었다. 그런데 어느 날 알렉산더 개리뎁이 존 개리뎁을 찾아왔다.

"나는 나 이외에 개리뎁이라는 성을 가진 사람을 알게 돼서 매우 기쁘오. 그래서 직접 만나고 싶어서 이렇게 찾아왔소."

"그러셨군요. 저 역시 같은 성을 가진 사람을 본 적이 없어서 이렇게 뵙고 보니 반갑군요."

두 명의 개리뎁은 이런저런 이야기를 나누며 친분을 쌓기 시작했다.

"여보게, 존. 나는 이 세상에서 개리뎁이라는 성씨를 가진 사람을 다 찾아내고 싶네. 우습게 들릴지 모르지만 내게는 그 일이 취미 같은 거거든."

"참으로 재미있는 취미로군요."

존 개리뎁은 농담이겠거니 생각하며 웃어넘기려고

했다. 그러나 알렉산더 개리뎁은 꽤나 심각한 얼굴로 말을 이었다.

"내 말을 농담으로 받아들이지 말게. 사실 온 세상을 뒤진들 이처럼 희한한 성을 가진 사람을 몇 명이나 찾아낼 수 있겠나? 그러나 나는 그들을 찾아낼 수만 있다면 더 이상 바랄 게 없겠어. 그러니 나를 도와 그들을 찾아주게."

존 개리뎁은 당황한 얼굴로 잠시 망설이고 있었다.

"만약 그렇게만 해준다면 자네에게도 좋은 일이 생길 걸세."

"좋은 일이라니요?"

"그건 지금 말할 수 없네. 다만 내가 죽고 나면 자네는 다른 일을 제치고 개리뎁을 찾는 일에 전념하게 될 걸세."

수수께끼 같은 알렉산더 개리뎁의 말에 존 개리뎁은 속으로 생각했다.

'이 영감님이 혹시 망령이 난 게 아닐까?'

1년 후 알렉산더 개리뎁이 죽고 그의 유언이 공개되었다. 그가 대단한 부자였기 때문에 사람들은 그의 엄청난 재산이 어디로 갈 것인가에 주목했다. 그런데 그가 남긴 유언은 모든 사람을 깜짝 놀라게 하고도 남을 만큼 이상했었다. 자신의 재산을 3등분해서 한 몫은 존 개리뎁에게 주고 나머지는 또 다른 개리뎁에게 주라는 것이었다. 그의 유산은 대략

1,500만 달러가량 되었다. 그러니 한 명당 받을 수 있는 유산은 500만 달러나 되었다. 그런데 거기에는 단서가 있었다. 만약 개리뎁이라는 성을 가진 사람 두 명을 찾아내지 못하면 누구도 유산을 받을 수 없다는 것이었다. 결국 알렉산더 개리뎁의 말처럼 존 개리뎁은 다른 모든 일을 뒤로하고 또 다른 개리뎁을 찾아 나설 수밖에 없었다. 사실 존 개리뎁은 변호사 일로 버는 수익이 별로 좋지 않았다. 게다가 500만 달러라는 거액은 평생을 일해도 만져볼 수조차 없는 돈이었기 때문에 개리뎁을 찾는 일에 온 힘을 쏟아붓기 시작했다. 그는 우선 미국을 뒤지며 개리뎁이라는 성을 가진 사람을 찾아 헤맸다. 그러나 소문을 듣고 찾아온 사기꾼들만 있을 뿐 진짜 개리뎁은 찾지 못했다.

결국 존 개리뎁은 역사가 깊은 영국으로 건너왔다. 그리고 런던 전화번호부를 샅샅이 뒤지다가 네이선 개리뎁을 찾게 되었다. 그는 그 자리에서 환호성을 지르며 기뻐했다. 네이선 개리뎁에게 가족이 있다면 이 일은 쉽게 해결될 수 있기 때문이었다. 그는 한달음에 네이선 개리뎁을 찾아가 이 모든 상황을 설명했다. 그런데 아쉽게도 네이선 개리뎁 역시 혼자 살고 있는 사람이었다. 그에게 여자 친척이 몇 있긴 했지만 유언장에는 성인 남자라는 단서가 붙어 있었기 때문에 조건을 충족시키지 못했다. 그렇다고 여기에서 포기할 수는 없었다. 이제는 네이선 개리뎁과 힘을 합쳐 마지막 개리뎁을 찾기 위해 노력하는 일만 남았다.

이야기를 마친 존 개리뎁은 홈즈 쪽으로 몸을 기울이더니 말했다.

"홈즈 씨, 마지막 개리뎁을 찾아주신다면 사례는 충분히 하겠습니다."

홈즈는 그 말에는 대답하지 않은 채 내게로 몸을 돌리더니 웃으며 말했다.

"왓슨, 듣고 보니 참 특이한 사건이지?"

"정말 그렇군. 나는 단순히 사람 찾는 일인 줄로만 알았네."

홈즈는 다시 존 개리뎁을 쳐다보며 물었다.

"그런데 사람 찾는 일에는 신문 광고만 한 것이 없는 것 같습니다만……."

"아, 그건 이미 해봤지요. 하지만 아무런 소득이 없었습니다."

"그렇군요. 아무튼 최선을 다해서 찾아보겠습니다. 참, 그런데 아까 토프카 시에서 왔다고 하셨지요?"

"그렇습니다. 왜 묻습니까?"

"비록 지금은 고인이 되셨지만 그 지방에서는 유명한 분을 알고 있어서요. 혹시 1890년에 그곳에서 시장을 역임하

신 라이센더 스타 박사를 아십니까?'

"아, 스타 박사 말이지요? 물론 알고 있지요. 지금도 그분의 인격을 존경하는 사람이 많이 있답니다. 저 역시 그렇고요."

"아하, 그러시군요."

"홈즈 씨, 그럼 일을 부탁드리고 이만 돌아가겠습니다."

존 개리뎁은 가볍게 인사를 건네고 돌아갔다.

3. 거짓말

존 개리뎁이 방에서 나간 뒤 홈즈는 파이프를 문 채 한참 동안 생각에 잠겨 있었다. 그런데 웬일인지 그는 얼굴 가득 뜻 모를 미소를 머금고 있었다.

"홈즈, 왜 그렇게 웃는 건가?"

"별 건 아닌데 해답을 알고 싶은 게 있다네."

말을 하다 보니 더 우스운지 홈즈는 아예 대놓고 킥킥대며 웃고 있었다.

"왓슨, 존 개리뎁의 말을 듣고 어떤 생각을 했나?"

"세 번째 개리뎁을 찾고 싶어서 안달이 났구나 하는 생각을 했네. 왜 그러나?"

"그 외엔?"

"글쎄, 세상에 이렇게 황당한 일도 다 있구나 하는 생각 정도?"

"만약 그 황당한 일이 사실은 새빨간 거짓말이라면 어떻겠나?"

"거짓말이라고?"

"맞아. 저자는 처음부터 끝까지 거짓말만 늘어놓았어. 그리고는 우리를 완전히 속였다고 안심하고 돌아간 걸세. 물론 나는 그가 그렇게 믿도록 만들었지."

"그런데 홈즈, 대체 어떤 근거로 그가 거짓말쟁이라고 생각한 건가?"

"근거라면 여러 가지를 들 수 있다네. 우선 오늘 그가 입고 있던 옷은 1년도 넘게 입은 영국제 옷이었어. 팔꿈치는 다 해졌고 바지의 무릎은 툭 튀어나와 있었지. 그러니 바로 며칠 전에 런던에 왔다는 말은 맞지가 않네. 게다가 개리뎁을 찾는 신문광고를 냈다고 했지? 그것은 터무니없는 거짓말이네. 자네도 잘 알겠지만, 나는 신문 구석에 난 광고 하나도 흘려보지 않아. 만약 개리뎁처럼 희한한 성씨를 찾는 광고가 진짜로 실렸다면 내가 기억하지 못할 리가 없네."

홈즈의 말에 나는 고개를 끄덕일 수밖에 없었다. 실제로 홈즈는 발행되는 신문 대부분을 읽고 있었고, 그의 독서 습관대로 글자 하나 허투루 보는 법이 없었다.

"내가 꼽을 수 있는 근거가 하나 더 있네. 사실 토프카 시의 라이센더 스타 박사는 지금 내가 만들어낸 인물이네. 그런데도 그자는 자기가 존경하는 인물이라고 떠벌이더군."

"그럼 혹시 유산 이야기도?"

"그렇다고 봐야 하지 않겠나? 500만 달러나 되는 유산 이야기는 꾸며낸 이야기일 가능성이 커 보이네."

홈즈의 말이 계속될수록 나는 점점 더 궁금해졌다.

"그런데 그자는 왜 그렇게 거짓말을 쉽게 하는 걸까?"

내 질문에 홈즈는 빙그레 웃으며 답했다.

"글쎄, 나도 그게 알고 싶다네. 그래서 처음보다 이 사건에 더욱 흥미가 생기는군. 우선 네이선 개리뎁도 그와 같은 사기꾼인지 알아봐야겠네. 여기 있는 번호로 그에게 전화 좀 걸어주겠나."

나는 홈즈가 시키는 대로 전화번호부에 나온 번호로 전화를 걸었다. 상대방은 금세 전화를 받았고, 나는 그의 신분을 확인했다.

"네이선 개리뎁 씨입니까?"

"그렇습니다. 누구신지요?"

"여기는 셜록 홈즈 사무실입니다. 홈즈 씨를 바꿔드릴 테니 잠시만 기다리십시오."

나는 홈즈에게 수화기를 건넸다.

"안녕하십니까, 셜록 홈즈입니다. 네, 존 개리뎁 씨가 방금 여기에 다녀갔습니다. 그런데 그 사람을 아신 지는 얼마나 되셨습니까? ……아하, 이틀밖에 되지 않았군요. ……네, 아주 멋진 일이군요. ……오늘 저녁에 집에 계십니까? 마침 잘되었군요. 제가 오늘 저녁에 찾아가겠습니다. 설마 존 개리뎁 씨가 찾아오지는 않겠지요? ……네, 아무래도 그 사람이 없을 때 할 이야기가 있을 것 같아서요. ……그럼 왓슨 박사와 함께 저녁 여섯 시쯤에 찾아가겠습니다."

홈즈는 나를 향해 눈짓을 보냈고, 나는 가겠다는 의미로 고개를 끄덕였다.

"좋습니다. 그리고 혹시라도 존 개리뎁 씨에게는 우리가 찾아간다는 말을 하지 말았으면 합니다. 네. 그럼 그때 뵙지요."

전화를 끊은 홈즈는 여유로운 표정으로 파이프를 물었다.

4. 두 번째 개리뎁

그날 저녁 나는 홈즈와 함께 네이선 개리뎁의 집으로 향했다. 지는 태양빛을 받은 사물들이 온통 황금색으로 빛나는 아름다운 저녁이었다. 게다가 날씨는 따뜻하고 바람도 간간히 불어 산책하기에는 더없이 좋은 날씨였다.

네이선 개리뎁의 집은 고풍스런 조지아 양식의 건물이었다. 밋밋하게 벽돌로만 쌓아 올린 건물이긴 했지만 그냥 보기에도 매우 견고하게 지은 것 같았다. 현관 앞에 걸린 작은 청동 문패에는 그 집에 사는 사람들의 이름이 쓰여 있었는데, 네이선 개리뎁은 1층에 사는 것으로 되어 있었다. 한참 동안 문패를 들여다보던 홈즈가 이름이 새겨진 부분을 손가락으로 가리키며 말했다.

"여길 보게. 이 이름은 새겨진 지 상당히 오래된 것으로 보이지 않나? 네이선 개리뎁이라는 이름은 본명이 틀림없는 것 같군."

그러고 보니 문패의 표면은 상당히 변색되어 있었다.

현관 안으로 들어가 보니 집 중앙에 공동 계단이 자리 잡고 있었다. 넓은 홀 양쪽에는 여러 개의 방이 있었고, 각 방마다 여러 개의 문패가 걸려 있었다. 우리는 네이선 개리뎁의 명패가 걸린 방을 찾아 문을 두드렸다. 문을 열어준 사람은 키가 훌쩍 크고 깡마른 데다 등이 굽은 노인이었다.

"안녕하십니까? 저는 셜록 홈즈이고 이쪽은 왓슨 박사입니다."

"그렇지 않아도 기다리고 있었습니다. 역시 시간을 정확히 지키시는군요. 들어오십시오."

우리는 노인의 안내에 따라 방 안으로 들어갔다. 그리고 그가 가리키는 대로 소파에 앉았다.

나는 우리 맞은편에 앉은 노인의 모습을

자세히 살펴보았다. 나이는 대략 60세쯤 되어 보였고, 대머리라고 할 만큼 머리가 많이 빠져 있었다. 비쩍 마른 얼굴은 핏기 하나 없이 창백하기만 했다. 또 운동을 전혀 하지 않는지 몸에 근육이라고는 찾아볼 수가 없었다. 작고 찢어진 눈에는 크고 둥근 안경을 쓰고 있었고, 수염을 기르고는 있었지만 숱이 매우 적었다. 언뜻 봐서는 이상한 사람처럼 보일 수도 있었지만, 그래도 전체적으로는 온화한 분위기를 풍기고 있었다.

노인에게서 고개를 돌려 방 안을 둘러보던 나는 깜짝 놀랐다. 방 안은 마치 작은 박물관처럼 갖가지 물건들로 가득했다. 천장이 높고 내부가 널찍한 방의 사면에는 벽장과 유리 진열장이 놓여 있었다. 그리고 그 안에는 지질학과 해부학 표본들이 잔뜩 진열되어 있었다. 방문 양쪽에는 먼지가 내려앉은 나비와 나방의 표본 상자가 쌓여 있었다. 방 한가운데 있는 커다란 책상 위에는 온갖 종류의 잡동사니가 여기저기 흩어져 있었고, 그 가운데에는 고배율 현미경이 아무렇게나 놓여 있었다. 그 밖에도 방 한쪽에는 옛날 동전을 모은 상자가 있었고, 다른 쪽에는 선사시대 석기들이 진열되어 있었다. 탁자 뒤쪽으로는 다양한 종류의 화석 표본이 있었고, 그 위에는 석고로 뜬 두개골 모형이 있었다. 각 모형 아래에는 '네안데르탈인', '하이델베르그인', '크로마뇽

인'이라고 쓴 이름표가 붙어 있었다. 나는 이처럼 다양한 분야에 광범위하게 관심을 갖고 연구하는 노인의 열정에 놀라지 않을 수 없었다.

그는 우리가 오기 전에 동전을 닦고 있었던지 동전에 윤을 내는 데 쓰는 양가죽 조각을 들고 있었다. 내 시선이 자신의 손을 향해 있다는 것을 알아챈 노인이 동전을 내려다보며 자랑스럽다는 듯 말했다.

"이건 그리스 전성기 시대의 동전입니다."

그 말로만은 부족했던지 노인은 손바닥 위에 올려놓은 동전을 우리 앞으로 쭉 내밀었다.

"그리스 후기로 가면서 동전은 크게 쇠퇴했습니다. 저는 시라쿠사의 전성기 시대 동전이 최고라고 생각합니다. 물론 알렉산드리아 것을 더 좋아하는 사람들도 있습니다만."

"정말 대단한 수집품입니다. 개인이 이 정도로 수집하려면 오랜 시간 동안 엄청난 노력을 기울여야 했겠군요."

홈즈가 호기심 가득한 눈으로 방 안을 둘러보며 말했다.

"물론입니다. 나는 한평생 이 일에 전념해왔습니다. 어떤 이들은 내게 집 안에만 틀어박혀 사는 것이 답답하지 않느냐고 하지만 나는 이 일을 하고 있을 때 진정한 기쁨을 만끽합니다. 그래서 단 한 번도 힘들다는 생각을 하지 않았고, 이 일을 그만두고 싶다는 생각을 해본 적도 없습니다."

"그럼 평소에 외출을 거의 안 하십니까?"

홈즈가 묻자 노인은 고개를 끄덕이며 답했다.

"사실 외출할 시간도 거의 없습니다. 여기 있는 진열장의 목록을 정리하는 데만도 세 달이 걸리니까요. 그래도 어쩌다 시간을 내서 소더비나 크리스티 경매장 혹은 골동품 가게 정도는 갑니다. 금세 돌아오기는 해도 말입니다. 사실 저는 건강이 썩 좋은 편이 아니어서 밖에서 시간 보내는 것을 별로 좋아하지 않습니다."

"그렇군요. 자, 이제 그 유산과 관련된 이야기를 해주시겠습니까?"

유산이라는 말이 나오자 노인의 얼굴에 화색이 돌았다.

"홈즈 씨, 나는 아직도 내게 찾아온 기막힌 행운이 믿어지지 않습니다. 기분 좋은 일이긴 합니다만, 아직도 머리가 얼얼한 느낌이라고 할까요? 한 명만 더 찾으면 되는 일인데 그게 쉽지가 않군요. 내게는 형이 한 분 계셨는데 이미 돌아가셨고, 여자 친척들은 안 된다고 하니 아쉬울 따름입니다."

노인은 아쉽다는 듯 작게 한숨을 내쉬었다.

"그래도 어딘가에 개리뎁이라는 성을 가진 사람이 또 있지 않겠습니까? 홈즈 씨, 당신은 남들이 해결하지 못하는 사건들도 척척 풀어내는 명탐정이라고 들었습니다. 그래서 존 개리뎁 씨에게 알리지도 않고 사건을 의뢰한 거랍니다.

그러니 이번 사건도 꼭 해결해주시기 바랍니다."

"알겠습니다. 그런데 만약 유산을 받게 되면 미국으로 가실 생각입니까?"

홈즈가 묻자 노인은 단호하게 고개를 저었다.

"절대 아닙니다. 미국에 아무리 넓고 좋은 땅이 있다고 해도 저는 이 수집품들을 버리고 가지는 않을 겁니다. 그런데 그런 제 고민을 다 알고 있다는 듯이 존 개리뎁 씨가 제 몫의 땅을 사겠다고 하더군요. 그러면 제 손에 500만 달러가 들어오게 될 거라면서요. 사실 저는 지금 단돈 몇백 파운드가 없어서 꼭 사고 싶은 표본들을 그저 손놓고 바라보기만 하고 있습니다. 제 속이 얼마나 타들어가는지 아무도 모를 겁니다. 그래서 저는 돈이 들어오자마자 바로 희귀한 수집품을 사 모을 생각입니다."

생각만 해도 기분 좋은지 노인의 주름진 얼굴에 미소가 가득했다.

"그뿐만이 아닙니다. 제 마지막 목표는 영국 제일의 수집가가 되는 것입니다."

꿈꾸는 듯한 표정으로 노인이 말하자 홈즈가 빙긋이 웃으며 대꾸했다.

"하고 싶은 일을 하면서 사는 것을 보니 참으로 보기 좋습니다. 사실 제가 오늘 여기 온 이유는 사건에 대해 의뢰인과 직접 대화하면서 궁금증을 푸는 것을 좋아하기 때문입니다. 대략적인 내용은 제게 보낸 편지와 존 개리뎁 씨를 통해서 알고 있으니 몇 가지만 묻겠습니다. 우선 당신은 이 일이 있기 전까지 존 개리뎁 씨를 전혀 모르셨지요?"

"그렇습니다. 지난 화요일에 처음 나를 찾아왔습니다."

"혹시 그 사람이 우리와 만난 이야기를 하던가요?"

"네, 홈즈 씨를 만나고 곧장 저를 찾아왔습니다. 그런데 홈즈 씨를 만나고 나서는 기분이 좋은 모양이더군요."

"그전에는 기분 나빠했나요?"

"네, 자기에게 알리지도 않고 사건을 의뢰했다며 화를 많이 냈습니다. 그런데 웬일인지 홈즈 씨를 만나고 와서는 기분 좋게 웃기까지 하더군요."

"혹시 사건 조사에 필요하다며 돈을 요구하지는 않았습니까?"

"그런 일은 없었습니다."

"그러면 다른 목적 같은 게 있어 보이지는 않던가요?"

"전혀요. 그런 낌새는 없었습니다."

"우리가 오늘 여기 온다는 말은 하지 않으셨지요?"

"그게……, 사실은 해버렸습니다."

홈즈의 당부에도 불구하고 그 사실을 말해버린 것이 미안했던지 노인이 풀 죽은 얼굴로 말했다. 홈즈는 표정이 잠시 굳어지는 듯하더니 다음 질문을 계속했다.

"혹시 수집품들 중에 값나가는 물건이 있습니까?"

"없습니다. 내 수집품 중에는 학문적으로는 대단한 가치가 있는 것들이 꽤 있습니다만, 돈이 될 만한 것은 아닙니다."

"도둑 걱정은 안 하십니까?"

"전혀요."

"이 집에 얼마나 오랫동안 사셨지요?"

"대략 5년쯤 됩니다."

그때였다.

5. 세 번째 개리뎁

문이 부서져라 쾅쾅 두드리는 소리가 방 전체에 울렸다. 노인이 문을 열자 존 개리뎁이 흥분한 얼굴로 소리쳤다.

"네이선 개리뎁 씨! 드디어 찾았습니다! 당신은 이제부터 부자입니다!"

그는 영문도 모른 채 멍하게 서 있는 노인의 손을 잡고 마구 흔들었다. 그러더니 기쁜 얼굴로 홈즈 쪽을 돌아보고 말했다.

"여기 계실 줄 알았습니다. 이렇게 쉽게 찾을 줄도 모르고 홈즈 씨만 귀찮게 해드렸군요."

존 개리뎁이 홈즈에게 신문 한 장을 건네면서 말했다. 그제야 상황을 파악했는지 노인이 뛸 듯이 기뻐하며 소리쳤다.

"찾았다고요? 마지막 개리뎁을 찾았단 말이지요?"

"그렇다니까요. 여기를 보세요."

존 개리뎁은 홈즈가 보고 있는 신문을 가리켰다. 노인은 나와 홈즈가 보고 있던 신문을 뺏다시피 하더니 큰소리로 읽기 시작했다.

하워드 개리뎁 상점

우리 상점에서는 농기구를 제조 및 판매합니다.

낫과 호미, 쟁기, 단 묶는 기계, 농업용 손수레, 사륜마차, 짐차, 그 외에 필요한 농기구를 모두 갖추고 있습니다.

우물 공사도 가능합니다.

문의 사항은 버밍엄 애스턴가의 그로스브너 빌딩으로 해 주세요!

"아핫핫! 이렇게 기쁜 일이 또 있을까요?"

노인은 목이 터져라 웃으며 기뻐서 어쩔 줄을 몰랐다.

"나 역시 기쁘기 그지없습니다. 이보다 좋은 일이 세상에 어디 있겠습니까?"

존 개리뎁도 신이 나서 떠들어댔다.

"사실 나는 버밍엄 쪽을 조사하고 있었습니다. 그러던 차에 내 대리인이 신문에 난 이 광고를 발견하고 내게 보내주었습니다. 시간 끌 필요가 뭐 있겠습니까? 어서 빨리 일을 마무리 짓도록 합시다."

"물론입니다. 어서 빨리 처리합시다."

"이미 그 사람에게 편지를 보냈습니다. 내일 오후 4시에 당신이 찾아갈 거라는 내용을 써서 말입니다."

"나보고 가라는 말입니까?"

노인이 깜짝 놀라 묻자 존 개리뎁이 노인과 홈즈를 번갈아 바라보더니 차분하게 설명했다.

"그래야 합니다. 홈즈 씨도 한번 생각해보십시오. 나는 영국에 온 지 얼마 되지 않은 미국인입니다. 우리도 이 사실이 믿기지 않아 얼떨떨할 때가 있는데 그 사람은 오죽하겠습니까. 남들에게는 황당한 소리로만 들리는 이 이야기를 제대로 전할 수 있는 사람으로 신원이 확실한 영국인보다 더 좋은 이는 없을 것 같군요. 게다가 노인이 이야기를 하면 의심 없이 믿어줄 겁니다."

"그런데 아무래도 나 혼자 가는 것보다는 같이 가는 게 더 나을 것 같은데요."

노인이 망설이자 존 개리뎁은 손을 가로저으며 말했다.

"아닙니다. 혼자 가셔도 믿어줄 겁니다. 나도 같이 가고 싶지만 내일 바쁜 일이 있어서 도저히 시간을 낼 수가 없군요. 만약 이야기가 복잡해질 것 같으면 곧장 달려가도록 하겠습니다."

"그런데 내가 여행을 해본 지가 너무 오래돼서……."

"그건 걱정 마십시오. 차편은 제가 다 마련해두었습니다. 내일 오후 12시에 출발하면 2시가 좀 안 돼서 버밍엄에 도착할 것입니다. 가서 개리뎁 씨만 만나고 오면 되니까 내일 안으로 다시 돌아올 수 있습니다. 나는 이 일을 위해서 저 먼 미국에서 오지 않았습니까. 그러니 두 시간 정도 거리는 직접 다녀와도 되지 않겠습니까?"

"그럼 내가 그 사람을 만나서 어떻게 해야 합니까?"

"그 사람을 만나서 모든 상황 이야기를 하십시오. 그리고 그가 개리뎁이라는 확인만 받아오면 됩니다. 증명서 같은 것 말입니다."

"글쎄요, 아무리 그래도 이 물건들을 다 두고 멀리 다녀오는 게……."

노인은 여전히 개운치 않은 표정이었다. 존 개리뎁은 노인이 계속해서 망설이자 짜증 섞인 목소리로 말했다.

"이것 보십시오. 이 일만 해결되면 무려 500만 달러가 손에 들어옵니다. 그때는 이보다 더한 수집품들도 모을 수 있습니다. 그런데 지금 반나절 정도의 여행에 망설이는 게 말이나 됩니까?"

"맞습니다. 내 생각에도 다른 걱정은 뒤로하고 일단 다녀오시는 게 좋을 것 같습니다."

아무 말 없이 두 사람의 대화를 지켜보기만 하던 홈즈가 나서서 노인을 부추겼다.

"뭐, 두 분이 그렇게 말씀하시니 할 수 없군요. 내가 다녀오겠습니다. 당신이 내 인생에 행운을 가져다줬으니 이 정도 부탁은 당연히 들어줘야겠지요."

"그럼 오늘은 이 정도에서 상황을 정리할 수 있겠군요. 일이 다 해결되면 내게도 알려주십시오."

홈즈가 노인에게 말하자 존 개리뎁이 먼저 답했다.

"그건 걱정 마십시오. 금방 좋은 소식을 전할 수 있을 겁니다. 그나저나 수고를 끼쳐 미안합니다. 홈즈 씨."

"아닙니다. 일이 금방 해결돼서 다행입니다."

존 개리댑은 활짝 웃으며 자리에서 일어났다.

"저는 바빠서 이만 돌아가겠습니다. 개리뎁 씨, 내일 역에서 뵙겠습니다. 그리고 홈즈 씨, 같이 나가실까요?"

"아니오, 저는 천천히 가겠습니다."

존 개리뎁은 가볍게 목례를 한 뒤 우리를 남겨둔 채 방에서 나갔다.

6. 가짜 개리뎁의 정체

존 개리뎁이 돌아가자 여태껏 개운치 않은 표정이던 홈즈의 얼굴에 묘한 미소가 번지기 시작했다.

"개리뎁 씨, 여기 있는 수집품들을 좀 둘러봐도 되겠습니까? 탐정 일을 하자면 다양한 분야의 지식이 필요합니다. 그런데 이 방에는 저의 지적 호기심을 충족시킬 만한 물건이 너무나 많군요."

이 말을 들은 노인의 얼굴이 금세 환하게 밝아졌다. 안경 뒤의 두 눈은 반짝거리기까지 했다.

"얼마든지 둘러보십시오. 그렇지 않아도 나는 당신이 매우 훌륭한 탐정이자 지적인 능력이 뛰어난 사람이라고 들었습니다. 시간이 되신다면 제가 직접 설명해드리겠습니다."

"고맙습니다만, 아쉽게도 오늘은 제가 좀 바쁘군요. 괜찮으시면 내일 와서 둘러보고 싶은데 어떠신가요? 여기 있는 수집품은 모두 분류가 잘되어 있는 데다 꼬리표까지 붙어 있으니까 설명이 없어도 이해하기 쉬울 것 같습니다만……."

"물론입니다. 언제든지 와서 보십시오. 이 방은 잠겨 있겠지만 방 열쇠는 손더스 부인이 가지고 있으니 부인이 퇴근하기 전에만 오시면 됩니다. 늦어도 4시까지는 꼭 오십시오. 부인에게 문을 열어달라고 하십시오."

"고맙습니다. 내일 오후에 들를 테니 부인께 잊지 말고 말씀해주십시오."

"알겠습니다."

"그런데 이 아파트의 관리를 맡고 있는 곳은 어디입니까?"

홈즈가 묻자 노인이 의아하다는 표정으로 말했다.

"아니, 그런 것은 왜?"

"별것은 아닙니다만, 오래된 집에 관심이 많은데 보아하니 이 집도 상당히 오래전에 건축된 것 같아서 말입니다. 건축 기법과 관련된 여러 가지 사실을 좀 알고 싶어서 그렇습니다."

"아하, 그렇군요. 에지웨어가의 호로웨이 앤 스틸 사무실에서 이 건물을 관리하고 있습니다."

"여러모로 감사합니다. 저희는 이만 돌아가겠습니다. 버밍엄에서의 일이 다 잘되길 바랍니다."

우리는 차례로 노인과 악수를 나누고 그 집에서 나왔다.

홈즈는 노인이 가르쳐준 사무실로 발걸음을 옮겼다. 그곳은 노인의 집에서 매우 가까웠는데, 사람들이 모두 퇴근한 모양인지 문이 잠겨 있었다.

할 수 없이 우리는 베이커가의 사무실로 돌아왔다. 홈즈는 무슨 생각을 골똘히 하는 건지 저녁 식사를 마친 뒤까지도 별말이 없었다. 따끈한 차 한 잔을 앞에 두고 자기의 안락의자에 앉아 파이프를 물고서야 홈즈는 입을 열었다.

"이제 이 사건도 끝이 보이는 것 같군. 왓슨, 자네도 다 알고 있겠지?"

"무슨 소린가? 나는 아직도 뭐가 뭔지 잘 모르겠네."

"아직 자네가 깨닫지 못하고 있을 뿐이지 자네도 쉽게 알 수 있는 문제라네. 사건의 나머지 정황은 내일이면 다 알 수 있을 걸세. 그나저나 아까 그 신문광고에서 이상한 점을 발견하지 못했나?"

"쟁기plough라는 단어의 철자가 틀렸더군."

"오호, 대단한걸! 자네가 그것을 찾아냈다니 자네의 관찰력도 날로 발전하는군. 자네 말처럼 영국에서는 쟁기를 'plough'라고 하지. 그런데 미국에서는 'plow'라고 한다네. 그리고 사륜마차도 미국식 표현이야. 게다가 우물은 영국보다는 미국에 흔하지. 결국 그 광고는 미국인이 만든 전형적인 미국식 광고였네. 영국인 상점에서 낸 것처럼 흉내만 내고 있을 뿐이었지. 어떻게 생각하나?"

홈즈가 내 얼굴을 빤히 쳐다보며 물었다.

"글쎄, 그렇다면 그 광고는 존 개리뎁이 만든 것이로군. 그런데 무슨 목적으로 그랬는지는 잘 모르겠어."

"존 개리뎁은 네이선 개리뎁을 버밍엄으로 보내고 싶은 거야. 물론 네이선 개리뎁이 버밍엄으로 가봤자 마지막 개리뎁을 찾지는 못할 걸세. 나는 그 사실을 알고 있었지만 일부러 아무런 말도 하지 않았네."

"아니, 왜 그랬나?"

"아무래도 저 노인이 무대를 비워주는 편이 사건 해결에 도움이 될 것 같아서 말이야."

나는 홈즈의 말이 대체 무엇을 의미하는지 도통 이해할 수가 없었다. 내 표정에서 그런 마음을 읽었는지 홈즈가 싱글거리며 말했다.

"내일이 되면 다 알 수 있을 테니 조금만 기다리게."

다음 날 아침, 홈즈는 평상시보다 일찍 일어나서 혼자 집을 나섰다. 점심시간이 다 되어서야 사무실로 돌아온 홈즈는 웬일인지 어두운 얼굴이었다.

"홈즈, 무슨 좋지 않은 이야기라도 듣고 온 건가?"

"왓슨, 내가 생각했던 것보다 이 사건은 매우 심각하고도 위험한 것 같네."

"위험하다고?"

내가 눈을 반짝이며 관심을 보이자 홈즈는 한숨을 내쉬며 고개를 저었다.

"자네가 이렇게 호기심을 보일 줄 알았네. 자네에게 사건의 전말을 다 알려주고 싶지만 자네는 이 이야기를 들으면 더욱더 사건에 빠져들 게 분명하니 고민일세. 나도 이 사건이 이런 방향으로 흘러갈 줄은 몰랐네."

"홈즈, 자네가 나를 걱정하는 마음은 고맙게 생각하네. 그러나 그동안 우리는 숱한 사건을 해결하면서 위험한 고비도 많이 넘기지 않았었나. 그런데 이제 와서 위험하다고 나를 빼놓으려고 하다니! 그건 절대 안 되네."

나는 홈즈의 얼굴을 빤히 쳐다보며 정색을 하고 말했다.

"자네가 그렇게 나오리라는 것도 짐작했네."

"대체 이 사건이 뭐가 위험하다는 건지 그것부터 말해보게."

"알아보니 미국 변호사라던 존 개리뎁이 사실은 악명 높은 살인마 에반스라는 자였네. 잔인하고 극악무도한 짓을 서슴지 않고 하는 악당이지."

"에반스? 그런데 나는 그런 이름을 들은 적이 없네."

"자네 같은 의사가 범죄자 이름을 줄줄이 꿰고 다닐 필요야 없지 않은가."

"그런데 자네는 그 이야기를 어디서 들었나?"

"오늘 아침에 레스트레이드 경감을 만나기 위해 런던 경시청에 다녀왔네. 그는 사건을 꿰뚫는 통찰력이나 추리력은 부족하지만 사건 자료들을 질서 있게 정리하는 일만은 남부럽지 않게 잘하지. 나는 혹시나 존 개리뎁과 관련된 사항을 볼 수 있을까 싶어서 그에게 부탁을 했고, 그는 내 부탁을 흔쾌히 들어주었다네."

"찾아보니 어떤 내용이 있던가?"

"생각 이상이었네. 의심스런 구석이 많아서 그자를 조사하긴 했네만, 살인마 에반스라는 이름으로 그자의 얼굴을 찾게 될 줄은 몰랐어. 범죄자 중에서도 중대 범죄자로 분류된 사진첩에서 그의 얼굴을 찾았지. 그의 기록에서 몇 가지 내용을 적어왔네."

홈즈는 주머니에서 메모지를 꺼내더니 읽기 시작했다.

"나이는 44세. 시카고 태생. 어렸을 때부터 크고 작은 범죄에 연루되어 소년원과 감옥 드나들기를 반복했음. 미국에

서 세 사람을 사살한 뒤 사형에 처할 뻔했으나 비호 세력의 도움으로 단기간의 교도소 수감을 마치고 풀려남. 1893년에 런던으로 건너옴. 1895년 1월, 워털루가의 술집에서 카드 게임을 하다 싸움이 나자 상대방을 총으로 쏘아 죽임. 죽은 사람은 화폐 위조범으로 유명한 로저 프레스콧이었음. 그런데 로저 프레스콧이 먼저 공격한 것으로 밝혀져 약간의 형을 살고 1901년에 석방됨. 이후 경찰의 감시를 받고 있지만 현재까지 별다른 움직임이 없음. 항상 무기를 소지하고 있으며 언제든지 범죄를 저지를 가능성이 매우 높은 위험인물임. 상당한 주의가 요망됨."

홈즈가 메모지의 내용을 다 읽자 나는 놀라움이 담긴 휘파람을 불었다.

"이거야 원, 전과가 대단한 범죄자로군. 그런데 그자가 지금 무슨 꿍꿍이인 걸까?"

"곧 밝힐 수 있을 걸세."

"그럼 런던 경시청에서 지금까지 있었던 건가?"

"아니야. 네이선 개리뎁 씨의 집을 관리하는 사무실에도 찾아갔었네. 네이선 게리뎁 씨는 그 집에서 5년가량을 살았는데, 그가 이사 오기 전까지 1년 동안은 집이 비어 있었다더군. 그전에는 월드런이라는 세입자가 살았고 말이야. 사무실 사람이 월드런의 인상착의를 비교적 잘 기억하고 있었는데, 키가 크고 턱수염을 기른 사내로 분위기가 매우 음침하고 어두웠다고 하더군."

"그런데 전 세입자가 이 사건과 무슨 관련이 있단 말인가?"

"있을 수 있네. 런던 경시청 자료에서 본 대로라면 살인마 에반스가 총으로 쏴 죽인 로저 프레스콧의 인상착의가 그와 똑같으니 말일세."

"그렇다면 월드런이 바로 로저 프레스콧이란 말인가?"

"그렇지. 네이선 개리뎁이 살고 있는 집에 로저 프레스콧이 살았단 이야기지. 전혀 별개의 사건인 것 같지만 이 사건들은 서로 연결되어 있네."

"대체 무슨 관련이 있단 말인가?"

"그것도 곧 알게 될 걸세. 그보다 왓슨, 일단 이것을 가지고 있게."

홈즈는 책상 서랍을 열더니 권총 한 정을 내게 건네주었다.

"위험한 상황이 언제 발생할지 모르니 항상 그것을 휴대하고 있게. 나는 평소에 사용하는 권총을 가져가겠네."

나는 약간 긴장한 표정으로 권총을 주머니 속에 집어넣었다. 그러자 홈즈가 태연스런 얼굴로 말했다.

"사건 해결에 나서기 전에 잠시 휴식 시간을 갖도록 하세. 한 시간쯤 여유가 있으니 푹 쉬게나. 그러고 나서 네이선 개리뎁 씨의 집으로 출발해보자고."

7. 비밀의 방

우리는 오후 4시경에 네이션 개리뎁의 집에 도착했다. 막 퇴근을 하려던 손더스 부인은 우리를 바로 알아보고는 방문을 열어 주었다.

"방문은 열쇠가 없어도 안에서 잠글 수 있습니다."

"걱정 마십시오, 부인. 우리가 잘 잠그고 가겠습니다."

홈즈가 부인에게 공손하게 말하자 그녀는 퇴근하기 위해 현관 밖으로 나갔다.

이제 방 안에 우리 둘만 남자 홈즈는 재빨리 방 안을 둘러보았다.

"왓슨, 저쪽에 숨어야겠네. 어서 오게."

생각지도 않았던 말에 나는 깜짝 놀랐다.

"그게 무슨 말인가? 숨기는 왜 숨어?"

"일단 이쪽으로 몸을 숨기라니까."

나는 우선 홈즈가 이끄는 대로 어두운 방구석에 놓인 옷장 뒤에 숨었다. 옷장과 벽 사이에는 우리 둘이 몸을 숨길 만큼의 공간이 남아 있었다.

"홈즈, 자네는 에반스가 이 집에 몰래 들어올 거라고 확신하는군."

"물론이네. 그자는 네이선 개리뎁이 이 방에서 거의 나가지 않는다는 것을 알고 개리뎁의 유산 이야기를 꾸며낸 거야. 그 정도 미끼는 되어야 네이선 개리뎁을 이 방에서 끌어낼 수 있다고 생각했겠지."

"그렇군. 500만 달러나 되는 미끼니 수집광인 네이선 개리뎁이 당하지 않을 수 없었겠지."

"독창적인 사기 수법을 보면 머리가 비상한 자야. 그러나 아주 교활하고 사악하기 짝이 없는 자이기도 하지. 그따위 범죄자가 감히 나를 속이려 들다니."

홈즈는 몹시 불쾌한 표정이었다.

"그런데 그자가 원하는 게 대체 뭘까?"

"글쎄, 에반스가 이 방에 들어오기만 한다면 금세 알 수 있겠지. 그런데 내 생각에 그가 원하는 것은 현재 이 방의 주인과는 상관이 없을 것 같아."

"그렇다면?"

"분명 이 방의 전 주인이었던 로저 프레스콧과 관련이 있을 것 같아. 내 생각에 두 사람은 분명 함께 범죄를 모의했을 걸세. 그리고 이 방에 그 범죄와 관련된 중요한 비밀이 숨겨져 있겠지."

"혹시 네이선 개리뎁의 수집품을 노리는 것은 아닐까?"

"나도 그런 의심을 해보았네. 그가 모은 수집품들 중에 사실은 엄청난 돈이 되는 물건이 있을지도 모른다고 생각했지. 그러나 화폐 위조범인 로저 프레스콧이 전 세입자였다는 사실을 알고는 그 가능성을 완전히 지워버렸네. 자, 이제부터 정신을 바짝 차리고 잘 지켜보세. 곧 알 수 있을 거야."

우리는 숨을 죽이고 방문을 계속 주시했다. 오래 지나지 않아 딸그락 소리가 나더니 방문이 스르르 열렸다. 그리고 한 사내가 경계하는 눈빛으로 주위를 살피며 살금살금 방 안으로 들어왔다. 에반스였다. 그는 방 안에 아무도 없다는 것을 확인하고는 윗도리를 벗어 의자에 걸쳐두었다. 그리고 소매를 걷어붙이더니 방 가운데에 있는 탁자 쪽으로 성큼성큼 걸어갔다. 그는 탁자를 끌어다 치우고 그 밑에 깔려 있는 카펫을 둘둘 말아 옆으로 밀었다. 그리고는 주머니에서 미리 준비한 연장을 꺼내더니 마룻바닥을 뜯어내기 시작했다. 대체 무엇을 하는 건지 궁금해서 몸을 앞으로 내밀자 홈즈가 내 팔을 잡았다. 아직은 아니라는 신호였다.

에반스는 땀을 뻘뻘 흘리며 마룻바닥 뜯는 일에 몰두했다. 잠시 후 마룻바닥에 네모난 구멍이 뚫렸다. 그는 만족한 표정으로 초에 불을 붙여 들고는 그 구멍 속으로 사라졌다. 그 속에서 무슨 짓을 하는지 잠시 달그락거리는 소리가 들려왔다.

잠시 후 홈즈가 내 팔을 툭 쳤다. 이번에는 나가자는 신호가 분명했다. 우리는 구멍이 뻥 뚫린 마룻바닥 쪽으로 조심스럽게 다가갔다. 소리를 내지 않으려고 살금살금 발소리를 죽였지만 마루 자체가 오래된 것이라 삐걱거리는 소리가 나는 것은 어쩔 수 없었다. 순간 에반스의 머리가 구멍 속에서 튀어나왔다. 나와 홈즈는 미리 준비했던 권총을 그에게 겨누었다. 우리를 발견한 에반스의 두 눈이 불꽃이 튀길 만큼 분노로 이글거렸다.

"꼼짝 마라! 허튼짓을 하면 쏘겠다!"

나는 계속 총을 겨누면서 침착하게 말했다. 그러자 에반스는 얼굴에 능글맞은 미소를 짓는가 싶더니 이내 피식 소리를 내며 웃기까지 했다.

"이런 이런. 명탐정 홈즈 씨에게는 정말 못 당하겠군. 그러니까 처음부터 내 계획을 다 알고 있었단 말이지요?"

"쓸데없는 소리 말고 어서 밖으로 나와!"

홈즈가 소리치자 에반스는 마루 위로 훌쩍 뛰어올라왔다.

"어허, 상황이 이렇게 된 이상 나도 어쩔 수 없군요. 이제 이것을 넘겨줄 테니……."

에반스는 무슨 물건을 찾는 것처럼 주머니 밖을 더듬었다.

"허튼 수작하지 말라니까!"

내가 다시 소리치자 에반스는 어깨를 으쓱했다. 그때였다. 에반스는 눈 깜짝할 새에 양복 주머니에서 총을 꺼내 들고는 우리를 향해 두 방을 연달아 쏘았다. 순간 펑하는 소리와 함께 나는 허벅지가 불에 타들어가는 듯한 느낌을 받았다. 나는 비명을 지르며 그 자리에 푹 쓰러져버렸다. 에반스가 쏜 총에 맞은 것이었다. 내 모습을 본 홈즈는 재빨리 몸을 날려 권총으로 에반스의 뒤통수를 내리쳤다.

"으악!"

에반스가 고통스런 비명을 내지르며 바닥에 넘어졌다. 계속해서 신음소리를 내는 그의 머리에서는 시뻘건 피가 흘러내리고 있었다. 홈즈는 넘어진 그의 몸 위로 올라타 움직이지 못하게 제압한 뒤 손에 들고 있던 권총을 빼앗았다. 그리고 서둘러 내게 달려와 나를 일으켜 세운 뒤 부축해서 의자로 데리고 갔다.

"왓슨! 괜찮지? 제발 부탁이네! 괜찮다고 말해주게!"

홈즈는 내 다리를 살피며 울부짖었다. 가장 절친한 친구

였지만 항상 그의 차가운 면에만 익숙했던 나로서는 홈즈가 이렇게 당황하는 모습을 보이는 데 내심 놀라지 않을 수 없었다. 이렇게라도 그의 속마음을 알게 되서 다행이라 생각하자 가슴이 뭉클해지며 눈가가 뜨거워졌다. 입술까지 부르르 떨고 있는 홈즈의 눈가에도 어느새 물기가 맺혀 있었다. 그때까지만 해도 나는 홈즈의 눈은 사물을 냉철하게 꿰뚫어보기 위해서만 존재하는 줄 알았다. 그런 그의 눈이 이 순간만큼은 나를 위해 눈물을 흘리고 있었다.

"홈즈, 나는 괜찮네. 총알이 살짝 스친 것뿐이야."

"정말인가? 정말이야?"

홈즈는 주머니칼을 꺼내 내 바지를 찢더니 상처를 살펴보았다.

"다행일세. 정말 다행이야. 크게 다친 줄 알고 무척 놀랐네."

홈즈는 그제야 안도의 한숨을 내쉬었다. 그리고 피가 멎도록 자신의 손수건으로 상처 난 부위를 잘 동여매 주었다.

"이제 곧 피가 멈출 걸세. 통증은 있겠지만 조금만 참게."

홈즈는 내 어깨를 두드리며 따뜻하게 말을 건넸다. 그리고 분노가 가득 담긴 눈으로 에반스를 무섭게 노려보았다.

"상처가 심하지 않은 것을 다행으로 생각해라. 만약 왓슨이 죽기라도 했으면 네놈도 무사하진 못했을 거다."

에반스는 고개를 푹 숙인 채 아무 말이 없었다.

"왓슨, 자네도 보겠나?"

홈즈가 마룻바닥에 난 구멍을 가리키며 말했다. 내가 고개를 끄덕이자 홈즈가 나를 부축해주었다. 구멍 아래를 내려다보자 그곳에는 에반스가 켜놓은 초가 아직도 불을 밝히고 있었다. 작은 공간 안에는 녹슨 기계와 둥글게 말린 종이 뭉치, 여기저기 흩어져 있는 잉크병들, 그리고 가운데 놓인 작은 탁자 위 지폐더미가 차곡차곡 쌓여 있었다.

"위조지폐를 만드는 데 필요한 물건들이군."

홈즈가 중얼거렸다.

"그렇소."

에반스가 자리에서 일어서며 비꼬듯 말했다. 하지만 머리에 난 상처 때문인지 다시 자리에 털썩 주저앉았다.

"런던 최고의 위조지폐 장비라고 해도 과언이 아닐 만큼 정교한 기계요."

"로저 프레스콧이 쓰던 기계겠지? 당신은 이걸 노리고 사기극을 벌인 거고."

"맞소. 거기 탁자 위 지폐는 모두 로저 프레스콧이 찍어놓은 거요. 자세히 봐도 위조지폐인 것을 눈치 채기 힘들 만큼 잘 만든 돈이지. 그러니 우리 이 시점에서 협상을 하는 게 어떻겠소?"

벌써 계략을 꾸며놓았는지 에반스의 눈이 음흉하게 빛났다.

"협상이라니?"

"거기 놓인 돈이 20만 파운드나 되오. 그러니 그 돈을 당신이 갖고 나는 풀어주시오. 어떻소? 당신에게도 괜찮은 제안 아니오?"

그러자 홈즈가 경멸하는 시선으로 에반스를 쳐다보며 차가운 목소리로 말했다.

"역시 당신은 당신 수준으로만 사람을 보는군. 저 따위 가짜 돈에 내가 당신을 풀어줄 거라 생각하나? 진짜 돈이라도 마찬가지야. 나는 그런 짓은 절대 하지 않아. 이제 이 나라에 너 같은 놈이 숨을 곳은 더 이상 없다. 네가 갈 곳은 교도소뿐이야."

홈즈는 잠시 숨을 고르며 흥분을 가라앉히더니 문득 무슨 생각이 났는지 다시 입을 열었다.

"당신이 로저 프레스콧을 죽인 것도 우연히 싸움에 휘말려서가 아니었지?"

"나는 그 일로 5년 동안 감옥살이를 했소. 억울한 일이지. 생각해보시오. 저렇게 정교하게 만든 위조지폐가 사람들 손에서 손으로 퍼져나가게 되면 어떤 일이 벌어지겠소. 어찌나 잘 만들었는지 영국 은행에서도 구분해내기 힘들 거요. 사회가 얼마나 혼란스러워질지를 생각하면 아찔하지 않소? 그러니 내가 로저 프레스콧을 죽인 것은 이 사회를 위해 아주 잘한 일이란 말이오. 그런 내게 훈장은 주지 못할 망정 살인자 취급이나 하다니."

에반스가 투덜거리자 홈즈가 한껏 격양된 목소리로 말했다.

"말도 안 되는 궤변 따위는 듣기 싫다! 당신이 로저 프레스콧을 죽인 것은 사회를 걱정해서가 아니라 그 돈을 빼앗고 싶어서였어. 저 기계를 손에 넣어 마음대로 지폐를 찍어내고 싶어서 말이야."

"그야 그렇지만……. 일이 이렇게 되었으니 나는 잔뜩 고생만 하고 원하는 것을 눈앞에서 놓친 바보가 된 셈이군."

에반스는 미간을 찌푸린 채 불만에 찬 목소리로 중얼거렸다.

"힘들게 감옥 생활을 마치고 이곳에 와보니 이상한 늙은이가 수집품을 늘어놓고 방 밖으로 나오지 않아서 얼마나 골치가 아팠는지 모르오. 어떤 방법으로 노인네를 밖으로 끌어낼까 고민하다가 그의 성이 매우 특이한 데서 힌트를 얻었지요. 사실 그냥 노인네를 없애버릴까도 생각했지만, 나는 마음이 약한 편이라 힘없는 노인네를 그냥 죽일 수는 없었소. 그래서 세 명의 개리뎁 이야기를 꾸며낸 거요. 지금 생각해도 참으로 잘 지어낸 이야기란 말이지."

에반스가 스스로에게 감탄하자 홈즈가 얼음장처럼 차가운 목소리로 말했다.

"아무리 뛰어난 이야기라도 결국은 사기꾼이 지어낸 거짓말에 불과해."

홈즈의 말에도 에반스는 표정 변화 하나 없이 고개를 돌려버렸다. 그런데 그것도 잠시, 금세 홈즈를 향해 야비한 미소를 지었다.

"홈즈 씨, 지금 내 죄가 뭐란 말이오?"

"그것을 몰라서 묻소?"

"난 네이선 개리뎁을 해친 적이 없소. 거짓말을 좀 했을 뿐이지만 그것도 방에만 처박혀 지내는 늙은이를 여행시키기 위해서 한 말 정도로 생각할 수 있지 않소? 게다가 나는 저 기계를 사용하지도 않았소. 지폐에 손을 대지 않은 것은 물론이고. 그러니 나는 당신이 나를 잡아간다고 위협할 만한 잘못을 저지른 적이 없다는 말이지."

에반스는 끝까지 포기하지 않고 자신의 죄를 숨기려고 애를 썼다. 그 모습을 본 홈즈가 한심하다는 듯 혀를 끌끌 찼다.

"살인미수라는 죄가 있지. 당신은 우리를 향해 총을 쐈고 그 총에 왓슨이 다쳤어. 그것만으로도 죄는 충분해. 우리는 이 일로 당신을 경찰에 넘길 것이고, 뒷일은 경찰이 알아서 하겠지. 나머지 죄목은 조사 중에 나오게 될 거야."

홈즈가 내게 고개를 돌려 말했다.

"왓슨, 어서 레스트레이드 경감에게 전화를 걸게. 그쪽에서도 이 소식을 들으면 매우 기뻐할 걸세."

이것이 사기꾼이자 살인마인 에반스가 꾸며낸 세 명의 개리뎁 이야기다. 유일하게 진짜였던 네이선 개리뎁은 유산과 관련된 이야기가 모두 거짓이라는 것을 알고 매우 충격을 받았다고 한다. 한참 동안 영국 최고의 수집가가 되는 꿈을 버리지 못하다가 결국 브릭스턴의 요양원으로 보내지는 신세가 되고 말았다.

이 사건에서 무엇보다도 다행스러운 일은 런던 경시청에서 위조지폐 기계를 발견했다는 점이다. 경찰은 이 기계가 존재한다는 사실은 알고 있었지만 프레스콧이 죽은 뒤로 기계를 숨겨놓은 장소를 알지 못해서 전전긍긍하고 있던 차였다. 경시청에서 기뻐한 정도로 따져보자면 에반스가 말한 대로 그에게 훈장이라도 줘야 했을지도 모른다. 그러나 법정은 모든 정황을 냉정하게 판단해 그를 다시 감옥으로 돌려보냈다. 그것도 아주 오랫동안 말이다.

다섯 개의 오렌지 씨앗

The Five Orange Pips

엘리아스 오펜쇼

조셉 오펜쇼의 형으로 젊은 시절에 미국으로 건너가 남부에서 큰 재산을 모았다. 그 후 영국으로 돌아와 서섹스 주 호샴에 정착했다. 어느 날 다섯 개의 오렌지 씨앗이 든 편지를 받고 공포에 휩싸여 떨다가 자신의 정원에 있는 연못에서 죽은 시체로 발견된다. 경찰은 발작으로 인한 자살로 판정을 내리지만 그의 죽음에는 뭔가 석연찮은 점이 남아 있다.

조셉 오펜쇼

엘리아스 오펜쇼의 동생으로 젊은 시절 컨벤트리에서 작은 고무 공장을 운영했다. 오펜쇼 고무 타이어의 특허권자로 자전거가 발명되자 사업이 날로 번창해 큰 재산을 모은다. 엘리아스가 유언으로 남긴 재산을 상속받고 호샴의 저택으로 이사를 하게 된다. 어느 날 다섯 개의 오렌지 씨앗이 들어 있는 서신을 받고 죽음을 당하게 된다.

존 오펜쇼

조셉 오펜쇼의 아들로 어린 나이에 엘리아스 백부의 집에서 백부의 사랑을 듬뿍 받으며 성장한다. 다섯 개의 오렌지 씨앗이 든 편지를 받고 숙부와 아버지가 모두 죽자 백부와 아버지로부터 상속받은 재산을 소유하기가 두렵다. 아버지의 죽음 후 호샴 저택에서 평화로운 나날을 보내던 어느 날 다섯 개의 오렌지 씨앗이 든 편지가 날아든다. 공포에 쌓인 그는 홈즈에게 도움을 요청한다.

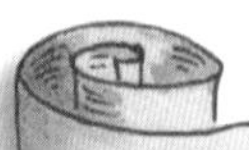

이 사건은 1891년 11월에 〈스트랜드 매거진〉에 발표되었고 ≪셜록 홈즈의 모험≫ 편에 수록되어 있는 이야기다.

이 사건에 등장하는 'KKK'라는 조직은 실제로 남북전쟁(1861~1865) 후 흑인들을 정치세력화한 공화당 급진파들의 연방의회 장악에 반발한 남부 백인들이 1866년 급진적 지하 저항세력을 결성, 철저한 위계질서 준수와 준(準)종교적 의식을 올리고 얼굴을 흰 두건으로 가린 채 흑인과 흑인해방에 동조하는 백인들에게 끔찍한 테러를 자행한 집단이다. 죽음에 대한 경고로 이 사건에서는 오렌지 씨앗을 보냈는데 실제로 멜론 씨앗, 참나무 어린 가지 등을 사용하기도 했다. 1870년 무렵 미연방법 제정으로 KKK단은 형식적으로 해체되었으나 1915년 조지아 주(州)에서 백인 지배 원리를 내세우면서 인종적·종교적·민족적 소수집단 모두를 적대시하는 활동을 재개했고, 그 후 1960년대에 흑인과 자유주의자들의 민권운동이 활발해진 데 대한 반동으로 미국 각지에서 산발적으로 재등장했다. 현재는 그 활동이 미미하며 규모도 점차 줄어들고 있다.

1. 인도에서 온 편지

1887년은 홈즈에게 잊을 수 없는 해라고 해도 과언이 아닐 것이다. 파라돌 챔버 사건, 아마추어 걸인협회 사건, 소피 앤더슨 호 실종 사건, 우파 섬에서의 모험 등 기괴하고 굵직굵직한 사건이 연달아 일어났기 때문이다. 내 기록에 따르면 이외에도 많은 사건이 있었지만, 캠버웰 독극물 사건만큼 홈즈의 추리와 탐정으로서의 능력이 돋보이는 사건은 없었다. 하지만 지금부터 할 이야기의 기괴함에 비하면 그 사건도 어쩌면 싱겁다고 느낄지도 모르겠다.

때는 9월 하순의 어느 날이었다. 런던은 하루 종일 심한 폭풍우에 시달리고 있었다. 아침부터 시작된 바람은 온종일 야수와 같이 울부짖으며 거리를 질주했고, 거센 빗줄기는 끊임없이 유리창을 두들겨댔다. 밤이 되어서도 그 기세가 전혀 수그러들 줄 몰랐다. 아니, 더 거세지고 있었다. 우리는 거대한 자연의 힘 앞에 무력할 수밖에 없었다. 즐기던 산책도 하지 못한 채 난로 앞에 앉아 각자의 일에 빠져 있을 뿐이었다.

홈즈가 몰두하고 있던 일은 그동안 맡았던 사건들의 기록에 색인을 다는 일이었다. 하지만 그다지 즐거운 표정은 아니었다. 무엇이고 치우고 정리하는 것을 싫어하는 그로서는 어쩌면 당연한 일이었을 것이다. 하지만 달리 할 일이 없었다. 할 일이 없기는 나도 마찬가지였다. 아내가 친정에 간 사이 베이커가에 있는 홈즈의 하숙집에서 며칠째 신세를 지고 있던 나는 병원에 출근도 못한 채 홈즈 맞은편에 앉아 클라크 러셀의 해양 소설을 읽고 있었으니까. 한 가지 위안이라면 홈즈와는 달리 책에 몹시 열중하고 있었다는 것뿐이다. 책의 내용이 재미있기도 했지만 창밖에서 들려오는 폭풍우의 포효가 마치 내가 소설 속의 거친 바다 한가운데에 서 있는 듯한 착각에 빠지게 했기 때문이었다.

그런데 문득 내 환상을 깨고 들려오는 소리가 있었다. 초인종 소리였다. 나는 고개를 들었다.

"홈즈, 초인종이 울린 것 같지 않나? 이런 밤에 누굴까? 혹시 자네 친구가 오기로 되어 있나?"

"나한테 친구라고는 자네밖에 없다는 걸 잊었나?"

"그럼 사건을 부탁하러 온 사람인가?"

나는 밖에서 무슨 소리가 나는지 귀를 기울였지만 바람 소리 때문에 아무것도 들을 수 없었다.

"허드슨 부인의 손님일지도 모르지. 하지만 만약 의뢰인이라면 꽤 심각한 사건을 가져왔겠군. 그렇지 않고서야 이처럼 끔찍한 날에 찾아왔을 리 없을 테니 말이야."

그는 서류에서 눈을 떼지 않고 퉁명스럽게 말했다. 홈즈의 예측이 어긋났다는 것은 곧 증명되었다. 우리 방문을 두드리는 소리가 났던 것이다.

"자네가 틀린 것 같군."

내가 웃으며 말하자 그는 어깨를 으쓱했다. 그리고 정리하던 서류를 치우고는 긴 팔을 뻗어 등잔을 집어 들었다. 나는 홈즈가 손님을 맞기 위해 일어날 것이라 생각했다. 그러나 홈즈는 그렇게 하지 않았다. 빈 의자가 잘 보이도록 등잔을 돌려놓은 것이 그가 한 일의 전부였다.

"들어오십시오."

방으로 들어온 손님은 스무 살이 갓 넘었음직한 앳된 청년이었다. 그의 머리는 비바람에 온통 헝클어져 있었지만 거리의 막노동꾼으로는 보이지 않았다. 희고 깨끗한 얼굴에 금테 안경을 끼고 있었는데, 어딘지 모르게 기품이 있어 보

였다. 복장도 준수한 편이었다. 그러나 램프 불빛에 비친 청년의 얼굴은 몹시 창백했고, 두 눈에는 불안의 그림자가 서려 있었다. 그는 안경을 밀어 올리며 공손한 태도로 입을 열었다.

"먼저 죄송하단 말씀부터 드려야겠군요. 아늑한 두 분의 방에 난데없이 빗물을 떨어뜨리게 되었으니 말입니다. 밖의 날씨가 하도 험해서 본의 아니게 결례를 범하게 되었습니다."

그의 말처럼 그의 레인코트와 우산에서는 여전히 물이 뚝뚝 떨어지고 있었다. 그가 얼마나 고생을 하며 찾아왔는지 짐작이 갔다.

"괜찮습니다. 조금도 걱정하지 마십시오. 자, 우산과 레인코트를 이리 주십시오. 난로 옆에 걸어두면 곧 마를 겁니다. 그리고 불 옆으로 가까이 와 발을 말리는 게 좋겠네요. 그런데 당신은 남서부 지역에서 오셨군요."

"네, 지금 서섹스 주의 호샴에서 오는 길……."

무심코 대답을 하던 청년은 깜짝 놀랐다.

"아니, 어떻게 그걸……."

"당신의 구두 끝에 묻은 점토와 석회질의 섞인 흙을 보고 알았습니다. 그런 흙은 그 지역에서만 나니까요."

"역시, 프렌더가스트 소령님 말씀대로군요."

청년은 감탄하듯 고개를 끄덕거렸다.

"프렌더가스트 소령이라……. 아, 생각이 납니다. 카드를 칠 때 속임수를 쓴다는 억울한 오해를 받으셨던 분 말씀이군요."

"그 일로 소령님께서는 아직도 홈즈 씨께 감사하고 있으십니다."

"저런, 그 사건은 그렇게 감사를 받을 만한 일이 아니었습니다."

"또 소령님께서는 홈즈 씨가 참여한 사건치고 해결 안 된 사건이 없다고도 하셨습니다."

"지나친 과찬이군요. 나 역시 완벽하지 않은 한 인간에 불과할 뿐입니다. 실패가 없을 수 없지요. 얼마 전에도 전직 배우였던 한 여성에게 깨끗이 당했답니다."

홈즈는 씁쓸하게 웃었다. 보헤미아의 국왕을 쩔쩔매게 했던 아이린 애들러를 말하는 것이 분명했다.

"하지만 성공하신 사건에 비교하면 실패하신 건 얼마 안 되지 않으십니까?"

"딴은 그렇군요."

"아, 홈즈 씨. 저는 정말이지 당신의 조언이 필요합니다."

그의 목소리는 애처롭기까지 했다.

"조언이야 쉬운 일이지요."

"그리고 부디 도와주십시오."

"도움은 말처럼 쉬운 것은 아닙니다. 의지와 상관없기도 하고 말입니다."

나는 홈즈가 이 청년의 청을 거절하려는 것은 아닌지 의심이 들었다. 그것은 청년도 마찬가지였다. 그러나 홈즈는 빙그레 웃으며 손에 깍지를 끼었다. 그제야 나는 홈즈가 장난을 쳤다는 걸 알았다. 그만큼 오늘 하루가 지겨웠던 것이다. 그래도 이 폭풍우를 뚫고 달려올 수밖에 없었던 가련한 청년을 놀리는 것은 옳지 않게 느껴졌다. 내가 인상을 쓰고 곱지 않은 시선을 보내자 홈즈는 청년 모르게 한쪽 눈을 깜빡였다. 이제 그는 청년의 이야기를 진심으로 들을 준비가 되어 있었다.

"아무튼 이야기부터 들어볼까요."

청년은 잠시 당황하는 듯했다. 하지만 이내 차분하게 입을 열었다.

"아주 색다른 사건입니다."

"제가 다루는 사건치고 색다르지 않은 것이 없었지요. 그러니 마음 놓으시고 말씀하십시오."

"하지만 우리 집안에서 일어난 일만큼 이해하기 힘든 사건은 아마 없었을 겁니다. 아, 어디서부터 얘기를 해야 할지 모르겠군요."

"내 호기심을 자극하시는군요. 뭐, 좋습니다. 생각나는 대로 이야기하시면 됩니다. 의문 나는 것은 나중에 질문하도록 하죠. 그리고 그전에 성함부터 알려주시면 좋겠군요."

"죄송합니다. 경황이 없어서 인사도 드리지 못했군요. 제 이름은 존 오펜쇼입니다."

청년은 정중하게 인사를 한 후 의자를 당겨 불 가까이에 앉았다.

"간단히 말하자면 상속 문제지만 사실 이번 일은 저와는 무관합니다. 어쨌든 사건의 핵심을 분명히 이해하시기 위해서는 제 조부의 이야기부터 하는 게 좋을 것 같군요."

그는 젖은 머리를 쓸어 올리며 이야기를 시작했다.

"제 조부님은 서섹스 주에서도 꽤 이름이 알려진 지주셨습니다. 그분은 두 아드님을 두셨는데 엘리아스 백부님과 바로 제 아버님이십니다. 아버님은 젊은 시절 컨벤트리에서 작은 고무 공장을 운영하셨는데, 자전거가 발명되자 사업이 날로 번창했지요. 혹시 들어보셨는지 모르겠지만 오펜쇼 고무 타이어가 아버님 공장에서 생산된 것입니다. 아버님이 바로 그 타이어의 특허권자이셨지요. 이미 오래전에 비싼 값에 공장을 넘기고 은퇴하셨지만, 그쪽 업계에서 조셉 오펜스라고 하면 아직도 모르는 사람이 없을 정도입니다.

엘리아스 백부님은 젊은 나이에 신천지인 미국으로 건너가셨습니다. 남부인 플로리다에서 큰 농장을 운영해서 제법 큰 재산을 모으셨다고 합니다. 남북전쟁 때는 남군으로 저 유명한 잭슨 부대에 입대하셨고, 나중에는 후드 부대에 계셨는데, 거기서 전적을 인정받아 대령까지 승진하셨습니다. 그러나 백부님의 군 생활은 그리 오래가지 않았습니다. 1865년, 남군의 수령인 리 장군이 그랜트 장군이 이끄는 북군에 항복하면서 전쟁이 끝나 버렸던 겁니다. 백부님은 다시 남부의 농장으로 돌아가셨습니다. 백부님이 영국으로 돌아오신 것은 그로부터 4, 5년 후였는데 1869년인지 1870년인지는 저로서는 확실히 모릅니다만, 흑인들에게 시민권을 주자는 전쟁 후 미국 공화당의 정책을 참을 수가 없었다고 하시더군요.

어쨌든 백부님은 서섹스 주 호샴에 땅을 사서 정착하셨습니다. 제가 기억하는 백부님은 워낙 술을 좋아하셔서 늘 취해 계셨고 술버릇 또한 고약하셨습니다. 또 성질도 급해서 화도 잘 내셨고, 말씨도 매우 거칠었습니다. 때문에 이웃과는 별로 좋은 관계가 아니셨습니다. 또 백부님도 그런 당신의 모습을 잘 알고 있으셔서 그랬는지 도무지 영지 밖으로 나가시는 법이 없었습니다. 사람을 만나는 것을 극도로 꺼리신 거죠. 아마 영지에 틀어박히신 후 런던에는 한 번도 가 보신 일이 없을 겁니다. 백부님이 저택을 나서는 일이라고 해야 고작 정원을 거니시거나 백부님 소유의 근처 목초지에 나가 운동하시는 게 전부였습니다. 심지어는 당신의 동생이신 제 아버님과도 거의 만나지 않으셨습니다. 의도적으로 멀리하셨다고 하는 게 맞을 겁니다.

제가 백부님을 처음 뵌 게 열두 살 때였다고 기억하고 있습니다. 1878년이었죠. 그때 백부님은 아버님께 저와 함께 살게 해달라고 부탁하셨습니다. 그 후로 저는 백부님과 함께 살게 되었습니다. 가족과 이웃하고도 멀리하시는 괴팍한 분이셨지만 제게는 더없이 인자한 분이셨습니다. 무척 귀여워해주셨지요. 술에서 깨어 있을 때마다 백부님께서는 저와 체스를 두거나 주사위 놀이를 하는 것으로 소일하셨습니다. 그분의 낙이셨던 겁니다. 제가 나이가 들자 백부님께서는 당신의 대리인으로 사람들에게 소개하셨습니다. 그리고 제가 열여섯 살이 되었을 땐 사실상 그 저택 주인의 지위를 주셨지요. 열쇠란 열쇠는 모두 제게 있었기 때문에 백부님을 방해하지만 않는다면 제가 들어가지 못할 곳이 없었습니다. 또 무슨 일이든 할 수 있었습니다. 그런 저에게도 한 가지 금지되어 있는 것이 있었는데, 그건 다락방

출입이었지요. 그곳에는 제가 가지고 있는 그 어떤 열쇠로도 열 수 없는 특별한 자물쇠가 있었습니다. 어릴 때 백부님이 출타하신 틈을 타 열쇠 구멍을 통해 안을 들여다본 적도 있었지요. 하지만 안에는 낡은 트렁크와 잡동사니들이 잔뜩 쌓여 있을 뿐이었습니다. 그 후로는 더 이상 그곳에 관심을 갖지 않았습니다.

그러던 어느 날 외국 우표가 붙어 있는 편지가 배달되었습니다. 1883년 3월이었지요. 백부님께 편지가 오는 일은 없었기 때문에 분명히 기억하고 있습니다. 그분에게는 청구서 하나 오는 일이 없었거든요. 저는 아침 식사 중이시던 백부님께 그 편지를 가져갔습니다. 백부님은 편지를 받아 겉봉을 살피더니 알 수 없다는 듯 고개를 갸웃거리시더군요.

'인도? 퐁디셰리의 소인이라, 도대체 이게 뭐지?'

백부님은 낮게 중얼거리며 봉투를 뜯었습니다. 그런데 봉투 안에서 나온 것은 말라서 비틀어질 대로 비틀어진 오렌지 씨앗 다섯 개였습니다. 조심스럽지 못한 백부님의 손길에 그것들은 접시 위로 떨어졌습니다.

'아니, 그게 뭡니까? 누군지 장난을 친 모양이네요.'

저는 터져 나오는 웃음을 참지 못하고 키드득댔지요. 하지만 백부님의 얼굴을 본 순간 더 이상 웃음이 나오지 않았습니다. 백부님은 하얗게 질려서는 튀어나올 듯이 두 눈을

부릅뜬 채 덜덜 떨고 계셨던 겁니다. 식은땀까지 흘리면서 말입니다.

'백부님!'

저는 조심스럽게 그분을 불렀지요. 마치 기절이라고 한 게 아닌가 싶었거든요. 하지만 그분의 의식은 분명했습니다. 다음 순간 백부님은 제가 깜짝 놀랄 정도로 큰소리로 외치셨습니다.

'KKK!'

그분의 소리는 거의 비명에 가까웠습니다.

'내 죄야, 내 죄! 오, 이럴 수가…….'

'그게 무슨 말씀이세요, 백부님. 죄라니요?'

백부님은 제 질문은 들리지도 않으시는 것 같았어요. 그저 힘없이 중얼거리셨습니다.

'드디어 올 것이 온 거야. 올 것이…….'

'백부님, 왜 그러세요. 제발 정신 좀 차리세요. 도대체 무엇이 온단 말씀이세요?'

저까지 두려워지기 시작하더군요. 저는 백부님을 흔들며 소리쳤어요. 그러자 그분의 입에서 미처 예상하지 못했던 말이 튀어나왔습니다.

'죽음이다. 죽음이 닥쳐왔어.'

떨리는 목소리로 간신히 이렇게 말한 백부는 그대로 2층으로 올라가 버리셨습니다. 저는 어찌된 영문인지 알 수 없어서 당황했습니다. 하지만 백부님을 공포로 몰아넣은 것이 편지였던 것은 의심할 여지가 없었지요. 그래서 편지를 살펴보기로 했습니다. 다행히 편지는 식탁 위에 있었습니다. 봉투 안에는 그 오렌지 씨앗 다섯 개가 전부였습니다. 어떤 쪽지나 편지도 없었지요. 그런데 봉투의 풀 붙이는 부분 바로 위에 'K'라는 글자 3개가 붉은 잉크로 쓰여 있더군요. 백부님이 'KKK'라고 소리치신 건 바로 그것을 보셨기 때문일 거라고 생각했습니다.

그 외에는 별 이상한 점이 없었습니다. 저는 백부님이 걱정되었습니다. 몹시 흥분하고 계셨으니까요. 저는 2층으로 올라갔습니다. 하지만 층계를 다 올라가기도 전에 백부님을 만나고 말았지요. 그분의 손에는 녹슨 열쇠와 작은 청동 궤짝이 들려 있더군요. 둘 다 처음 보는 것들이었습니다. 저는 직감적으로 그 열쇠가 다락방의 열쇠라는 것을 알았습니다. 또 청동 궤짝이 다락방에 있던 물건이었던 것은 두말할 것도 없었습니다.

백부님은 여전히 흥분해 계셨지만 아까처럼 두려움에 떠는 모습은 아니셨습니다. 오히려 화가 잔뜩 나 있는 사람 같았습니다.

'올 테면 와보라지. 나도 가만히 앉아서 당하지만은 않을

거야!'

백부님은 입에 담지 못할 욕을 여신 해대셨지요. 그러다 저를 발견하셨는지 몇 가지 지시를 하셨습니다.

'존, 메리에게 일러서 오늘 내 방에 불을 피워놓게 해라. 그리고 호샴 시의 포댐 변호사를 불러다오. 한시가 급하다.'

변호사가 온 건 몇 시간이나 흐른 뒤였습니다. 집사가 백부님이 저와 변호사에게 함께 올라오라고 하셨다고 전해주더군요. 백부님의 방은 난로의 열기로 훈훈했습니다. 불이 활활 타오르고 있는 벽난로에는 많은 양의 종이를 태운 것처럼 검은 재가 수북이 쌓여 있었습니다. 그리고 벽난로 옆에는 오전에 보았던 청동 궤짝이 뚜껑이 열린 채로 놓여 있었습니다. 안은 텅 비어 있더군요. 그런데 제 눈을 사로잡는 것이 있었습니다. 그 뚜껑에 'KKK'라는 글자가 뚜렷이 새겨져 있었던 겁니다.

백부님은 어제보다 10년은 더 늙은 것 같은 얼굴로 의자에 힘없이 앉아 계셨습니다.

'존, 이제부터 유언을 하려고 하니 잘 들어다오. 포댐, 그럼 시작할까?'

저는 어리둥절해서 아무 말고 못하고 멍청하게 서 있었습니다.

'나는 나의 모든 재산을 내 동생, 조셉 오펜쇼에게 물려줄 것이다. 존, 언젠가는 이 재산이 네 것이 될 것이다. 내 재산이 너와 네 아버지를 위해 쓰인다면 더 바랄 것이 없겠구나. 하지만 한 가지 조건이 있다. 내가 죽은 뒤에 악마 같은 녀석이 나타나서 재산을 내놓으라고 너희를 괴롭힐지도 모른다. 만약 그런 일이 벌어지면 조금도 주저하지 말고 줘버려야 한다. 약속해줄 수 있겠지? 행운이 계속된다면 좋겠지만 나는 앞으로의 일을 장담할 수가 없구나. 어쨌든 이렇게밖에는 해줄 수 없어 유감이지만, 아무것도 묻지 않았으면 한다. 이해해다오. 자, 이제 포댐 씨가 가리키는 곳에 서명을 해라.'

저는 백부님의 말씀이 정확히 뭔지도 잘 모르면서 시키시는 대로 유언장에 서명을 했습니다."

2. 죽음을 부르는 편지

청년은 입이 마르는지 침을 삼키느라 잠시 말을 멈췄다.

"저는 모든 것이 혼란스러웠습니다. 그것은 시간이 지나면서 점점 옅어지기는 했지만 완전히 털어버릴 수는 없었습니다. 갑작스런 유언장이나 미래에 찾아올지도 모른다는 악당에 대해서도 그랬지만 무엇보다도 백부님의 변화가 저를 가장 불안하게 했습니다. 아까도 말씀드렸듯이 술을 좋아하시는 백부님이셨지만 언제나 술에 취해 있으셨던 것은 아니었습니다. 그런데 그 일이 있고 나서는 아침부터 술에 취해서는 하루 종일 방 안에만 틀어박혀 계셨지요. 그뿐이 아니었습니다. 방문을 걷어차는가 하면, 갑자기 권총을 들고 뛰쳐나가 정원이나 숲 속을 정신없이 뛰어다니기도 하셨습니다. 그럴 때마다 백부님은 소리를 지르셨는데, 꼭 누군가에게 경고하는 것 같은 내용이었습니다."

"뭐라고 하셨는지 정확히 들으셨겠지요?"

홈즈가 물었다.

"물론입니다. 워낙 큰소리로 떠드셨으니까요. 백부님은 남이 듣던 말던 아랑곳없이 '아무것도 두렵지 않아. 악마라고 해도 나를 어쩌지는 못할 거다. 아무도 나를 가두진 못해!'라고 하셨지요. 그때마다 총을 쏘아대셨기 때문에 집안 사람 누구도 백부님을 말릴 생각조차 하지 못했습니다. 하지만 언제나 그렇게 광기 어린 행동을 하시는 것은 아니었습니다. 폭풍이 막 지나갔을 때처럼 숨소리도 내지 않고 조용히 방에 틀어박혀 계시기도 했습니다. 그럴 때마다 백부님은 세상에서 가장 끔찍한 공포와 대면한 사람처럼 두려움에 떠셨습니다. 그런 날은 아무리 추워도 마치 소나기라도 맞은 것처럼 온통 땀으로 젖어 계셨지요."

"백부님의 이상한 행동 때문에 저를 찾아오신 것을 아니실 테지요?"

"그렇습니다. 그 후에 끔찍한 일어 벌어졌기 때문입니다."

"끔찍한 일이라면?"

"백부님께서 시체로 발견된 겁니다."

"저런……."

나는 깜짝 놀라 나도 모르게 안타까운 탄성을 지르고 말았다. 그러나 홈즈는 표정 하나 변하지 않고 청년을 응시하고 있었다.

"어떻게 발견되셨는지 자세히 설명해주십시오."

"네. 그날 밤에도 백부님은 잔뜩 취하셔서는 밖으로 나가셨습니다. 그것이 마지막이셨지요. 백부님의 시신은 정원 근처 연못에서 발견됐습니다. 녹색 거품이 둥둥 떠 있는 연못에 엎드려 계셨지요. 몸에 외상은 없었습니다. 또 연못은 깊이가 고작 60센티미터밖에 되지 않았기 때문에 익사했다고 보기엔 뭔가 석연찮은 구석이 있었습니다. 하지만 경찰에서는 자세히 조사해보지도 않고 발작으로 인한 자살이라고 판정했습니다. 근래 백부님의 상태가 정상이 아니었다는 것이 그런 결과를 가져오게 한 것 같습니다."

"오펜쇼 씨는 그렇게 생각하지 않으시는군요."

청년은 잠시 놀라는 듯하더니 이내 고개를 끄덕였다.

"바로 그렇습니다. 저는 백부님께서 얼마나 삶에 애착이 많으셨는지 잘 알고 있습니다. 그토록 두려워하셨던 것도 다 살고 싶으셨기 때문이지 않겠습니까? 그런 분이 아무리 발작 때문이라고는 해도 자살을 하시다니, 생각할 수도 없는 일입니다. 제가 항의를 해봤지만 소용없었습니다. 사건

은 그것으로 종결되고 말았지요. 그리고 유언장대로 백부님 소유였던 토지와 1만 4천 파운드가량의 막대한 예금이 제 아버님에게 상속되었습니다."

"오펜쇼 씨."

홈즈가 청년의 말을 막고 나섰다.

"말을 끊어서 미안합니다만, 내가 들어본 중에 가장 괴상한 사건이군요. 백부님이 편지를 받은 날과 돌아가신 날이 정확히 언제였습니까?"

"편지는 1883년 3월 10일에 왔습니다. 그리고 백부님이 돌아가신 날은 그로부터 7주 뒤인 5월 2일 밤이었습니다."

"알겠습니다. 계속하시지요."

"영지를 물려받은 후 제일 먼저 한 것은 다락방을 조사하는 것이었습니다. 아버님께 제가 부탁드렸지요. 물론 아까 말씀드렸던 청동 궤짝도 그곳에 있었습니다. 하지만 안은 텅텅 비어 있더군요. 편지가 온 날 백부님이 태워버린 게 아마도 그 안에 있었던 것들이겠지요. 우리 부자가 청동 궤짝에서 발견한 것이라고는 뚜껑 안쪽에 쓰인 'KKK'라는 붉은 글씨와 '편지, 비망록, 영수증 및 수취 명부'라고 쓰인 종이였습니다. 다락방은 지저분하고 잡동사니들이 쌓여 있었지만 별로 이상하다 싶은 건 없었습니다. 대부분 백부님의 미국 생활을 보여주는 서류와 수첩이었습니다. 영국으로 오실 때 미국에서 가져오신 것이 분명했습니다. 개중에는 남북전쟁 기록도 있었는데, 백부님 전쟁에서 얼마나 많은 전공을 세우셨는지 알 수 있더군요."

"그 외에는 어떤 내용이 있었습니까?"

"전쟁이 끝난 후 남부의 재건 시기 것도 있었습니다. 대부분 내용이 정치적인 것이었습니다. 그것으로 보아 백부님은 북부에서 파견된 정치가들에게 반감을 품고 있었던 모양입니다. 그들에게 반대하는 세력의 중추적인 역할을 하신 것 같더군요. 사실 백부님이 흑인을 싫어하신다는 사실도 그때 알게 된 겁니다.

어쨌든 편지나 백부님의 죽음을 설명할 만한 것은 아무것도 없었지요. 더 이상의 조사는 불가능하다고 생각했습니다. 게다가 평온한 나날이 계속되었기 때문에 어느 사이엔가 편지가 왔었다는 것마저도 거의 잊고 살게 되었습니다.

그러다 1884년 초에 아버님께서 그전 집을 정리하시고 호샴으로 완전히 이사를 오셨지요. 우리 부자의 생활은 백부님이 생전에 원하셨던 대로 지극히 평화로웠습니다. 그런데 일이 생긴 겁니다."

홈즈는 날카롭게 청년을 쳐다보며 입을 굳게 다물고 있었다.

"때는 이듬해인 1885년 1월 4일 아침이었습니다. 우리 부자는 아침 식사를 마치고 집사가 가져온 우편물을 살피고 있었습니다. 그런데 별안간 아버님께서 소리를 치신 겁니다.

'아니!'

저는 제게 온 편지를 보고 있다가 깜짝 놀라서 아버님을 쳐다보았지요. 아버님은 한 손에 막 뜯은 봉투를 들고 계셨지요. 그리고 다른 손에는 놀랍게도 오렌지 씨앗 다섯 개가 들려 있었던 겁니다. 아버님은 당황하신 기색이 역력했습니다. 평소 아버님은 제가 편지 이야기를 할 때마다 터무니없는 소리라고 일축해버리시곤 하셨는데 직접 눈으로 확인하자 두려우셨던 것 같습니다.

'존, 네가 말했던 편지도 이런 것이었니?'

아버님은 조금 더듬거리시기까지 하시더군요. 놀라기는 저도 마찬가지였습니다. 그 다음 제 눈에 들어온 것은 봉투의 안쪽에 써 있던 붉은 글씨의 'KKK'라는 표시였습니다. 틀림없이 백부님이 받으셨던 그 편지와 동일한 것이었습니다. 가슴이 마구 뛰더군요. 그런데 그뿐이 아니었습니다.

'존, 정말 네 말대로구나. 그런데 이건 너한테 들은 적이 없는데?'

'네? 무슨……?'

아버님께서 내미시는 봉투에는 예의 'KKK' 글자 위에 무언가 써 있었던 겁니다.

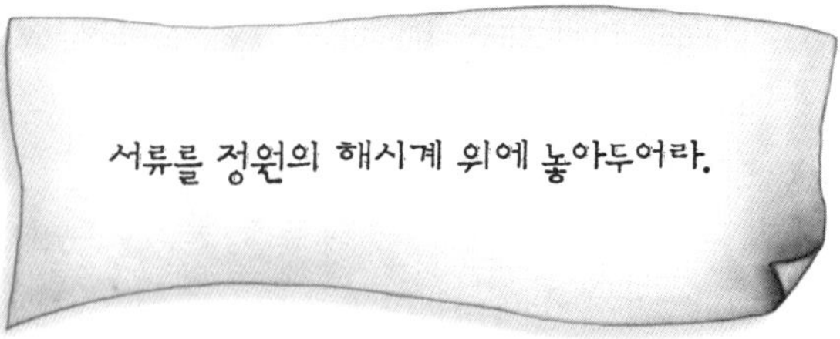

서류를 정원의 해시계 위에 놓아두어라.

'이게 도대체 무슨 말이냐? 서류는 뭐고 해시계라니?'

'전에는 이런 글이 없었는데……. 해시계라면 정원에 있는 걸 말하겠지만 서류라면……, 글쎄요. 혹시 청동 궤짝에 있었던 것이 아닐까요?'

'그건 형님이 모두 태워버렸다고 하지 않았니?'

'네, 그랬지요.'

아버님은 낙심한 듯하셨지만 그렇다고 두려워하시지는 않으셨습니다. 오히려 편지를 식탁 위에 아무렇게나 던져버리셨지요.

'이 나라는 법과 질서를 소중히 여기는 문명국이야. 이따위 협박이 통할 거라고 생각하다니!'

아버님은 호기롭게 말씀하셨습니다. 저는 조심스럽게 소인을 살펴봤습니다. 편지는 스코틀랜드의 던디에서 온 것이었습니다.

'어쨌든 해시계니 서류니 하는 것은 나와는 관계없는 일

이야. 설사 서류가 남아 있었다고 해도 이처럼 경우 없는 명령에 순순히 따를 생각 없다. 너도 무시해라.'

'하지만 아버님, 일단 경찰에 신고하는 게 좋을 것 같습니다.'

'그만둬라, 존. 누가 이따위 장난 편지에 관심이나 갖겠니. 비웃음이나 사지 않으면 다행이지. 공연한 일로 법석을 떨 필요는 없다.'

저는 백부님의 죽음이 생각나 불안하기만 했습니다. 하지만 아무리 애원을 해도 아버님의 결심은 변하지 않았습니다. 그만큼 완강하셨지요. 별수 없이 그대로 묻어버릴 수밖에 없었습니다.

다행히 며칠 동안 평소와 다름없이 평화로웠습니다. 그리고 편지가 온 지 사흘째 되는 날, 아버님은 친구 분인 프리바디 소령을 만나시기 위해 외출을 하셨습니다. 그분은 포츠다운 힐의 요새에 있는 지휘관으로 아버님과는 오랫동안 교분을 유지하고 계셨지요. 저는 내심 기뻤습니다. 적어도 집보다는 안전할 거라고 생각했던 거지요. 하지만 그 생각이 잘못이었다는 것을 아는 데까지는 얼마 걸리지 않았습니다."

"그렇다면……."

청년은 슬픈 표정으로 고개를 끄덕이더니 무겁게 다음 말을 이었다.

"아버님이 떠나고 이틀째 되는 날, 프리바디 소령으로부터 요새로 오라는 전보가 왔습니다. 제가 요새로 갔을 때 아버님은 이미 의식이 없으셨습니다. 요새 근처에 있던 오래전에 폐쇄된 갱에 추락하셨다고 하더군요. 표지판도, 울타리도 없는 깊은 구덩이에서 두개골이 깨지는 큰 상처를 입으신 채 발견되셨다는 겁니다. 아버님은 끝내 의식을 회복하지 못하고 눈을 감고 마셨습니다. 경찰은 곧바로 단순 사고로 처리해버리더군요. 사고가 난 게 밤늦은 시간이었던 데다가 그곳 지리에 서툴렀기 때문에 발생한 사고라는 게 그들의 의견이었지요.

저는 수긍할 수 없었습니다. 아버님처럼 신중하신 분이 그런 사고를 당하실 리 없었으니까요. 낯선 고장에서, 더구나 어두운 저녁에 그런 위험한 곳에 가실 리 없습니다. 그래서 저는 나름대로 사건을 조사하기로 했습니다.

아버님께서 사고를 당한 곳을 둘러봤고 목격자가 있는지도 알아봤습니다. 그러나 결과는 실패였습니다. 저녁때 사고가 일어났기 때문인지 목격자가 한 사람도 없었던 겁니다. 또 사고 현장에는 싸움이 벌어진 흔적 따위도 없었습니다. 아니, 다른 사람의 발자국조차 보이지 않았습니다. 물론 아버님의 몸에도 폭행을 당한 흔적 같은 것은 전혀 없었습니다. 그러나 증거는 못 찾았지만 저는 사고사가 아니라는 것을 알았습니다. 백부님과 마찬가지로 어떤 음모에 휘말려 살해당하신 게 틀림없습니다. 어쨌든 아버님의 사건도 그렇게 아무 증거도 찾지 못한 채 종결되고 말았지요.

이렇게 해서 제가 유산의 다음 주인이 되었습니다. 두 분을 다 죽음으로 몰고 간 재산인지라 전혀 달갑지 않았습니다. 하지만 마음대로 처분할 수도 없었지요. 저는 너무 두려웠던 겁니다. 언젠가 닥칠 것이 분명한 그 불행한 그림자에 당당하게 대항할 배짱이 저에게는 없었습니다. 도망이라도 갈까 했지만 그것도 이내 포기하고 말았습니다. 어디로 도망치든 그 검은 마수를 따돌릴 수는 없을 거라는 데 생각이 미쳤거든요. 그냥 그 자리에서 기다려보기로 했습니다.

하지만 생각처럼 불행은 금방 닥쳐오지 않더군요. 아버님이 불행하게 돌아가신 것이 1885년 1월이었으니까 무려 2년 8개월 동안은 아무 일도 없는 평온한 일상이 계속되었습니다. 저는 백부님과 아버님께서 물려주신 호샴의 저택에서 느긋한 생활을 즐기며 불행이 끝난 것은 아닌가 하는 생각을 하게 되었습니다. 그러다 보니 사는 것도 점점 활기를 되찾게 되었지요. 하지만 그것은 저의 일방적인 바람일 뿐이었습니다. 드디어 제게도 그 불행한 검은 그림자가 모습을 드러낸 겁니다. 백부님과 아버님의 경우와 똑같은 형태로 말입니다."

3. 색 바랜 파란색 종이

"오펜쇼 씨에게도 문제의 편지가 도착했다는 말씀이군요."

"홈즈 씨 말씀대로입니다."

청년의 얼굴은 어두웠고 불안한 기색이 역력했다.

"그 편지를 가지고 오셨습니까?"

"물론 가지고 왔습니다. 여기……."

청년은 조끼 호주머니에서 구겨진 봉투 하나를 꺼내 들고는 탁자 위에서 탁탁 털었다. 그러자 봉투 속에서는 마를 대로 마른 다섯 개의 오렌지 씨앗이 힘없이 떨어졌다. 청년은 씨앗이 다 떨어진 것을 확인하고 봉투를 홈즈에게 건네주었다.

"이게 바로 그 봉투입니다. 이번에는 런던 동부지구의 소인이 찍혀 있더군요. 안쪽에는 아버님께 배달된 것과 똑같은 내용의 글씨가 쓰여 있습니다."

그의 말처럼 풀칠을 하는 안쪽에는 'KKK'라는 붉은 글자가 선명하게 쓰여 있었다. 그리고 청년의 아버지인 조셉 오펜쇼에게 왔다는 편지처럼 '서류를 정원의 해시계 위에 놓아두어라'라고도 쓰여 있었다. 소인에는 어제 날자가 찍혀 있었다.

"그 후에는?"

"아직 아무 일도 일어나지 않았습니다."

홈즈는 조금 신경질적으로 고개를 흔들었다.

"아니, 내 말은 당신이 어떻게 했느냐는 겁니다."

청년은 조금 겁먹은 표정으로 힘없이 대답했다.

"아무것도……."

"아무것도 하지 않았단 말씀입니까?"

"그게……."

청년은 희고 가는 손으로 얼굴을 감싸더니 괴로운 듯 입을 열었다.

"사실은 전 어떻게 해야 좋을지 모르겠습니다. 마치 뱀에게 잡힌 채 죽음만 기다리고 있는 개구리가 된 심정입니다. 그 편지가 시키는 대로 하고 싶지만 이미 서류도 없는 판에 뭘 어떻게 해야 하겠습니까? 도망가고도 싶지만 그도 소용

없는 짓이라는 건 이미 아버님을 통해서 증명되었고 말입니다. 악마에게 잡혀 있는 것만 같습니다. 제가 더 이상 제 목숨을 스스로 지킨다는 건 불가능하겠지요?"

"저런……."

홈즈는 딱하다는 얼굴로 혀를 찼다.

"이보시오, 오펜쇼 씨. 그렇게 사기를 잃어서야 어떻게 문제를 해결하겠습니까? 지금은 행동할 때이지 절망하고 있을 때가 아닙니다. 그럴 시간이 없어요."

"하지만 경찰에서도 무시해버린 지금 뭘 해야 할지……."

"경찰에 신고하셨단 말입니까?"

"네. 하지만 제 이야기를 듣자마자 비웃더군요. 백부님과 아버님의 죽음은 의심할 바 없이 명백한 사고사이니 재고의 여지가 없다면서 말입니다. 또 그 편지와 오렌지 씨앗은 그저 누군가의 장난일 뿐 사고와는 아무런 관계가 없다고 했습니다. 지극한 우연의 일치라는 겁니다. 심지어 그들은 제가 지나치게 예민한 거 아니냐면서 정신감정을 권하기까지 했습니다."

"어리석은 사람들 같으니라고!"

홈즈는 주먹으로 무릎을 치며 분개했다.

"그래도 제가 재차 부탁을 하자 호위 경관 한 명을 제 집으로 보내주더군요."

"그럼 지금 그 경관과 함께 오신 겁니까?"

"아닙니다. 그는 집을 지키고 있습니다. 그게 자신의 임무라고 하더군요."

홈즈는 머리를 흔들며 외쳤다.

"이런, 지금 얼마나 위험한 일을 하신지 아십니까? 오펜쇼 씨, 어째서 이제야 오신 겁니까?"

청년은 마치 벌을 받는 아이처럼 어깨를 움츠리고 고개를 푹 숙였다.

"사실 당신에 대해서는 오늘 아침에야 들었습니다. 혼자서 괴로워만 하다가 프렌더가스트 소령님께 털어놓은 게 오늘 아침이었거든요. 그랬더니 소령님께서 당신을 소개해주신 겁니다."

"음, 당신이 편지를 받은 지 벌써 이틀이 흘러버렸습니다. 진작 행동을 했어야 했는데, 이거야 원……. 아무튼 지금이라도 재빨리 준비를 해야 합니다. 오펜쇼 씨, 그 밖에 다른 단서는 없나요? 이상하거나 마음에 걸리는 것이라도 좋습니다. 뭐든 말씀해보십시오."

"그러지 않아도 상의 드리고 싶은 것이 있어서 가지고 온 게 있습니다."

그는 외투 주머니에서 색이 바랜 파란색 종이를 꺼내 탁자 위에 올려놓았다.

"백부님이 서류를 태워버린 날 백부님 방에서 발견한 겁니다. 벽난로의 재 속에 있었지요. 저는 청동 궤짝에 있던 것이 틀림없다고 생각합니다. 다른 것과 함께 불에 던져졌다가 재에 파묻히면서 다행히 타지 않았던 겁니다. 저는 이게 백부님께서 직접 쓰셨던 일지의 한 부분이라고 생각합니다. 오렌지 씨앗과 관련이 있을 것 같은 내용은 없습니다만, 도움이 되지 않을까 싶어서 여태껏 보관하고 있었지요."

홈즈는 등불을 옮겨 종이가 잘 보이게 했다. 홈즈와 나는 머리를 맞대고 유심히 살폈다.

"필체가 백부님의 것이라고 확신하십니까?"

"네, 분명히 백부님의 필체입니다. 어린 시절부터 백부님을 대신해서 집안의 대소사를 처리해왔기 때문에 그분의 필체를 모를 리 없습니다."

탁자 위에 있는 종이는 가장자리가 들쑥날쑥한 것으로 보아 공책에서 찢어낸 것이 틀림없었다. 맨 위에는 '1869년 3월'이라 적혀 있었고, 그 밑에는 간단하지만 수수께끼 같은 문구가 적혀 있었다.

* 4일 - 허드슨 도착. 강경한 자기주장.
* 7일 - 세인트오거스틴의 매컬리, 패러모어, 존 스웨인 등 3명에게 오렌지 씨앗 발송
* 9일 - 매컬리 해결.
* 10일 - 존 스웨인 해결.
* 12일 - 패러모어 방문. 문제 해결.

"잘 봤습니다."

홈즈는 종이를 청년에게 돌려주었다.

"이것을 보니 생각했던 것보다 상황이 더 급하군요. 더 이상 토론만 하고 있을 시간이 없습니다. 당신은 지금 당장 호샴으로 돌아가십시오."

"네?"

청년은 당황한 듯 눈을 크게 뜨고 홈즈를 바라보았다.

"돌아가자마자 내가 시키는 대로 해야만 합니다. 꼭 그렇게 해야만 합니다."

홈즈는 청년에게 다짐을 받듯 목소리에 힘을 주며 말했다. 청년은 어리둥절한 표정으로 고개를 끄덕였다.

"뭐든 시키는 대로 하겠습니다. 말씀만 하십시오."

"오펜쇼 씨, 돌아가는 즉시 지금 보여준 그 종이를 청동 궤짝에 넣으십시오. 그리고 백부가 이미 다른 서류를 다 태워버려 이것밖에 남아 있지 않다는 내용의 편지를 써서 궤짝 안에 함께 넣으셔야 합니다. 오펜쇼 씨, 정성을 다해서 써야 합니다. 추호도 거짓이 없다는 것을 상대가 믿을 수 있게 말입니다. 그런 후에 범인들이 요구한 대로 청동 궤짝을 뜰에 있는 해시계 위에 놓으십시오."

"그것뿐입니까?"

"당신이 할 수 있는 일은 그것밖에 없습니다."

"네, 알겠습니다."

"그리고 노파심에서 하는 말입니다만, 행여라도 백부님이나 아버님의 복수를 하겠다는 생각은 하지 마십시오. 지금은 오로지 당신에게 닥친 위험을 피하는 데만 신경을 써야 합니다. 물론 집안 어른들을 잃은 비통함은 이해하지만 섣불리 나섰다가는 도리어 큰 화를 부를 수 있습니다. 복수는 합법적인 방법으로 해야 합니다. 이 수수께끼를 풀고 범인들을 체포하게 되면 자연적으로 복수가 되니 성급하게 나서서는 안 됩니다."

"명심하겠습니다. 그럼 전 이만 가보겠습니다."

청년은 일어서서 레인코트를 입었다.

"홈즈 씨, 정말 감사합니다. 당신 덕분에 희망이 생겼습니다. 여기 오기 전까지는 지옥문 앞에 서 있는 기분이었거든요. 아무튼 지시하신 대로 하겠습니다. 걱정 마십시오."

청년은 자신감에 넘쳐 있었다. 마치 모든 문제가 해결된 것 같은 표정이었다. 그러나 홈즈의 얼굴은 아직 어두웠다.

"오펜쇼 씨, 아직 아무것도 해결된 것은 없습니다. 지금 당신에게는 시간이 얼마 없습니다. 조금도 지체해서는 안 됩니다. 물론 방심도 금물입니다. 위험이 아주 가까운 곳에 도달해 있을 테니 말입니다."

"네."

"아무쪼록 조심하십시오. 아, 기차를 타고 가실 겁니까?"

"네, 워털루 역에서 타려고 합니다."

"좋습니다. 아직 9시 전이니 사람 왕래도 많은 테고, 그다지 위험하지는 않겠군요."

"혹시나 해서 권총을 가지고 왔습니다만……."

"그거 잘됐군요. 그래도 주의를 게을리 하지 마십시오. 저는 내일 당장 수사를 시작하지요."

"그렇다면 호샴으로 오실 건가요?"

"아닙니다. 호샴에 갈 필요는 없습니다. 이 사건의 해답은 바로 여기, 런던에 있거든요. 저는 이곳에서 그 해답을 찾을 작정입니다."

"그렇군요. 그럼 저는 새로운 소식이 있으면 찾아뵙겠습니다. 잘 부탁드립니다."

존 오펜쇼는 힘찬 걸음으로 방을 나섰다.

4. 'KKK'의 비밀

폭풍우는 여전히 맹위를 떨치고 있었다. 빗줄기는 더욱 거세게 창을 향해 돌진했고, 바람은 무서운 소리를 내며 골목을 누볐다. 창밖을 보고 있자니 아라비안나이트에나 나옴직한 괴상한 이야기가 폭풍우를 타고 날아왔다가 다시 폭풍우를 타고 사라진 것 같은 기분이 들었다. 그만큼 존 오펜쇼가 있었던 시간은 길지 않았던 것이다.

청년이 돌아간 후에도 홈즈는 한동안 자리에서 움직이지 않았다. 활활 타오르고 있는 난로를 뚫어져라 응시하고 있었다. 그러다가 담배 파이프에 불을 붙이고는 의자에 깊숙이 몸을 기댔다. 그가 피워대는 담배의 푸른 연기가 고리 모양으로 올라가고 있었다. 시간이 얼마나 흘렀을까? 마침내 홈즈가 입을 열었다.

"왓슨, 이번 사건을 어떻게 생각하나?"

"글쎄, 잘은 모르겠지만 아무튼 괴상한 사건 같군."

"그래. 이처럼 괴이한 사건을 만난 것도 정말 오래간만이군."

홈즈는 즐거운 듯 미소를 지어 보였다.

"그런 것 같군. '네 개의 서명'에 관계된 사건만큼이나 괴상한 것 같아."

"내 생각도 그래. 하지만 그때의 숄토 형제보다도 오펜쇼라는 청년이 한층 더 위험하다네."

홈즈는 두 눈을 빛내며 말했다.

"정말로 범인이 오펜쇼 씨를 노리고 있는 것일까?"

"그건 두말할 것도 없이 분명하네."

"그럼 도대체 누가?"

홈즈는 지그시 두 눈을 감았다. 그리고 손가락을 맞대고 깍지를 끼었다.

"왓슨, 탐정은 말이야, 가능성이 있는 하나의 사실을 알게 되었을 때 과거의 원인부터 미래의 결과뿐 아니라 연쇄되어 일어나는 일들까지 모두 추론해내야 한다네. 프랑스의 동물학자인 퀴비에가 뼛조각 하나만 가지고도 동물 전체의 생김새를 생생하게 그려냈듯이 사건의 한 부분만 가지고

도 연결된 고리를 모두 알아내야만 하는 거야. 그러기 위해서는 이성이나 논리만으로는 불가능하네. 자신이 가지고 있는 지식을 전부 활용해야 하지. 그건 다시 말하면 탐정은 모든 것에 통달하고 있어야 한다는 말이야. 하지만 그것은 요즘같이 교육도 얼마든지 가능하고 백과사전도 넘치는 시대라고 해도 한 개인에게는 무리한 요구일 거네. 나 역시 아주 완벽하다고는 할 수 없지. 아, 내 지식의 범주라면 자네가 잘 알고 있겠군. 전에 분석해놓은 것을 본 적이 있지? 아직도 가지고 있나?"

"이런, 어느새 들킨 모양이군. 자네 몰래 한다고 한 것인데 말이야."

나는 약간 겸연쩍어서 얼굴을 붉혔다. 그것을 작성한 건 내가 홈즈를 알게 된 지 얼마 되지 않았을 때였다. 그때 사건을 해결하면서 보여주는 그의 지식은 나를 놀라게 하기에 충분했다. 그도 그럴 것이 홈즈는 어떤 분야에서 건 막힘이 없었다. 단순히 해박하다는 말로는 표현되지 않을 정도로 대단했던 것이다. 마치 내 눈에는 그가 걸어 다니는 백과사전 같았다. 그래서 나는 몇 개로 분야를 나눠서 그의 지식뿐 아니라 능력들의 정도를 가늠해봤던 것이다.

"지금 생각해도 특이한 기록이긴 하지. 아직 치우지 않았다면 여기 어디엔가 있을 텐데……."

나는 자리에서 일어나 책장을 뒤지기 시작했다. 결혼 전에 나는 그것을 책장 구석에 꽂아두었던 것이다. 다행히 그것은 아직 그 자리에 있었다.

〈 셜록 홈즈의 분야별 수위 분석 〉

지질학 : 80킬로미터 이내 지역의 흙은 모르는 게 없음. 옷이나 구두에 묻은 것만으로도 출신지를 파악.

화 학 : 해박함

범죄학 : 조예가 깊음. 범죄 기록에 관해서는 걸어 다니는 사전.

해부학 : 비교적 자세하지만 체계적이지 않음.

법률학 : 변호사도 자문을 구하러 올 정도.

식물학 : 평균 이상이나 편차가 심함.

예 술 : 바이올린은 수준급.

무 술 : 권투, 검도 외 호신술에도 탁월한 실력파.

철학, 천문학, 정치학 : 전혀 관심이 없음.

경제학 : 경제관념 전무. 비교적 많은 의뢰비에도 불구하고 아직도 싸구려 하숙집에 세 들어 살고 있음.

건 강 : 니코틴과 코카인 중독.

"경제관념 전무에 니코틴과 코카인 중독이라……, 비교적 정확한 분석이군."

홈즈는 담배 파이프를 돌리며 키드득거렸다.

"그래, 나는 언제라도 꺼내 쓸 수 있으려면 모든 지식을 머릿속에 넣고 있어야 한다고 생각하네. 하지만 사람이란 아무리 노력해도 한계가 있기 마련이지. 특히 오늘 밤 사건과 같은 것을 수사하려면 내 머릿속에 있는 지식만으로는 어려운 것이 사실이야. 이런 경우 나는 백과사전을 사용한다네. 이 얼마나 멋진 문명의 이기인가 말이야. 내가 자네에게 평균 이하의 점수를 받은 분야가 바로 백과사전만으로도 충분한 분야인 거지. 굳이 용량이 한계에 달한 머리에 쑤셔 넣을 일이 뭔가! 아무튼 이번 사건도 백과사전이 필요하다네. 자네 기왕 책장 앞에 서 있으니 선반의 백과사전에서 'K' 항목 부분을 찾아주겠나?"

나는 백과사전을 꺼내어 'K' 부분을 펼친 채 탁자 위에 놓았다. 그러나 홈즈는 백과사전은 거들떠도 보지 않았다.

"왓슨, 존 오펜쇼라는 청년의 백부라는 사람이 왜 영국으로 돌아왔을 것 같나?"

"향수병 아니겠나? 나이가 들면 고향이 그리워지는 법이니까 말이야."

"그럴지도 모르지. 하지만 그 나이에 오랜 습관을 바꾼다는 것은 좀처럼 쉬운 일이 아니라네. 더구나 노인들에게 더할 나위 없이 매력적인 기후인 플로리다에서의 생활과 이 춥고 음산한 영국의 외로운 생활을 단순히 향수병 때문에 맞교환했다는 건 아무래도 이해가 되지 않는군."

"딴은 그렇겠군."

"분명 엘리아스 오펜쇼에게는 돌아올 수밖에 없는 이유가 있었을 거야. 아까 청년은 자신의 백부가 남북전쟁 후에 정치 활동을 한 것 같다고 했어. 그가 남부에서 농장을 한 것과 남군에서 군대 생활을 한 것으로 보면 그것은 사실일 거야. 무슨 이유에선가 그곳에서 생활을 더 이상 할 수 없었고, 결국 영국의 시골 한구석에서 숨어 지내게 된 거지. 그는 편지가 오기 전부터 무언가 두려워하고 있었네. 병적일 정도로 사람들을 피하고 집 안에서만 지냈다는 게 바로 그 증거지. 그렇다면 그를 그토록 두려움에 떨게 한 것은 과연 무엇이었을까? 그 문제의 답을 찾을 수 있는 단서라고는 고작해야 오펜쇼 집안에 보내진 편지가 전부라네. 왓슨, 세 통의 편지 소인이 어느 곳의 것이었는지 기억하고 있나?"

"맨 처음 온 것은 인도의 퐁디셰리였고, 두 번째는 스코틀랜드의 던디, 그리고 마지막 것이 런던의 동부지구였네."

"그럼 이 세 지점의 공통점을 알 수 있겠나?"

"음, 모두 항구라는 것 말고는 글쎄, 잘 모르겠군. 범인들이 배를 타고 움직였던 걸까?"

"맞았네."

"뭐라고?"

나는 깜짝 놀랐다. 알고서 한 말이 아니었기 때문이었다.

"그들이 배를 타고 있다는 건 확실하네. 자, 그럼 이번에는 다른 각도에서 생각해보세. 첫 번째 살인 사건은 인도에서 편지가 도착한 지 7주 만에 일어났어. 그리고 두 번째 살인은 편지가 배달된 지 사흘 뒤에 일어났지. 발신지는 스코틀랜드였고 말이야. 7주일 대 4일! 왜 살인이 일어난 시간이 달랐던 걸까?"

"음, 편지를 보낸 후 발신지에서 호샴까지 가는 시간 아니겠나?"

"자네 말대로라면 편지가 도착한 후 바로 사건이 일어났어야 하지 않겠나? 편지가 호샴에 도착하기 위해서도 시간은 필요하니 말이네."

"그렇군. 음, 난 더 이상은 모르겠네."

"아까도 말했지만 범인들은 배를 타고 이동했어. 하지만 사건이 일어날 때까지 소요된 시간을 고려한다면 그들이 탄 배는 범선이었던 거지."

"범선?"

"놈들은 희생자에게 사전에 경고 메시지를 담은 편지를 발송하고 항구를 출발했어. 아마 배달된 직후에 곧 실행하려고 생각했을지도 모르지. 어쨌든 요즘 우편물은 증기선으로 운반된다는 건 자네도 잘 알고 있을 걸세. 인도에서 영국까지가 아무리 멀다고 해도 증기선으로는 7주나 걸리지 않는다네. 하지만 범선이라면 상황은 다르지. 바람에 의지해서 가는 속력으로 증기선을 따라잡는다는 건 불가능한 일이었지. 결국 편지는 놈들이 예상한 것보다 훨씬 빨리 희생자의 손에 도착했던 거야. 그들이 가까스로 영국의 항구에 도착했을 때는 협박장이 대령에게 배달되고 나서 7주일이나 지난 뒤였고 말이야. 하지만 두 번째 편지가 온 스코틀랜드와 영국의 거리는 인도에 비하면 얼마 안 되네. 이번에도 편지는 증기선에 실렸지만, 거리가 가까웠기 때문에 그렇게 차이가 나지 않았어. 그러니까 나흘 뒤에 실행할 수가 있었던 거야."

"아니, 홈즈!"

나는 가슴이 덜컥 내려앉는 것 같았다.

"자네 추리대로 살인이 일어난 게 놈들이 호샴에 도착했

던 날이라면 이번 범행은 오늘이라도 일어날 수 있다는 것 아닌가?"

나는 방금 돌아간 청년이 걱정되었다. 정말로 그를 노리고 있다면 이 밤에 그를 혼자 보낸 것이 과연 잘한 일이었는지 의문이 들었던 것이다.

"내가 아까 젊은 오펜쇼에게 조심하라라고 한 것도 그 때문이었네. 편지를 바로 런던에서 부쳤으니 말이야. 우리에게는 시간이 별로 없는 셈이지."

"지구의 반을 돌며 살인을 계획하다니, 지독한 놈들이군. 도대체 이유가 뭘까?"

"놈들이 원한 건 시종일관 서류였어. 분명히 첫 번째 희생자인 오펜쇼 대령이 불태워버렸다는 그 서류들일 거네. 놈들은 그것을 위해서라면 다른 사람의 목숨쯤 아무렇지 않게 해치우고 있어. 그만큼 서류의 내용이 중요하다는 것이겠지. 하지만 문제는 놈들이 아직 그것이 이미 세상에 존재하지 않는다는 것을 모르고 있다는 것이네."

"그런데 홈즈, 자네 계속해서 범인을 놈들이라고 하던데……."

"범인은 한 명이 아니기 때문이네. 아무리 힘이 센 자라고 해도 검시관들을 모두 속일 정도로 단 한 번에 건장한 남자를 해치기는 쉽지 않거든. 완벽하게 사고로 위장한 솜

씨로 미루어본다면 범인은 족히 서너 명은 될 거야. 대단한 지략과 결단력을 갖춘 자들이고 말이네. 결국 'KKK'라고 하는 건 그들이 속한 집단의 약칭이지."

"정말 그런 집단이 있을까?"

"왓슨, 혹시……."

홈즈가 갑자기 내 쪽으로 몸을 내밀며 목소리를 낮추고 말했다.

"쿠 클럭스 클랜이라고 들어본 적이 없나?"

"아니, 처음 듣는데……."

홈즈는 그제야 백과사전을 펼쳐 무언가를 찾았다.

"이거야!"

홈즈는 내가 볼 수 있도록 내 쪽으로 백과사전을 밀어놓더니 손가락으로 한 부분을 짚었다.

쿠 클럭스 클랜 (Ku Klux Klan) : 약칭은 KKK. 총의 노리쇠를 당길 때 나는 소리를 본떠서 지은 민간 주도의 극우 비밀결사의 이름.

이 비밀결사는 남북전쟁 후 남군 출신의 일부 급진적인 재향 군인을 중심으로 결성된 단체로 결성되자마자 남부 여러 주에 지부가 설치되는 등 급속도로 세를 넓혀나갔다. 특히 테네시, 루이지애나, 캐롤라이나, 조지아, 플로리다 주에서의 활동이 두드러졌다. 이들의 주된 활동은 정치적 행동 외에도 흑인 유권자 협박 및 정치적 신념에 반하는 자들을 폭행·살해·추방하는 것이었다.

이들에게 표적이 된 사람은 먼저 일반적으로 그 단체를 상징하는 형상이나 참나무 어린 가지·멜론 씨앗·또는 오렌지 씨앗 등을 받게 되는데, 이때는 과거의 신념을 공개적으로 부인하거나 자발적으로 국외로 도망치는 방법밖에 없었다. 만약 정면으로 대항하려 한다거나 아무런 조치도 취하지 않았을 경우에는 반드시 기이한 죽음을 맞이하게 되었다. 역사상으로 그들의 경고를 받고도 무사한 사람이 단 한 사람도 없다는 사실은 이 결사의 막강한 조직력과 체계적인 활동 방식을 엿보게 한다. 또한 조직의 보안이 철저했기 때문에 불법적이고도 잔인무도한 활동에도 불구하고 단 한 명의 조직원도 검거된 기록이 없다.

KKK는 미국 정부와 남부의 의식 있는 시민들의 노력에도 불구하고 여러 해 동안 맹위를 떨치며 사람들을 공포로 몰아넣다가 1869년 갑자기 역사에서 사라져버렸다. 그러나 이와 비슷한 백인 우월주의에 입각한 소수 급진 세력의 활동은 아직도 지속되고 있다.

내가 다 읽고 고개를 들자 홈즈는 책을 덮으며 말했다.

"사전의 내용이 틀리지 않았다면 'KKK'가 해체된 시기와 오펜쇼 대령이 미국을 떠나 호샴에 숨어 지내기 시작했던 시기가 거의 일치한다네. 이게 정말 우연의 일치일까?"

홈즈는 내 대답을 기다리지 않고 말을 잇고 있었다.

"오펜쇼 대령이 전쟁 후 했다던 정치 활동이 바로 'KKK' 활동이었던 거야. 그리고 그가 미국에서부터 가지고 와 아무도 몰래 숨기고 있던 그 서류들은 그 단체와 관계된 것이었고 말이네. 아까 오펜쇼 청년이 보여준 것도 'KKK'의 비밀 기록이었다는 것은 의심할 여지가 없어. 그 종이에 쓰여 있던 이름은 자세히 기억나지 않지만 세 사람에게 오렌지 씨앗을 보냈다고 했던 걸 자네도 기억할 거야. 그것은 두말할 것도 없이 'KKK'가 그들에게 경고장을 보냈다는 기록이었던 거네. 그런데 맨 마지막 사람에 비해 두 사람은 방문했다는 기록 없이 해결했다고만 되어 있더군. 왓슨, 이것은 말이야, 이 두 사람이 국외로 도망간 것을 말하는 거야. 다시 말해 방문해서 해결했다고 기록된 세 번째 사람은 죽임을 당했던 거네."

"오펜쇼 대령이 그렇게 애지중지했던 게 'KKK'의 범죄 기록이었던 거로군."

"모르긴 몰라도 미국 남부 유명인사들의 이름이 줄줄이

기록되어 있을 거야. 지금에 와서 자신의 이름이 세상에 발표되기라도 하면 여생을 감옥에서 보내야 할지도 모르는데 가만히 있을 수만은 없었겠지. 일이 이 지경이니 오펜쇼 일가가 연달아 죽임을 당한 것도 그다지 놀란 만한 일은 아니라네."

"그나저나 오펜쇼 씨는 무사하겠나?"

"내가 시키는 대로 실수 없이 했다면 불행한 일을 당하지는 않을 테니 걱정 말게. 어쨌든 이 괴상한 사건은 내일이면 그 실체를 드러낼 수밖에 없을 걸세. 하지만 오늘은 더 이상할 일이 없군. 왓슨, 미안하지만 그 바이올린 좀 집어주겠나? 연주나 하면서 잔인한 인간들 따위는 잊어버리고 싶군."

그날따라 홈즈의 연주는 밤이 깊도록 계속되었다.

5. 빗나간 예측

이튿날 아침이 되자 폭풍우가 그쳤다. 하지만 하늘에는 여전히 희뿌연 구름이 잔뜩 끼어 있었고, 간간이 햇살이 구름 사이로 얼굴을 내밀 뿐이었다. 그러나 그것만으로도 어제의 음침한 기분은 사라지는 듯했다.

옷을 갈아입고 거실로 나가자 홈즈는 이미 아침 식사를 하고 있었다.

"잘 잤나, 왓슨? 먼저 식사를 해서 미안하네. 하지만 자네를 기다릴 시간이 없어서 말이야."

"일찍 나가려는 모양이군."

"그래. 오늘 안으로 해결하자면 서둘러야 하거든."

"어디에서부터 조사할 건가?"

내가 홈즈 앞에 앉으며 물었다.

"일단은 런던부터 조사해야겠지. 그리고 그 결과에 따라서 호샴으로 가야 할지도 모르겠군. 참, 하녀에게 자네 식사도 가져오게 하게."

나는 초인종을 눌러 하녀를 불렀다. 나는 하녀에게 아침 식사와 커피를 부탁하고는 탁자 위에 놓여 있던 신문을 집어 들었다. 그런데 신문을 펼치자마자 일면에 낯익은 이름이 실려 가슴이 철렁 내려앉았다. 그동안의 불안이 현실이 되어 있었던 것이다.

"홈즈, 큰일났네!"

나는 감정을 억제하지 못하고 흥분해서 소리쳤다.

"이미 늦어버렸어. 어떻게 이런 일이……."

홈즈는 재빨리 내가 들고 있던 신문을 낚아챘다. 기사는 '워털루 다리의 비극'이란 제목으로 일면 중간쯤에 실려 있었다.

어젯밤 H지구의 워털루 다리에서 익사 사고가 발생했다. 피해자는 호샴에 거주하는 존 오펜쇼라는 청년이었다. 사건 발생은 9시에서 10시 사이로 근처를 순찰하고 있던 쿡 경관이 발견했다. 그의 진술에 따르면 다리 위를 지나던 중 '사람 살려!'라는 비명소리와 함께 무언가 물에 떨어지는 소리를 들었다고 했다. 쿡 경관이 지나던 행인들의 도움을 얻어 구조해보려고 했으나 폭풍우로 인한 거센 물살과 칠흑 같은 어둠 때문에 끝내 구조에 실패하고 말았다. 경보를 듣고 출동한 수상 경찰과 증기선의 도움으로 마침내 조난자를 물 밖으로 끌어냈으나 이미 사망한 뒤였다. 피해자의 신원은 호주머니에서 나온 편지를 통해 밝혀졌는데, 경찰은 외상이 전혀 없는 것으로 보아 근처 워털루 역으로 가기 위해 서두르다가 어둠 속에서 실족한 것으로 추정하고 있다.

이는 평소 강변 선착장의 미흡한 안전시설이 가져온 불행이 아니라 할 수 없다. 이 사건을 계기로 당국은 선착장 안전시설 점검과 아울러 대대적인 보수 계획을 발표했다.

긴 침묵이 이어졌다. 그의 얼굴에는 아무 표정도 나타나 있지 않았지만 심하게 동요하고 있는 것은 분명했다.

"그렇지 않아도 오늘 아침 잠에서 깨어났을 때 불길한 예감이 들었는데……."

마침내 입을 연 홈즈의 목소리는 우울하기 짝이 없었다. 그는 곁에서 보기가 안타까울 정도로 낙담하고 있었다.

"왓슨, 내 자존심이 완전히 상처를 입고 말았네. 개인적인 감정의 문제이긴 하지만 말이야. 멀리서 나를 찾아온 젊은이를 불귀의 객이 되게 하다니, 교활한 놈들! 사고를 당한 템스 강변은 이곳에서 워털루 역으로 가는 직선로가 아니야. 그런데 오펜쇼는 왜 거기까지 가서 사고를 당한 걸까? 아니, 놈들이 어떻게 그를 유인했느냐가 올바른 질문이겠지. 더구나 그 시간이면 아무리 폭풍우가 치는 밤이라고 해도 행인이 있었을 텐데 어떻게 목격자가 없는 걸까?"

홈즈의 목소리는 격양되어 있었다. 그는 벌떡 일어더니

신경질적으로 손을 쥐어짜며 방 안을 분주하게 오갔다. 창백한 얼굴이 붉게 달아오를 정도로 그는 흥분하고 있었다. 지금껏 난관에 부딪힌 홈즈를 여러 번 보았지만 지금처럼 흥분하는 모습은 처음이었다. 나는 조용히 앉아 내 친구가 어떤 결론에 도달하기를 기다렸다. 마침내 그가 외쳤다.

"좋아, 내가 살아 있는 한 이 잔악한 자들을 반드시 잡아 보이겠네. 기필코 법의 심판을 받게 하고 말겠어."

그는 말을 마치자마자 모자를 집어 들었다.

"어디를 가려고 그러나? 경찰서로 갈 건가?"

"아니, 그들은 믿을 수 없어. 그들이 조금만 주의 깊었다면 세 사람이나 비극을 맞는 일은 없었을 걸세. 그리고 그들에게 가봤자 단서가 있을 리 없어. 이번에는 내 스스로 경찰이 되어서 함정을 만들 거네. 아무리 무능한 경찰이라도 함정에 빠진 쥐새끼들쯤은 붙잡을 수 있겠지."

홈즈가 나간 후 나도 병원으로 가기 위해 서둘러 집을 나섰다. 그날따라 병원에는 환자가 많았다. 내가 베이커가의 하숙집으로 다시 돌아온 것은 해가 저물고도 한참이 지났을 때였다. 그러나 그때까지도 홈즈는 돌아와 있지 않았다. 나는 피곤한 몸을 의자에 파묻고 그가 돌아오기만 기다리다가 깜빡 잠이 들었다. 그러나 이내 문 열리는 소리에 정신이 번쩍 들었다. 홈즈였다. 그는 몹시 지친 얼굴로 탁자 위

에 있던 빵 덩어리를 집어서는 게걸스럽게 먹었다.

"아직도 저녁을 못 먹은 건가, 지금이 몇 시인데?"

시곗바늘은 막 밤 10시를 가리키고 있었다.

"아침 식사 이후로는 아무것도 먹은 게 없거든. 끼니를 찾아 먹을 생각도 하지 못했어. 그럴 여유도 없었지만……."

"그럼 뭘 좀 찾아낸 건가?"

"물론이야."

홈즈는 물을 한 잔 들이키더니 그제야 만족스런 미소를 지었다.

"놈들은 이미 내 손 안에 있어. 오펜쇼 일가의 원한을 푸는 것도 시간문제일 뿐이라네."

"이제 어떻게 할 건가?"

"그 점이 재미있는 부분인데, 내가 범인들에게 그들이 한 것과 똑같이 죽음의 경고장을 보낼 작정이네."

"뭐? 그럼 범인이 누군지 알아냈단 말인가?"

홈즈는 나를 향해 의미심장한 웃음을 지어 보이고는 선반에 있던 오렌지 하나를 쪼갠 다음 씨를 빼낸 후 그중에서 5개를 가려 봉투에 넣었다. 그리고는 붉은 잉크로 봉투 뒷면에는 'J. O의 대리 S. H', 겉면에는 '미국 조지아 주, 사바나 항, 범선 론 스타 호, 선장 제임스 컬훈'이라고 적었다.

"이 편지는 사바나 항에 먼저 도착해 있다가 놈들이 탄

범선 론 스타 호를 맞이할 걸세."

홈즈는 개구쟁이처럼 키드득거렸다.

"이 편지를 보게 되면 아무리 사람 하나 죽이는 것쯤 눈 하나 깜짝하지 않는 냉혹한 놈이라고 해도 발 뻗고 잠을 자지는 못할걸. 오렌지 씨앗이 의미하는 게 무엇인지 누구보다도 잘 알 테니 말이야. 죽음의 예고장이 주는 공포를 스스로도 맛보게 되겠지."

"컬훈 선장이란 자가 범인인가?"

"한마디로 우두머리라네. 물론 다른 놈들도 잡을 거야. 하지만 그전에 두목부터 잡아야겠지."

"그나저나 이자가 범인이라는 것은 어떻게 알았나?"

홈즈는 무언가 잔뜩 적혀 있는 종이를 호주머니에서 꺼냈다.

"왓슨, 이것은 오늘 하루 식사도 거르며 로이드 선박협회의 기록과 낡은 신문을 뒤져서 알아낸 성과물이네. 바로 1883년 1월에서 2월에 걸쳐 퐁디셰리 항에 기항했던 모든 배들의 이름과 입항했던 날짜지. 이것을 보면 그 기간 동안 퐁디셰리 항에 기항한 외항선은 모두 36척 있었는데, 그중에 론 스타 호라는 이름이 내 주의를 끌더군. 왜냐하면 미국 배가 틀림없었기 때문이네."

"그걸 어떻게 알 수 있나?"

"텍사스 주의 상징 깃발은 별이 하나라네. 그래서 텍사스 주를 'Lone Star'라고 부르기도 하거든. 거기다 텍사스 주가 어딘가? 'KKK' 조직이 활동했던 미국의 남부가 아닌가. 게다가 그들은 런던을 향해 출항했더군. 엘리아스 오펜쇼가 죽은 날이 5월 2일이니까 시기적으로도 꼭 들어맞아."

홈즈는 신이 나서 말을 계속했다.

"다음에는 스코틀랜드의 던디 항에 입항한 배를 조사해 봤지. 아니나 다를까 론 스타 호가 기항했더군. 때는 1885년 1월이었어."

"오펜쇼 청년의 아버지가 살해된 달이로군."

"맞았어. 그런데 그 배가 지금 런던에 정박 중이었던 거야."

"그럴 수가……!"

"지난주부터 계속 템스 강 앨버트 부두에 머물러 있었던 걸로 기록되어 있었네. 내 짐작이 확신으로 바뀌는 순간이었지. 나중에 알아본 바에 따르면 론 스타 호의 선원들은 선장과 두 사람의 항해사를 제외하고는 모두 핀란드와 독일인이었어. 물론 선장과 항해사들은 미국인이었지. 더구나 어젯밤 이 세 명의 미국인이 배에서 내렸다가 밤 11시가 넘어서야 돌아왔다는 거야. 이 정보를 알아내느라 부두의 하역 인부에게 1파운드나 줬다네."

"부두에 가봤단 말인가? 그래, 놈들을 보았나?"

"유감스럽게도 그러지 못했어. 곧바로 앨버트 부두에 가

보았지만 이미 놈들은 오늘 아침 조류를 타고 템스 강을 따라 떠난 뒤였다네. 범인들은 목적을 이뤘기 때문에 더 이상 머무를 이유가 없었던 거지. 목적지는 사바나 항으로 되어 있더군. 강어귀에 있는 그레이브센드로 전문을 보냈더니 론 스타 호가 통과한 지 몇 시간 되었다는 답전이 왔어. 지금쯤 놈들은 굿윈스를 지나 와이트 섬 근처를 항해하고 있을 거야."

"놈들이 이미 떠나버렸다면 어떻게 잡을 셈인가?"

"이미 손을 써뒀네. 목적지인 사바나 항의 경찰에게 전문을 보냈거든. 세기의 살인자가 곧 도착할 거라고 말이야. 내가 보내는 이 협박 편지 역시 증기선을 타고 놈들보다 먼저 그곳에 도착해 있을 거네. 결국 놈들은 사바나 항에 도착하자마자 오렌지 씨앗이 든 이 편지를 받게 될 거야. 그리고 놀랄 사이도 없이 경찰이 건네는 쇠고랑을 차게 되겠지."

홈즈는 자랑스럽게 편지를 흔들며 말했다.

이때만 해도 나는 모든 것이 예상대로 이루어질 것이라고 굳게 믿었다. 그러나 우리는 뜻하지 않는 상황에 직면해야만 했다. 사바나의 경찰로부터 범인들을 체포했다는 연락이 끝내 오지 않았던 것이다. 아니, 오펜쇼 일가의 살해범들은 홈즈가 보낸 오렌지 씨앗을 받아보지도 못했다. 범인들이 그들 못지않게 영악한 인간이 자신들을 뒤쫓는다는 사실도, 자신들이 표적이 되었다는 사실도 끝내 모른 채 폭풍 속에서 실종되어버린 것이다.

그 무렵 폭풍우는 전에 없이 강했고 오랫동안 지속되었었다. 때문에 수많은 배가 바다 밑으로 가라앉았다. 론 스타 호도 그중의 하나라는 소문이 돈 것도 무리는 아니었다. 선원 클럽에 갔던 홈즈가 론 스타 호의 비극적인 소식을 가져온 날 나와 홈즈는 대자연의 힘 앞에 무력한 인간의 능력에 대해 생각하면서 멍하게 앉아만 있었다.

그 후 우리가 론 스타 호에 대해 들은 것이라고는 어떤 선원이 대서양 한복판에서 'L. S'라고 새겨진 선미 조각이 떠다니는 것을 보았다는 소식이 전부였다.

서섹스의 흡혈귀

The Sussex Vampire

로버트 퍼그슨

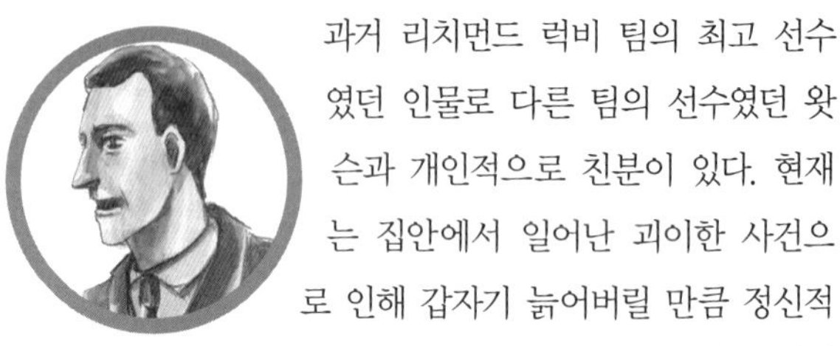

과거 리치먼드 럭비 팀의 최고 선수였던 인물로 다른 팀의 선수였던 왓슨과 개인적으로 친분이 있다. 현재는 집안에서 일어난 괴이한 사건으로 인해 갑자기 늙어버릴 만큼 정신적 고통에 시달리고 있다. 재혼한 아내가 전처의 아이를 심하게 폭행하고 어린아기의 목을 물어뜯는 일이 발생하자 아내가 흡혈귀가 아닐까 의심하다 홈즈에게 사건을 의뢰한다.

퍼그슨 부인

남미 페루 출신으로 상당한 미인인 데다 상냥하고 착한 성격의 소유자다. 자신이 낳은 아기의 목을 물어뜯은 사건으로 인해 남편으로부터 흡혈귀로 오해받지만, 어떠한 변명도 하지 않고 방에 틀어박혀 앓아눕고 만다.

잭

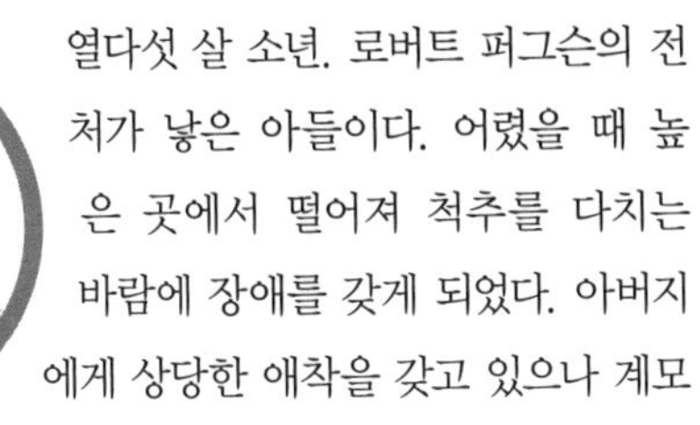

열다섯 살 소년. 로버트 퍼그슨의 전처가 낳은 아들이다. 어렸을 때 높은 곳에서 떨어져 척추를 다치는 바람에 장애를 갖게 되었다. 아버지에게 상당한 애착을 갖고 있으나 계모와는 사이가 그리 좋지 않다. 게다가 계모로부터 두 번이나 상당히 심한 폭행을 당했는데 본인은 그 이유를 모르겠다고 말한다.

1896년도에 발생한 사건으로 기록되어 있는 이 사건은 1924년 1월에 〈스트랜드 매거진〉와 〈하퍼즈 인터네셔널〉에 발표되었고, ≪셜록 홈즈의 사건≫ 편에 수록되었다.

이 작품은 1932년 월간 〈신동아〉에 9월과 10월, 2회에 걸쳐 '명탐정 쉐록크 홂쓰 이야기-흡혈귀'라는 제목으로 연재되었는데, 역자는 김동인이라고 한다. 그러나 완역이 아니라 원작의 줄거리만 전달하는 정도의 축약 버전이어서 이 작품의 재미라 할 수 있는 요소들이 대부분 잘려나가 있다. 또한 지극히 엄숙하고 사무적인 서술로 쓰여 있다. 그나마 눈에 띄는 점은 홈즈가 왓슨에게 '형'이란 칭호를 사용했다는 점이다. 작품에서 왓슨이 홈즈에 비해 대략 두 살 연상이라는 점에 착안한 것으로 장유유서에 엄격한 우리 사회의 일면을 엿볼 수 있는 대목이라 하겠다.

1. 기이한 사건

날씨가 화창한 어느 오후, 산책을 나왔던 내 발길은 어느새 베이커가의 하숙집으로 향하고 있었다. 방문을 열자 홈즈가 방금 배달된 편지를 꽤나 심각한 표정으로 읽고 있었다. 잠시 후 편지를 다 읽은 홈즈는 어이없다는 듯 웃으며 그 편지를 내게 건네주었다.

"이보게, 왓슨. 요즘 같은 세상에 이런 일도 다 있군. 중세와 현대의 절묘한 조합이라고나 할까? 읽어보고 자네 생각도 말해보게."

홈즈가 건네준 편지의 내용은 다음과 같았다.

셜록 홈즈 귀하

우리 사무소는 차 중개상인 퍼거슨 앤 뮤어헤드 사의 로버트 퍼거슨 씨로부터 흡혈귀에 관한 조사를 의뢰받았습니다. 그러나 아시다시피 우리는 기계류의 자산 평가를 전문으로 하고 있으므로 이번 의뢰 내용은 우리 사무소에 적합하지 않습니다. 그래서 고민 끝에 로버트 퍼그슨 씨에게 귀하를 방문해서 조사를 의뢰할 것을 권했으니 선처해 주시기 바랍니다. 우리는 귀하께서 마틸다 프릭스 사건을 멋지게 해결하신 일을 아직도 기억하고 있습니다.

동부 법률가 협회, 모리슨

나 역시 편지를 읽고 실없이 웃지 않을 수 없었다.

"흡혈귀라니, 대체 이게 무슨 소린가? 이건 법률가 협회뿐만 아니라 자네에게도 맞는 사건은 아닐 듯싶네만. 그리고 마틸다 프릭스 사건은 또 뭔가?"

홈즈는 잠시 옛일을 회상하는 듯 눈을 감더니 곧 입을 열었다.

"마틸다 프릭스라고 하니까 꼭 여자 이름 같지? 그런데 그건 수마트라의 정치범과 관련된 큰 배의 이름이라네. 그렇지만 이 사건은 아직 말할 단계가 아니니 다음에 기회가

닿으면 이야기해주지."

나는 어깨를 으쓱하고는 다시 흡혈귀 사건으로 화제를 돌렸다.

"그나저나 자네는 이 사건을 맡을 셈인가?"

"글쎄, 이 사건이 과연 우리가 담당할 만한 사건인지는 좀 더 생각해봐야겠네. 물론 가만히 앉아 시간만 보내느니 사건에 뛰어드는 게 훨씬 낫긴 하지만 말이네. 그나저나 흡혈귀에 대해 내가 얼마만큼이나 알고 있는지 알아봐야겠군. 여보게, 왓슨. 거기 색인부에서 V자 항목을 좀 찾아주겠나?"

나는 책장에서 V자 색인부를 꺼내 홈즈에게 건네주었다. 홈즈는 과거에 자신이 다루었던 사건 기록, 신문 기사나 필요한 정보 따위를 모두 모아 색인부를 만들어놓고 있었다. 그는 자신의 노력으로 만든 색인부를 다정스런 손길로 어루만지더니 책장을 넘겼다.

"뱀파이어라……, 여기 있군. 헝가리에 전해 내려오는 흡혈귀. 여기 또 있군. 트란실바니아 지방의 흡혈귀."

홈즈는 눈빛을 반짝이며 열심히 페이지를 넘겼다. 그러나 곧 실망한 듯 색인부를 탁자 위로 획 던져버렸다.

"왜 그러나?"

"온통 쓸모없는 얘기뿐이네. 무덤에서 나와 남의 목에 달라붙어 피를 빨아먹는 흡혈귀를 죽이려면 그 시체의 심장

에 말뚝을 박아야 한다네. 이따위 이야기가 도대체 뭐란 말인가?"

"여보게, 홈즈. 그건 꼭 죽은 사람과 관련된 이야기만은 아닐세."

"그건 또 무슨 말인가?"

"살아 있는 사람 중에 그런 습성을 가진 이들도 있다는 거지. 언젠가 책에서 봤는데 어떤 노인이 젊음을 되찾고 싶어서 아이들의 피를 빨아먹은 일도 있었다네."

"그래, 왓슨. 그런 일도 있었을 테지. 그렇다고 우리가 그런 터무니없는 이야기에 진지한 관심을 가질 필요는 없는 것 같네. 이 세상에는 다양하고 흥미로운 사건이 얼마나 많은가. 흡혈귀까지 끼어들 자리는 없다고 봐."

홈즈는 단호하게 딱 잘라 말했다.

"만약 로버트 퍼거슨 씨가 직접 찾아온다고 해도?"

"그렇다고 해도 지금으로선 거절하고 싶네."

나는 더 이상 할 말을 찾지 못하고 의자에 털썩 앉았다. 바로 앞 탁자 위에는 다른 한 통의 편지가 놓여 있었다.

"여보게, 홈즈. 편지 한 통이 더 있는데."

"참, 그렇지. 흡혈귀란 말에 신경 쓰다 잊고 있었군."

홈즈는 편지를 들어 겉봉에 쓰인 주소를 살펴보았다.

"흠, 로버트 퍼거슨 씨가 보낸 편지네. 분명 사건을 의뢰한 내용일 테니 좀 더 자세한 상황을 알 수 있겠군."

처음에는 대수롭지 않다는 듯한 표정의 홈즈였다. 그런데 편지를 읽는 동안 그의 얼굴이 차츰 심각해지더니 이내 흥미로운 먹잇감을 발견한 맹수의 그것으로 변해갔다. 잠시 후 편지를 다 읽은 홈즈는 골똘히 생각에 잠겼다. 그러더니 갑자기 나에게 물었다.

"램버리의 치즈먼 저택이라는데 램버리가 어딘가, 왓슨?"

"호섬 남쪽의 서섹스 주에 있지."

"그렇다면 여기서 별로 멀지 않군. 자네는 치즈먼 저택에 대해서 알고 있나?"

"물론이네, 홈즈. 그쪽 지방이라면 비교적 잘 알고 있거든. 그곳에는 몇백 년쯤 된 저택이 많이 있어. 그 저택들에는 모두 이름이 있는데 집을 지은 사람들의 이름을 붙인 거라네. 오드리 저택, 하비 저택, 캐리턴 저택처럼 말이야. 이제 그곳에 더 이상 그 자손들은 살고 있지 않지만 이름만은 집과 함께 계속 남아 있지."

"흠, 그렇군."

홈즈는 냉랭하게 답했다. 홈즈는 자기가 몰랐던 정보를 자기 머릿속에 입력시키면서도 정보를 제공해준 사람에게 고마움을 표현하지는 않았다. 그만큼 홈즈는 자부심이 강하고 남에게 지는 것을 싫어했다. 나는 이런 홈즈의 성격을 잘 알고 있었기 때문에 아무런 말 없이 그저 미소만 지어 보였다.

"언젠가는 그 지역에 대해서 잘 알게 되겠지. 그런데 이 편지를 보낸 로버트 퍼거슨 씨가 자네와 아는 사이라는군."

"나하고 아는 사이라고?"

뜻밖의 말에 나는 눈을 크게 뜨고 홈즈를 쳐다보았다.

"이 편지를 직접 읽어보게."

나는 로버트 퍼거슨이라는 이름이 나와 어떤 관련이 있는지 기억해낼 수가 없었다. 그래서 홈즈가 건넨 편지를 재빨리 펴서 읽어보았다.

친애하는 셜록 홈즈 선생 귀하.

동부 법률가 협회의 모리슨 씨의 소개로 선생께 편지를 보내기는 합니다만, 사건이 워낙 미묘해서 어떻게 설명을 드려야 할지 모르겠습니다. 지금부터 말씀드리는 기이한 사건은 제 절친한 친구가 겪은 일입니다. 제 친구는 약 5년 전에 사업을 통해 알게 된 페루 상인의 딸과 결혼했습니다. 부인은 상당한 미인인 데다 애정이 풍부하고 마음씨가 상냥한 여인이었습니다. 그래서 사람들은 그 부부를 부러워했지요. 제 친구에게는 두 번째 결혼이었습니다만, 그런 것은 별 문제가 되지 않았습니다. 친구에게는 전처와의 사이에서 태어난 아들이 있는데 올해로 열다섯 살입니다. 그 아이는 어릴 때 사고를 당해 장애를 갖고 있긴 하지만 매우 귀엽고 사랑스러운 소년입니다. 얼마 전 두 번째 부인이 아기를 낳으면서 그 친구는 남부러울 것 없이 행복한 날들을 보내고 있었습니다.

그러던 어느 날 그토록 착했던 부인이 아무 이유 없이 몸이 불편한 큰아이를 두 번이나 때리는 일이 발생했습니다. 한 번은 막대기로 심하게 때려서 팔에 시뻘건 피멍이 들기도 했습니다. 그러나 이 일은 돌도 지나지 않은 자신의 친자식에게 벌인 일에 비하면 아무것도 아니었습니다. 한 달쯤 전에 유모가 잠시 일을 보러 간 사이에 아기가 자지러지게 우는 일이 있었습니다. 깜짝 놀란 유모가 아기에게 달려가 보니 아기의 엄마가 아기의 몸을 덮쳐 누르고는 목덜미를 물어뜯고 있더랍니다. 조그마한 아기의 목에서는 피가 흐르고 있었고, 부인의 입가에는 핏자국이 선명했답니다. 부인을 밀쳐낸 유모가 주인인 제 친구를 부르려고 하자 부인은 기겁을 하며 애원했다고 합니다. 그녀는 유모에게 5파운드를 주면서 주인에게 알리지 말라고 간절히 부탁했습니다. 이후 부인이 자신의 행동에 대해 별다른 설명을 하지 않았기에 그 사건은 흐지부지 넘어가는 듯했습니다.

그러나 왠지 무서운 생각이 든 유모는 아기의 곁에서 한시도 떨어지지 않고 부인을 감시하기 시작했습니다. 그런데 부인 역시 유모의 움직임을 살피며 아기의 곁으로 갈 기회를 호시탐탐 노렸습니다. 마치 힘없는 새끼 양을 노리는 사악한 늑대처럼 말입니다. 선생님께서는 도저히 믿을 수 없는 일이라고 생각하실지도 모르겠습니다. 그러나 한 아기의 생명과 한 남자의 운명이 걸린 일이니 제 말을 믿고 끝까지 잘 들어주시기 바랍니다.

그러던 어느 날, 끔찍한 사건이 또다시 일어나고 말았습니다. 참다못한 유모는 더 이상 숨길 수 없다고 생각하고 제 친구인 주인에게 모든 사실을 털어놓았습니다. 친구는 도무지 믿을 수 없는 일이라며 유모의 말을 믿으려 하지 않았습니다. 그는 자신의 아내처럼 상냥하고 아름다운 여자가 자신의 아기를 물어뜯었으리라고는 생각지 않았던 것입니다. 그는 유모에게 다시 한 번 그런 말로 자신의 정숙한 부인을 모욕하면 가만두지 않겠다고 엄포를 놓기까지 했답니다. 그런데 바로 그때, 아기가 자지러지게 우는 소리가 들려왔습니다. 유모와 친구는 정신없이 아기의 방으로 달려갔습니다. 홈즈 선생, 방에서 어떤 일이 벌어지고 있었는지 아시겠습니까? 아기 침대 옆에 꿇어앉아 있다 급박한 발자국 소리에 놀라 벌떡 일어선 부인의 입에는 시뻘건 피가 잔뜩 묻어 있었습니다. 가녀린 아기의 목에서는 피가 흘러나왔고, 그 피는 이불을 흥건히 적시고 있었습니다. 이 모든 모습을 봐야 했던 제 친구의 심정을 한번 생각해보십시오. 누가 보더라도 아기 엄마가 아기의 목을 물어뜯고 피를 빤 것이 분명했습니다.

사건을 요약하자면 대략 이렇습니다. 부인은 지금 방에 틀어박혀서 한 발자국도 밖으로 나오지 않고 있습니다. 게다가 어떠한 변명도, 상황 설명도 하지 않고 있습니다. 지금 제 친구는 거의 반쯤 미친 상태입니다. 그런 모습을 보고 어떻게 제정신으로 살아갈 수 있겠습니까. 사실 저도, 제 친구도 흡혈귀에 대해서는 이름만 들어봤을 뿐입니다. 그것도 머나먼 외국에서나 일어나는 일이라 생각했지, 영국의 서섹스 주 한복판에서 일어날 수 있는 일이라고는 꿈에도 생각지 못했습니다.

홈즈 선생, 자세한 이야기는 만나 뵙고 말씀드리고 싶습니다. 엄청난 곤경에 처한 제 친구가 끔찍한 상황에서 벗어날 수 있도록 도와주십시오. 만약 이 제안을 승낙하신다면, 램버리의 로버트 퍼그슨에게 전보를 보내주십시오. 전보를 받게 되면 내일 아침 10시까지 사무실로 찾아가겠습니다.

로버트 퍼그슨

〈추신〉 저는 선생의 절친한 친구인 왓슨 씨를 알고 있습니다. 제가 리치먼드 타임 소속의 럭비 선수일 때 왓슨은 프라그비스 럭비 팀의 선수였습니다. 대단한 인연은 아니지만 이런 인연만이라도 말씀드리는 게 나을 것 같아 적습니다.

나는 그제야 로버트 퍼그슨이 누구인지 기억해내고는 무릎을 탁 쳤다.

"아, 나도 이 친구를 기억하고 있네. 리치먼드 타임 팀에서 제일 뛰어난 선수였지. 팀은 달랐지만 좋은 친구였어. 이렇게 친구 일에 열심인 걸 보면 역시 그는 좋은 사람이야."

내 말에 홈즈는 한 손으로 턱을 만지작거리며 잠시 생각에 잠겼다.

"자네가 럭비 선수였다니, 아직도 자네에 대해 모르는 게 너무 많은 것 같군. 흠, 어쨌거나 자네의 좋은 친구에게 전보를 치게. '귀하의 사건을 기꺼이 맡겠음'이라고 말이네."

나는 깜짝 놀라 홈즈를 바라보았다.

"귀하의 사건이라니? 그게 무슨 소린가?"

홈즈는 가볍게 고개를 저으며 말했다.

"잘 생각해보게. 아직도 모르겠나? 이 사건의 당사자는 바로 자네의 친구일세."

그러고 보니 뭔가 이상한 낌새가 느껴지는 것이 홈즈의 추측이 맞는 듯한 느낌이 들었다.

"어서 가서 전보를 치고 오게. 내일 아침이면 오랜만에 옛 친구를 만날 수 있겠군."

2. 폭행

다음 날 아침 로버트 퍼그슨은 약속대로 10시 정각에 사무실 문을 열고 들어왔다. 내 기억 속의 퍼그슨은 운동선수답게 키가 크고 당당한 체격에 팔다리가 매우 유연한 사람이었다. 그런데 사무실로 들어선 그의 모습은 완전히 딴판으로 변해 있었다. 체격은 뼈만 남은 듯 말라 있었고, 숱이 많던 갈색 머리칼은 희끗하게 변해 있었으며, 허리는 구부정하게 굽어 있었다. 그가 보기에 내 모습도 많이 변했던지 나를 보는 그의 표정 또한 감회에 젖어 있었다.

"어이, 왓슨. 참으로 오랜만이네."

손을 내밀며 반갑게 인사하는 퍼그슨의 목소리만큼은 예전처럼 활기차고 다정했다.

"왓슨, 자네도 많이 변했군. 올드 디어 파크에서 내가 자네를 번쩍 들어서 관중석으로 던진 적이 있는데, 그때의 모습은 찾아볼 수가 없군."

"여보게. 자네 또한 마찬가지네. 자네를 선두로 세운 팀에게 우리 팀이 쩔쩔맸던 사실을 생각지도 못할 만큼 말이네."

"그래, 그럴 테지. 요사이 정신적인 고통이 정말 심했다네. 정말 확 늙어버린 느낌일세."

오랜만의 만남에 잠시 용건을 잊었던 퍼그슨은 홈즈를 발견하고는 쑥스러운 듯 미소를 지었다.

"홈즈 선생. 죄송합니다. 개인적인 이야기만 나누느라 선생께 인사가 늦었습니다."

"아, 아닙니다. 친구란 언제나 반가운 존재지요."

홈즈도 미소를 지으며 답했다.

"홈즈 선생, 선생이 보내신 전보를 받고 얼굴이 화끈거려서 혼났습니다. 편지를 솔직하게 쓰지 못해서 죄송합니다."

"사건을 의뢰할 때는 무슨 일이든지 솔직하게 말하는 것이 가장 중요합니다. 그래야 혼돈을 일으키지 않고, 쉽고 정확하게 일처리를 할 수 있으니까요. 사건을 의뢰한 사람부터 혼란을 주는 일이 있어서야 되겠습니까?"

홈즈가 단호하게 힘주어 말하자 퍼그슨의 얼굴이 붉게 달아올랐다.

"당연한 말씀입니다. 그러나 제 보호 아래 있는 사랑하는 아내의 일이기에 남에게 말하기가 쉽지만은 않았습니다. 아니, 정말 괴로운 일이었습니다. 홈즈 선생, 경찰에도 말할 수 없고, 그렇다고 그냥 두고 볼 수도 없는 일이니 어떻게 하면 좋겠습니까? 혹시 이런 사건을 맡아보신 적이 있으십니까? 제발 저에게 도움을 주십시오. 정말 부탁드립니다."

퍼그슨은 간절하게 말했다.

"퍼그슨 씨, 당신의 심정은 이해합니다. 자, 이제 마음을 가라앉히고 여기에 앉으십시오. 저는 이 문제를 해결할 수 있다고 믿고 있습니다. 그러니 제가 묻는 질문에 정말 솔직하게 대답해주십시오. 아시겠습니까?"

홈즈가 다시 한 번 확실히 하기 위해 묻자 퍼그슨은 얼어붙은 얼굴로 고개만 끄덕였다.

"그럼 묻겠습니다. 그 사건 이후 당신은 어떤 조취를 취하셨습니까? 부인은 아직도 아이들 곁에 있습니까?"

"아닙니다. 지금 아내는 혼자 방에 들어가서 나오지 않고 있습니다. 오, 홈즈 선생. 정말 생각하기도 싫은 일입니다. 아내는 정말 아름답고 착한 여자였습니다. 그녀는 저를 진심으로 사랑하고 있기 때문에 제가 자기의 비밀을 알아버린 것에 대해 무척 괴로워하고 있습니다. 마치 미친 사람처럼 멍한 눈으로 허공을 바라보기만 할 뿐 저와는 말도 하지 않으려고 합니다. 게다가 사건에 대해 어떠한 변명도 하지 않은 채 방으로 뛰어 들어가 문을 잠그고 그대로 틀어박혀 있을 뿐입니다."

"그럼 식사는 어떻게 하십니까?"

"아내에게는 결혼하기 전부터 같이 살던 돌로레스라는 하녀가 있는데, 지금은 돌로레스가 방으로 음식을 날라주고 있습니다."

"그럼 지금 아기는 위험한 상태가 아니란 말씀이군요."

홈즈의 질문에 퍼그슨은 크게 고개를 끄덕이며 답했다.

"그렇습니다. 지금은 유모인 메이슨 부인이 아기 곁에 꼭 붙어 있습니다. 잠깐도 아기 곁을 떠나지 않겠다고 저와 굳게 약속했지요. 사실 그보다는 큰아이인 잭이 더 걱정입니다. 편지에도 썼지만, 그 아이는 두 번이나 심하게 매를 맞았기 때문에……."

퍼그슨은 괴로운 듯 말끝을 흐렸다.

"잭에게 상처가 있었습니까?"

"별다른 상처는 없었습니다만, 잭은 아내에게 무지막지하게 맞았습니다. 저는 그 애가 장애를 갖고 있기 때문에 더 가슴이 아픕니다. 선생께서도 그 아이를 직접 보면 불쌍한 생각에 마음이 아플 겁니다. 잭은 어릴 적에 높은 곳에서 떨어져 척추가 휘어 있습니다. 하지만 비록 몸은 불편해도 마음만은 착하고 온순한 아이랍니다."

퍼그슨은 불쌍해 죽겠다는 듯 눈물까지 글썽이며 말했다. 퍼그슨의 말을 경청하던 홈즈가 갑자기 어제 받았던 퍼그슨의 편지를 다시 꺼내 읽더니 물었다.

"집에 가족이 모두 몇 명입니까?"

"하녀 둘에 마구간지기 한 명입니다. 이들은 최근에 들어온 사람들입니다. 그리고 저와 아내, 잭과 아기, 돌로레스와 유모 메이슨 부인 이렇게 모두 아홉 명이지요."

"그렇군요. 퍼그슨 씨는 결혼할 때 부인에 대해 잘 알고 있었습니까?"

"아내를 만나고 몇 주 만에 결혼했으니 잘 안다고는 할 수 없습니다."

"그럼 돌로레스가 부인과 같이 지낸 기간은 얼마나 되었습니까?"

"글쎄요. 5, 6년쯤 되는 걸로 알고 있습니다."

"그렇다면 퍼그슨 씨보다는 돌로레스가 부인의 성격에 대해 더 잘 알고 있겠군요."

"아마 그럴 겁니다."

홈즈는 수첩을 꺼내 들고는 무언가를 열심히 메모했다.

"아무래도 여기서 시간을 보내는 것보다는 램버리로 직접 가서 사건을 조사하는 것이 좋을 듯합니다. 부인께서 방에만 틀어박혀 계신다니 우리가 가더라도 부인께 방해가 되지는 않을 것 같습니다만, 그렇다 하더라도 우리는 근처 여관에서 머물도록 하겠습니다."

홈즈의 말에 퍼그슨의 얼굴이 밝아졌다.

"홈즈 선생. 같이 가 주신다니 정말 고맙습니다. 잠시 후인 오후 2시에 빅토리아 역에서 출발하는 특급 열차가 있습니다."

"지금 제가 특별히 맡고 있는 사건도 없고 하니 이 사건에 힘을 기울일 수 있을 겁니다. 그리고 왓슨도 이 일에 동참해 줄 겁니다."

홈즈는 나를 향해 고개를 돌리며 미소를 지었다.

"물론이네. 옛 친구를 위한 일인데 당연히 같이 해야지."

"고맙네, 정말 고마워."

퍼그슨은 환하게 웃으며 내 손을 꼭 잡았다.

"참, 출발하기 전에 확인하고 싶은 내용이 있습니다. 부인께서는 잭과 아기 모두에게 폭행을 가했다고 하셨는데, 맞습니까?"

"그렇습니다."

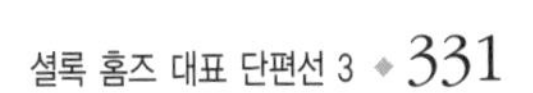

"그런데 폭행 방법이 달랐다는 거죠?"

"네. 아내는 잭을 심하게 때렸습니다. 한 번은 막대기로, 한 번은 손으로 심하게 때렸지요."

"왜 때렸는지 이유를 아십니까?"

"아내는 그저 잭이 밉다고 말했습니다. 그저 그 말만 되풀이했습니다. 아무래도 의붓자식이다 보니 미워한 것 같습니다."

"그러면 잭은 뭐라고 말하던가요? 몸은 불편하지만 열다섯 살이나 됐으니 사리판단을 할 만큼 정신은 성장했을 것 아닙니까?"

"잭도 왜 맞았는지 모르겠다고 하더군요. 분명 의붓자식이 미운 계모의 학대였을 겁니다."

"평소에 둘의 사이는 어땠습니까?"

"별로 좋지는 않았습니다. 가까운 사이는 아니었지요."

"잭은 착하고 온순한 아이라고 하셨지요?"

"그럼요. 그 아이처럼 착한 아이도 드물 겁니다. 특히 그 녀석은 아비인 저를 무척 잘 따라서 제 말이라면 절대 거역하는 법이 없답니다."

홈즈는 다시 수첩에 메모를 하더니 잠시 생각에 잠겼다.

"그러면 퍼그슨 씨가 지금의 부인과 결혼하기 전까지는 잭과 아주 정답게 사셨겠군요."

"그렇습니다."

"잭은 아직도 돌아가신 어머니를 잊지 못하고 있습니까?"

"아무래도 정이 많은 아이이다 보니 쉽게 잊기 힘든 모양입니다."

"잭은 무척 흥미로운 아이일 것 같군요. 한 가지 더 묻겠습니다. 부인이 아기의 목을 물어뜯은 사건과 잭을 폭행한 사건이 같은 시기에 일어났습니까?"

"처음에는 거의 같은 시기에 발생했습니다. 저는 아내가 자신의 감정을 주체하지 못하고 아이들을 폭행하면서 응어리를 푼 것이라고 생각했습니다. 두 번째는 잭 혼자서만 그 일을 당했습니다. 아기는 메이슨 부인이 지키고 있었기 때문에 폭행을 피할 수 있었지요."

"흠, 그렇다면 문제가 좀 복잡해지는군요."

홈즈가 미간을 찌푸리며 중얼거렸다.

"그건 또 무슨 말씀입니까?"

"사건을 의뢰받고 어떤 가설을 세워놓고 있었습니다만, 이제 조금씩 사실을 알게 되면서 그 가설이 무너지는 것 같다는 말입니다. 그러나 특별히 걱정할 일은 아닙니다. 나는 이 사건이 해결 불가능하다고는 생각하지 않습니다. 어찌됐건 2시에 빅토리아 역에서 기차를 타도록 합시다."

3. 절룩이는 개

기차를 타고 얼마 가지 않아 우리는 램버리에 도착했다. 홈즈와 나는 램버리의 채커스에 머물기로 하고 짐을 풀었다. 그리고 마차를 타고 안개가 자욱한 흙길을 달려 퍼그슨이 살고 있는 오래

된 농가에 도착했다. 퍼그슨의 집은 꽤 낡은 가운데 건물을 중심으로 양쪽에 새로운 건물을 증축해서인지 그 모양이 상당히 크고 복잡했다. 높은 지붕에는 이끼가 끼어 있었고, 현관 돌계단은 오랜 세월을 견딘 만큼 닳고 닳아서 움푹 파여 있었다. 또 현관의 타일에는 건물의 건축주인 치즈먼에게서 영감을 얻었는지 치즈와 사람 그림 문장이 새겨져 있었다. 집 안으로 들어가자 천장이 참나무 대들보 위로 늘어져 있었고, 오래된 마루는 누가 뛰기라도 하면 금세라도 꺼져버릴 것 같았다. 한마디로 건물 곳곳에 오랜 세월의 흔적이 켜켜이 쌓여 있었다.

퍼그슨은 우리를 고풍스럽고 커다란 벽난로가 있는 방으로 안내했다. 1670년이라는 연도가 새겨진 벽난로에서는 장작이 탁탁 소리를 내며 활활 타오르고 있었다. 나는 퍼그슨

이 가리킨 소파에 앉아 방 안을 둘러보았다. 언뜻 보아서는 모든 것이 낡고 오래된 것처럼 보였지만, 자세히 살펴보니 그저 옛것만 잔뜩 모아놓은 것은 아니었다. 거울로만 장식된 한쪽 벽면을 보면 이 집을 건축한 17세기 농민의 흔적이 고스란히 남아 있는 듯했다. 그러나 다른 쪽 벽면엔 상당한 수준의 현대 수채화가 걸려 있었다. 그 옆의 벽에는 남미의 성구와 무기가 걸려 있었다. 그것들은 아마도 페루 출신인 부인이 가져온 것인 듯싶었다. 방 안을 살피고 있는 것은 나뿐만은 아니었다. 홈즈 또한 열심히 방 안 구석구석을 둘러보고 있었다. 그러다가 갑자기 홈즈가 방구석 쪽을 향해 소리쳤다.

"아니, 저게 뭔가?"

홈즈가 가리킨 쪽을 보자 방구석에 놓인 바구니 속에 스파니엘 종 개 한 마리가 웅크리고 있었다. 개는 천천히 자리에서 일어나 주인 쪽으로 다가왔는데 다리가 불편한지 뒷다리를 질질 끌며 걷고 있었다. 겨우 주인 곁에 도착한 개가 주인의 손을 핥자 홈즈는 그 모습을 유심히 관찰했다.

"홈즈 선생, 왜 그러십니까?"

"이 개는 어디가 아픈 겁니까?"

"글쎄요. 수의사도 정확한 원인을 모르겠다고 하더군요. 제 생각엔 어디가 마비된 것 같은데 말입니다."

"오호, 마비라."

"네, 증상이 뇌막염과 비슷하거든요. 하지만 곧 괜찮아질 거라 믿고 있습니다. 그렇지, 카를로?"

퍼그슨이 개를 쓰다듬으며 이름을 부르자 개는 힘겹게 꼬리를 흔들며 주인과 우리를 번갈아 바라보았다.

"이런 증상이 갑작스럽게 나타났습니까?"

"네, 하룻밤 사이에 이렇게 되어버렸습니다."

"그게 언제입니까?"

"한 네 달쯤 전일 겁니다."

"흠, 흥미로운 일이군요. 아주 재미있는 일이에요."

홈즈가 고개를 끄덕이며 중얼거리자 퍼거슨이 의아한 표정으로 물었다.

"뭔가 짚이는 것이 있습니까? 그저 개에 관련된 일일 뿐인데요."

"마음속으로 생각하고 있던 것을 확인한 셈이지요."

홈즈가 확실한 답을 주지 않자 퍼거슨은 답답한지 심각한 표정으로 다시 물었다.

"홈즈 선생, 제발 생각하고 계신 것을 제게 알려주십시오. 선생에게는 이 일이 재미있는 수수께끼일지 몰라도 제게는 생사가 걸린 문제입니다. 제 아이들은 위험에 처해 있고 아내는 살인자일지도 모르는 상황에서 저는 금방이라도

미쳐버릴 것만 같습니다. 이처럼 끔찍한 일이 어디 또 있겠습니까? 제발 무슨 말이라도 제게 해주십시오.”

퍼그슨은 말을 잇는 도중에 감정이 북받쳐 올랐는지 온몸을 부들부들 떨고 있었다. 홈즈는 그를 안심시키려는 듯 팔을 꼭 붙잡고 말했다.

“퍼그슨 씨. 당신의 마음을 이해하지 못하는 것은 아닙니다. 다만 내가 걱정하는 것은 일이 어떻게 해결되든지 당신이 큰 상처를 입을 것이라는 점입니다. 지금으로선 당신에게 속 시원히 말할 수 있는 것이 없습니다. 그러나 이 집을 떠날 때쯤엔 당신이 원하는 대로 어떤 결론을 말할 수 있을 겁니다.”

나는 홈즈의 말을 이해할 수 없었다. 도대체 무슨 이유로 퍼그슨이 상처를 입게 된다는 말인지 짐작이 가지 않았던 것이다. 퍼그슨도 답답한지 한숨을 푹 내쉬며 말했다.

“그렇다면 기다리는 수밖에 없겠군요. 그럼 잠시 실례하겠습니다. 아내가 무엇을 하고 있는지, 그사이 변화는 없었는지 올라가 봐야겠습니다.”

퍼그슨이 방에서 나가자 홈즈는 벽에 걸린 남미의 성구와 무기를 자세히 들여다보기 시작했다.

“그것들이 꽤나 마음에 드는 모양이지?”

“응. 그렇다네.”

내 질문에 홈즈는 건성으로 대답했다.

잠시 후 퍼그슨이 더욱 기운이 빠진 모습으로 돌아왔다. 아무래도 부인과 관련된 상황에 아무런 진전이 없는 듯했다. 그런데 그의 뒤를 따라 키가 크고 날씬한, 검은 피부의 소녀가 들어왔다. 생김새만 봐도 남미 출신인 것을 알 수 있었다. 그녀는 부인이 데리고 왔다는 돌로레스가 분명했다.

"돌로레스, 마님에게 드릴 차는 준비했니? 무엇이든 마님이 원하는 대로 해드려라."

그런데 퍼그슨의 당부에 돌로레스는 퉁명스럽게 답했다.

"마님은 아무것도 드시지 않고 계세요. 게다가 무척 아프세요. 그런데 의사도 부르지 않고 제게만 마님을 맡기시다니, 걱정도 되고 무섭기도 해요. 마님에게는 의사가 필요해요."

퍼그슨은 난처한 표정으로 나를 바라보았다. 그 표정의 의미를 짐작한 나는 일부러 큰소리로 말했다.

"여보게, 자네만 괜찮다면 내가 부인을 만나 보겠네."

금세 표정이 밝아진 퍼그슨이 돌로레스에게 말했다.

"마님이 왓슨 박사님을 만날 것 같으냐? 어서

가서 여쭤보고 오너라."

"마님에게는 의사가 필요해요. 여쭤볼 필요도 없어요. 마님은 전부터 의사 선생님을 원하셨으니까요."

돌로레스가 볼멘소리를 하자 퍼그슨이 답답하다는 듯 말했다.

"나를 만나려고도 하지 않는데 무엇을 원하는지 내가 어떻게 알겠니?"

4. 여인의 희생

잠시 후 나는 돌로레스의 뒤를 따라 부인의 방으로 향하는 이층 계단을 올랐다. 삐거덕거리는 복도 끝에 이르자 철 손잡이가 붙은 육중한 문이 보였다. 돌로레스는 주머니에서 열쇠를 꺼내 참나무 문을 열었다. 내가 방 안으로 들어서자 돌로레스는 재빨리 방문을 안에서 잠갔다.

방 가운데에 놓인 침대에는 힘겹게 숨을 내쉬는 여인이 누워 있었다. 낯선 기척을 느낀 여인은 겁에 질린 눈으로 내 쪽을 바라보았다. 창백하게 질린 얼굴에 기력이 약해진 모습이었지만, 아름다움은 여전히 빛을 발하고 있었다.

"좀 어떠십니까? 부인."

나는 부인을 안심시키기 위해 최대한 부드러운 목소리로

물었다. 내 말을 들은 부인은 낯선 사람이라는 것을 알아채고는 오히려 안심한 듯 베개에 고개를 파묻으며 깊게 숨을 내쉬었다. 나는 침대 옆으로 다가가 부인의 맥을 짚어보고 열을 쟀다. 맥박은 빨랐고 열도 높았지만 특별한 질병 때문이라기보다 정신적인 충격 때문인 것 같았다.

"마님은 매일 이렇게 침대에 누워만 계세요. 이러다 무슨 일이라도 생길까 정말 걱정되고 무서워요."

돌로레스가 울먹이며 말했다. 부인은 열에 들뜬 얼굴로 힘없이 물었다.

"우리 그이는 어디 있나요?"

"아래층에 계십니다. 부인을 뵙고 싶어 하는데 불러드릴까요?"

"아니에요. 그이를 보고 싶지 않아요."

그때 갑자기 부인의 얼굴이 더욱 빨갛게 달아오르더니 격렬하게 몸을 떨며 마구 헛소리를 하기 시작했다.

"악마! 악마! 저 무서운 악마를 어떻게 해야 하죠?"

나는 갑작스런 상황에 놀라 당황한 표정으로 돌로레스를 쳐다보았다. 돌로레스 또한 어찌할 바를 모르고 발만 동동 구르고 있었다.

"부인, 진정하세요. 이렇게 흥분하시면 해롭습니다. 제가 도와드릴 테니 무슨 일인지 말씀해보십시오."

그러자 부인은 절망적인 표정으로 울부짖으며 고개를 저었다.

"아니요! 아니요! 아무도 날 돕지 못해요. 모두 끝났어요. 모두 다 끝나버렸다고요."

부인은 분명 이상한 망상에 사로잡혀 고통을 받고 있었다. 문제는 그 망상의 정체가 무엇이냐는 것인데 내 생각에 로버트 퍼그슨처럼 정직하고 착한 사람이 부인이 거부하는 악마일 리는 없었다.

"부인, 남편께서는 부인을 깊이 사랑하고 걱정하고 계십니다. 이 일로 마음에 상처를 입고 괴로워하시는 것은 물론이고요."

부인은 열에 지친 눈꺼풀을 겨우 뜨고 나를 바라보며 말했다.

"그래요. 그이가 나를 사랑한다는 것은 나도 잘 알고 있어요. 나 역시 그이를 사랑하구요. 그래서 나는 사랑하는 이의 마음을 아프게 하지 않으려고 나 자신을 희생했어요. 가슴 깊은 곳에 자리한 사랑으로 말이에요. 그런데 그이는 나에게 어떻게 했지요? 그이는 진정한 내 마음을 전혀 알지 못해요."

나는 문득 일이 어떻게 해결되든지 퍼그슨이 상처를 입을 거란 홈즈의 말이 떠올랐다. 지금 부인의 말을 듣고 보니 부인의 말과 홈즈의 말에는 어떤 관련이 있는 것 같았다.

"그이는 나를 끔찍한 괴물처럼 생각하고 있어요. 그이가 나를 바라보던 눈빛을 잊을 수가 없어요. 오! 그이는 나를 절대 이해하지 못해요."

"부인, 남편께서도 몹시 괴로워하십니다. 사실 부인께서 자신의 행동에 대해 어떠한 설명도 하지 않으셨으니 남편께서 그렇게 생각하시는 것도 무리는 아닙니다. 그러니 남편을 만나 이야기를 해보시는 게 어떨까요."

부인은 세차게 고개를 가로저으며 있는 힘을 다해 큰소리로 외쳤다.

"싫어요! 절대 만나지 않겠어요! 아무 소용없어요. 단지 이 말만 그이에게 전해주세요. 나도 엄마로서 아기에 대해 권리가 있으니 내 아기를 나에게 보내달라고요. 누가 뭐래도 그 아기는 내 자식이니까요."

말을 마치고 힘겹게 벽 쪽으로 돌아누운 부인은 더 이상 입을 열지 않았다.

5. 소년과 아기

다시 아래층으로 내려오니 홈즈와 퍼그슨은 벽난로 옆에 말없이 앉아 있었다. 우울한 표정의 퍼그슨은 내 쪽으로 몸을 기울이더니 힘없는 목소리로 물었다.

"좀 어떻던가?"

"글쎄, 특별한 질병이 있는 것은 아니고 정신적인 충격으로 인해 고통받고 있는 것 같더군."

나는 부인을 만나고 온 이야기를 자세히 전했다. 귀를 쫑긋 세우고 이야기를 듣던 퍼그슨은 부인이 아기를 원한다는 이야기를 전하자 깜짝 놀란 얼굴로 말했다.

"아기를 보내달라고? 그건 절대 안 돼지. 그랬다가 무슨 일이라도 벌어지면 어찌하려고. 생각만 해도 끔찍하네."

"부인은 자네가 자신을 믿어주지 않는다고 원망하더군."

"그래도 할 수 없네. 나는 피투성이가 된 아기와 피로 뒤범벅이 된 아내의 입을 보았네. 그 모습을 절대 잊을 수가 없어. 그런데 어떻게 아내를 믿을 수 있겠나?"

그때의 모습이 다시 생각나는지 퍼그슨은 몸을 부르르 떨며 두 눈을 꼭 감았다. 그리고는 스스로에게 다짐하듯 힘주어 말했다.

"아기는 메이슨 부인과 함께 있어야 해. 그게 안전해. 절대 아내에게 보내서는 안 돼."

그때 하녀가 문을 열고 차를 가지고 들어왔다. 하녀가 차를 따르는 동안 우리의 대화는 잠시 끊겼다. 우리가 찻잔을 들고 차를 마시려는데 창백한 얼굴의 소년이 방으로 뛰어들어왔다. 보통 아이들보다 체격은 작았지만 금발 머리에 푸른 눈을 가진 무척 귀여운 소년이었다. 퍼그슨을 발견하고 그에게 뛰어가 안기는 것을 보니 소년은 잭이 분명했다.

"아빠! 아빠! 언제 오셨어요. 저는 아빠가 오신 줄도 모르고 있었어요. 알았다면 미리 기다리고 있었을 텐데. 어쨌든 다시 돌아오셔서 너무 기뻐요."

소년은 퍼그슨의 목에 매달리며 그의 뺨에 키스를 퍼부었다. 퍼그슨은 아들의 요란스러운 환영 인사에 당황한 듯 보였다. 그는 자신의 목을 감고 있는 잭의 팔을 풀고 다정한 손길로 아들의 머리를 쓰다듬었다.

"잭, 인사드려라. 여기 계신 분들은 홈즈 선생님과 왓슨 박사님이시다. 이분들이 와주시겠다고 하셔서 나도 일찍 올 수 있었단다."

"홈즈 선생님이라면 그 유명한 탐정을 말씀하시는 건가요?"

잭이 홈즈를 힐끗 쳐다보며 말했다.

"그렇단다. 잭. 이제 홈즈 선생이 오셨으니 걱정하지 않아도 될 거야."

그런데 홈즈를 바라보는 소년의 눈빛이 그리 곱지만은 않았다. 왠지 모를 적대감이 느껴질 정도였다.

"퍼그슨 씨, 저희가 아기를 좀 볼 수 있을까요?"

홈즈가 묻자 퍼그슨은 고개를 끄덕였다.

"잭, 어서 메이슨 부인에게 가서 아기를 데리고 오라고 전해라."

아버지의 말에 따라 방을 나서는 잭의 걸음걸이를 보니 한눈에도 척추에 이상이 있다는 것을 알 수 있었다. 잠시 후 잭은 키가 크고 마른 여인과 돌아왔는데, 여인의 품에는 놀랍도록 귀엽고 사랑스러운 아기가 안겨 있었다. 아기는 엄마와 아빠의 장점만을 닮은 듯 무척 예뻤다. 퍼그슨은 부인에게서 아기를 받아 안고 다정하게 얼러주었다.

"이렇게 사랑스런 아기를 해치려고 하다니. 정말 끔찍한 일입니다."

퍼그슨은 이렇게 말하며 아기의 목에 난 상처를 보여주었다. 상처는 새빨갛게 부어 있었다. 이빨로 문 자국이 분명했다. 실제로 상처를 보자 혹시 부인이 진짜 흡혈귀가 아닐까 하는 생각이 잠시 들었으나 나는 고개를 저으며 그 생각을 지워버렸다. 홈즈는 딱딱하게 굳은 얼굴로 퍼그슨과 아기를 번갈아 보더니 곧 호기심이 가득한 얼굴로 방구석을 가만히 응시했다. 나는 홈즈의 시선을 따라가 보았지만 창밖으로 빗방울이 떨어지는 음산한 분위기의 정원만 보일 뿐 별다른 것을 발견할 수는 없었다. 잠시 후 홈즈는 빙그레 미소를 지으면서 아기 쪽으로 시선을 돌렸다. 그는 아기의 목에 난 상처를 자세히 살피더니 아기의 작고 토실한 손을 잡고 흔들었다.

"안녕, 아가야. 이렇게 어린 나이에 참으로 힘겨운 일을 겪어야 했구나."

홈즈는 고개를 들어 메이슨 부인에게 말했다.

"메이슨 부인, 저와 잠깐 이야기 좀 나누실까요?"

뜻밖의 말에 놀랐는지 메이슨 부인은 눈을 동그랗게 뜨며 고개를 끄덕였다. 홈즈는 메이슨 부인을 구석진 곳으로 데리고 가더니 진지한 얼굴로 한참 동안 이야기를 했다. 그가 무슨 말을 하는지 말소리가 정확히 들리지는 않았다. 다

만 '조금만 더 있으면 당신의 걱정거리도 사라질 겁니다'라는 말만은 확실히 들을 수 있었다. 입이 무겁고 조금은 심술궂어 보이는 인상의 메이슨 부인은 홈즈의 말이 끝나자 아기를 안고 방에서 나갔다.

"메이슨 부인의 성격은 어떻습니까?"

홈즈가 퍼그슨에게 물었다.

"보시다시피 딱딱한 인상을 가진 사람이라 성격도 나쁠까 걱정하긴 했지만 절대 그렇지 않습니다. 마음이 곱고 무엇보다 아기를 무척 사랑해서 나는 매우 만족하고 있습니다."

"잭, 너는 어떠니? 유모가 마음에 드니?"

홈즈가 잭을 향해 불쑥 질문을 던졌다. 잭은 미간을 찌푸리며 고개를 흔들었다.

"이 아이는 좋고 싫고를 표현하는 게 남들보다 분명합니다. 하지만 다행스럽게도 이 아비는 좋아한답니다."

퍼그슨이 잭의 어깨를 끌어안으며 변명하듯 말했다. 잭은 애교를 부리며 퍼그슨의 가슴에 머리를 파묻었다. 퍼그슨은 아들을 살며시 떼어내며 말했다.

"잭, 이제 그만 네 방에 가 있도록 해라. 나는 이분들과 할 이야기가 남아 있단다."

아쉬운 표정으로 잭이 방에서 나가자 퍼그슨은 그 모습을 애정이 가득 담긴 눈으로 바라보았다.

"홈즈 선생, 제가 선생을 어렵게 모셨습니다만, 그게 다 부질없는 일인 것 같습니다."

퍼그슨이 체념한 듯한 목소리로 말했다.

"부질없는 일이라고요?"

"그렇습니다. 제가 처한 상황을 동정하는 것 말고 선생께서 하실 수 있는 일이 없는 것 같습니다. 아무리 유명한 탐정이라도 이렇게 미묘하고 이상한 사건을 해결하기는 쉽지 않겠지요."

퍼그슨이 힘없이 말하자 홈즈는 묘한 미소를 띠며 답했다.

"이 사건이 미묘하고도 이상하다는 것은 맞는 말입니다. 그러나 누구에게도 상처를 입히지 않고 사건을 해결하기 위해 애쓸 뿐이지 내가 이 사건을 해결할 수 없는 것은 아닙니다. 사실 베이커가의 사무실에서 나는 이미 결론을 내리고 있었습니다. 다만 여기에서 관찰을 통해 사실을 확인하고 싶었을 뿐입니다. 어쨌거나 이곳에 와보니 역시 오기를 잘했다는 생각이 드는군요."

홈즈의 말에는 자신감이 넘쳐나고 있었다. 퍼그슨은 땀이 맺힌 이마를 손으로 문지르더니 홈즈 쪽으로 바싹 다가앉으며 말했다.

"홈즈 선생, 그게 정말입니까? 선생께서 정말로 이 사건의 진실을 알고 계신다면 더는 지체하지 마시고 저에게 알려주십시오. 저는 더 이상 견디기가 힘듭니다. 진정으로 부탁드립니다. 저는 괜찮으니 제발 저에게 진실을 말씀해주십시오."

"제 말은 모두 사실입니다. 그리고 당신에게도 모든 사실을 알려드릴 겁니다. 사실 냉정하고 차분하게 상황을 정리해 보면 그리 어렵지 않게 이 사건의 진실을 알 수 있습니다."

퍼그슨은 간절한 표정으로 홈즈를 바라보았다.

"좋습니다. 이제 다 말씀드리지요. 우선 제 방식대로 이 사건을 처리할 수 있도록 해주십시오."

"물론입니다. 그렇게 하십시오."

"알겠습니다. 여보게, 왓슨. 우리가 부인을 만나도 괜찮겠나?"

"괜찮네. 아프긴 하지만 대화는 가능하다네."

"그렇다면 좋아. 이 사건은 부인이 있어야만 해결 가능하다네. 자, 퍼그슨 씨도 함께 2층으로 올라가시지요."

홈즈의 말에 퍼그슨은 잠시 머뭇거렸다.

"하지만 아내는 나를 만나려 하지 않을 겁니다."

"그렇지 않습니다. 부인께서는 반드시 당신을 만나주실 겁니다."

홈즈는 종이를 꺼내 무언가를 적더니 내게 주며 말했다.

"왓슨. 자네는 이미 부인을 만나봤으니 자네가 수고를 좀 해주게. 이 메모를 부인에게 전해주겠나?"

나는 홈즈에게서 메모를 건네받아 2층으로 올라갔다. 부인의 방문을 두드리자 돌로레스가 머리를 내밀었고, 나는 그녀에게 메모를 전해주었다.

"이 메모를 부인께 전해드려라."

잠시 후 방 안에서 기쁨과 놀라움이 가득한 환호성이 터져 나왔다. 그리고 돌로레스가 방에서 날 듯이 뛰어나왔다.

"마님께서 여러분을 만나시겠답니다!"

돌로레스의 흥분은 내게도 전달되어 나는 계단 중간에 서서 아래층을 향해 소리를 질렀다.

"여보게들, 어서 올라오게! 부인께서 만나시겠다고 하네!"

총총히 계단을 오르는 홈즈와는 달리 퍼그슨은 계단 아래에서 초조한 듯 서성이고 있었다.

"왓슨, 나도 만나겠다고 했나?"

"여러분을 만나겠다고 했으니 자네도 포함된 게 아니겠나?"

그제야 퍼그슨은 주춤거리듯 계단을 올라왔다.

6. 무서운 진실

우리는 열린 방문을 밀고 방 안으로 들어섰다. 퍼그슨이 부인이 누워 있는 침대 곁으로 다가서려 하자 부인은 멈추라는 듯 손을 들어 그를 제지했다. 결국 퍼그슨은 안락의자에 털썩 앉아 긴 한숨을 내쉬었다. 홈즈는 부인을 향해 가볍게 고개를 끄덕여 인사했다.

"부인께서는 돌로레스가 옆에 있는 것이 더 편하십니까?"

부인은 고개를 끄덕이며 답했다.

"저 아이가 그냥 있도록 해주세요."

"알겠습니다. 부인께서 편하신 대로 하도록 하지요. 자, 이제 이렇게 다 모였고, 저도 바쁜 사람이고 하니 최대한 빨리 이야기를 끝내도록 하겠습니다. 수술을 빨리 하면 고통도 그만큼 빨리 사라지는 법이니까요. 우선은 위로의 말씀부터 드리겠습니다. 부인은 존경을 받아 마땅할 만큼 사랑이 넘치고 선량하신 분입니다. 단지 어이없는 오해를 받았을 뿐이지요."

"오해라고요?"

퍼그슨이 반가운 얼굴로 자리에서 벌떡 일어섰다.

"오, 홈즈 선생, 어서 그것을 증명해주십시오. 이 은혜는 평생 잊지 않겠습니다."

"물론 증명해드리겠습니다. 그러나 그로 인해 당신은 또 다른 상처를 입게 될 겁니다. 그래도 괜찮겠습니까?"

홈즈가 퍼그슨의 눈을 똑바로 바라보며 다짐하듯 물었다.

"상관없습니다. 아내가 결백하다는 것만 증명할 수 있다면 어떤 일이 벌어지더라도 상관없습니다."

들뜬 목소리로 퍼그슨이 말하자 홈즈는 복잡 미묘한 표정을 짓더니 한숨을 푹 내쉬었다.

"그럼 베이커가의 집에서부터 내가 줄곧 생각했던 것부터 말씀드리죠. 사실 흡혈귀 이야기는 나에게 말도 안 되는 이야기에 불과했습니다. 영국 역사상, 그중에서도 범죄 역사상 그런 일은 전혀 없었으니까 말입니다. 그러나 퍼그슨 씨가 본 일은 실제로 일어난 일이었지요. 부인이 입가에 피를 묻히고 아기 옆에 있었던 일 말입니다."

"맞습니다. 내 두 눈으로 똑똑히 보았습니다."

"물론 누구라도 그런 상황을 목격하게 되면 퍼그슨 씨와 같은 반응을 보일 겁니다. 그런데 이렇게 생각해보면 어떨까요? 이를테면 피를 빨아먹기 위해서가 아니라 다른 목적을 위해 피를 빨았던 것은 아닐까 하고 말입니다."

"다른 목적이라면?"

의아한 표정의 퍼그슨이 물었다.

"영국 역사에는 독을 빨아내기 위해 여왕의 상처를 빤 신하의 이야기가 남아 있습니다."

"독, 독이라고요?"

"부인께서는 남미 페루 출신이시지요? 그 이야기를 듣자마자 머릿속에 스치는 생각이 있었습니다. 그리고 여기 거실 벽에 장식된 무기들을 보고 제 생각에 확신을 가질 수 있었지요. 제가 잠시 살펴보니 새를 잡는 활을 담는 화살 통이 비어 있더군요. 텅 빈 화살 통을 보는 순간 저는 제 추리가 맞았다는 것을 알았습니다. 만약 아기가 그 화살에 찔렸다면 어떻게 되었을까요? 남미 사람들이 화살촉에 바르는 독은 매우 강해서 호흡을 마비시킵니다. 당연히 죽을 수도 있습니다. 그러니 사랑하는 아기가 독이 묻은 화살에 맞는 것을 그 어머니가 보았다면 그녀가 할 수 있는 일은 무엇이겠습니까? 재빨리 독을 빨아내는 일이겠지요."

전혀 생각지도 못했던 말을 들은 퍼그슨의 얼굴은 금세 하얗게 질려버렸다. 나 역시 너무 놀란 나머지 숨도 제대로 쉴 수가 없었다.

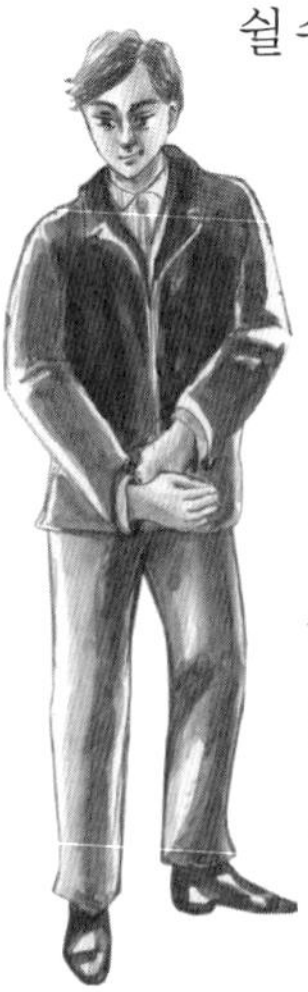

"이 집에 있는 스파니엘 종 개도 마찬가지입니다. 퍼그슨 씨는 그 개가 하룻밤 사이에 그런 상태가 되었다고 하셨습니다. 그러나 내 생각은 달랐습니다. 분명 이 사건과 그 개 사이에 관련이 있습니다. 즉, 누군가 아기에게 독화살을 사용하기에 앞서 개에게 먼저 실험을 해 본 것이지요. 독의 효능이 어느 정도인지 알기 위해서 말입니다."

그저 몸을 제대로 가누지 못하는 개 정도

로만 생각했는데 이 일과 관련이 있었다니, 그야말로 놀라움의 연속이었다. 홈즈는 아무 말 없이 자기의 이야기를 듣고 있던 부인을 바라보며 말을 이었다.

"부인께서는 이 사실을 모두 알고 있었지만 사실대로 털어놓기가 어려웠을 겁니다. 심지어 흡혈귀라는 엄청난 오해를 감수하고서도 입을 다물고 계셨지요. 그 이유가 무엇일까요? 그것은 바로 아기를 공격한 자가 다름 아닌 퍼그슨 씨의 사랑하는 아들, 잭이었기 때문입니다."

"잭이라고요?"

퍼그슨은 고통에 찬 비명을 질렀다.

"안타깝지만 퍼그슨 씨, 이 모든 것은 사실입니다. 나는 아까 당신이 아기를 품에 안고 어르는 동안 창문에 비친 잭의 얼굴을 보았습니다. 이제껏 나는 그처럼 증오와 미움이 가득한 표정을 본 적이 없습니다."

"믿을 수가 없어요. 우리 잭이 그럴 리가……."

반쯤 넋이 나간 표정의 퍼그슨은 두 손으로 머리를 감싸 쥐고 고개를 떨어뜨렸다. 홈즈는 퍼그슨의 어깨를 살짝 두드리며 말했다.

"받아들이기 힘드실 겁니다. 그러나 일어난 사실을 정확히 보셔야 합니다. 잭은 아버지의 사랑을 독점하고 싶었고, 또한 어머니의 죽음도 극복하지 못했습니다. 게다가 몸이 불편한 자기와는 달리 건강하고 예쁜 아기가 아버지의 사랑을 독차지하는 것처럼 보이자 그것을 견딜 수 없었던 겁니다. 혹시라도 아버지의 사랑이 아기에게로 완전히 옮겨가 버리는 건 아닐까 하는 두려움이 생겼을 테지요. 두려움은 미움으로 변해갔을 테고, 결국 이런 결과를 낳게 된 것입니다."

"이런 일이 일어나다니, 정말 믿을 수 없어요. 믿을 수 없어요."

퍼그슨은 마치 넋이 나간 사람처럼 같은 말만 되풀이하고 있었다.

"부인, 제 말이 맞습니까?"

홈즈가 묻자 어깨를 들썩이며 흐느끼던 부인이 고개를 끄덕였다. 부인은 겨우 고개를 들어 퍼그슨을 바라보며 말했다.

"여보, 나는 도저히 내 입으로 사실을 말할 수가 없었어요. 사실을 알게 되면 당신이 엄청난 충격에 휩싸일 것을 알기 때문에 일부러 감추고 있었던 거예요. 나는 당신에게 흡혈귀로 오해받더라도 당신이 나보다는 다른 사람에게서 모든 사실을 듣게 되기를 기다렸어요. 이 훌륭하신 분이 전해주신 쪽지에 '모든 것을 다 알고 있다'고 쓰여 있는 것을 보고 얼마나 기뻤는지 몰라요. 이제야 겨우 숨을 쉴 수 있겠네요."

말을 하는 동안 감정이 북받쳤는지 부인은 끊임없이 눈물을 흘렸다.

"오, 부인. 얼마나 힘이 들었소."

퍼그슨도 울먹이며 말했다. 홈즈는 한결 가벼워진 표정으로 자리에서 일어나며 말했다.

"아무래도 한 1년쯤 잭을 한적한 바닷가에서 살게 하는 게 좋을 듯싶습니다. 자연 속에서 살다 보면 몸도 마음도 건강해지지 않겠습니까? 참, 부인께 한 가지 여쭤볼 것이 있습니다. 저는 부인이 잭을 때린 것은 이해할 수 있습니다. 어머니로서 도저히 참을 수 없는 일이었겠지요. 그런데 근래 이틀 동안은 어떻게 아기와 떨어져 지낼 수 있었습니까?"

"사실은 이 모든 사실을 메이슨 부인에게 말했답니다. 저는 충직한 유모가 아기와 절대 떨어지지 않을 것을 믿었기 때문에 안심하고 있었습니다."

"제 짐작이 맞았군요. 자, 이제 모든 의문이 풀렸으니 우리는 이만 자리를 떠나야겠습니다."

홈즈가 나를 향해 눈짓을 했다. 나는 자리에서 일어났다.

"돌로레스도 우리와 함께 나가는 게 좋겠군."

우리는 돌기둥처럼 굳어버린 돌로레스를 이끌고 방을 나섰다. 방문을 닫으며 흘낏 보니 퍼그슨이 부인에게 떨리는 손을 내밀고 있었다.

"이제 나머지 일은 부부가 알아서 하지 않겠나?"

홈즈는 미소를 지으며 의미심장하게 말했다.

나에게는 이 사건과 관련된 편지가 한 장 더 있었다. 그것은 이야기 서두에 소개한 편지에 대한 홈즈의 답장이었다.

동부 법률가 협회 모리슨 씨.

귀하의 19일자 편지에서 귀하가 소개하신 로버트 퍼그슨 씨 사건은 정확한 조사를 거쳐 만족스러운 결과를 얻었습니다. 본인을 추천해주신 것에 대해 감사드립니다.

셜록 홈즈

은퇴한 물감 제조업자

The Retired Colourman

조지아 엠벌리

미술 물감을 제조하는 회사의 사장직을 은퇴한 60대 노인으로 나이차가 서른다섯 살이나 나는 여자와 결혼했다. 아내를 편하게 해주려고 큰 저택을 구입하고 수도와 가스를 설치할 만큼 아내에 대한 애정이 각별하다. 그러던 어느 날 체스를 두기 위해 집에 드나들던 젊은 의사와 아내가 모아둔 현금과 유가증권을 모두 갖고 도망치는 일이 발생한다. 분노를 참지 못하고 온 집안에 페인트칠을 하는 등의 기행을 하다 사건을 의뢰하기 위해 홈즈를 찾아온다.

맥키넌 경위

엠벌리의 신고를 받고 맨 처음 출동한 경찰이다. 수색 중에 엠벌리 부인이 비싼 옷가지를 그대로 두고 사라졌다는 것을 알아차린다. 부인이 그것들을 가지러 다시 올 것이라 생각하고 경관들과 함께 저택 주변에서 잠복한다. 몰래 사건을 조사 중이던 홈즈를 만난 뒤 사건 해결을 위해 홈즈를 돕는다.

"신들의 황혼 없이는 신도 없다."

이 말은 크리스토퍼 몰리가 ≪셜록 홈즈의 사건≫ 한정판 서문에 쓴 것으로 '모든 이야기에는 끝이 있어야 한다'는 의미다. 물론 원작은 이 사건이 마지막이 아니지만 영국 BBC 방송에서는 이 사건 '은퇴한 물감 제조업자'를 홈즈의 공식 은퇴 사건으로 다루기도 한다.

한편 이 작품은 1926년 12월 18일에 〈리버티〉지에 먼저 발표되고 나서 〈스트랜드 매거진〉에는 1927년 1월에 발표되었는데, 본 원고는 1951년 아베이 하웃에서 열린 '셜록 홈즈 전람회'를 통해 세상에 그 존재가 드러났고, 현재는 '도일 재단'에서 소장하고 있다.

1. 사라진 아내

무더운 여름 어느 날, 나는 여느 때처럼 홈즈를 만나기 위해 베이커가에 들렀다. 그런데 웬일인지 홈즈의 기분이 유난히 울적해 보였다. 나는 홈즈가 예민한 성격이라는 것을 잘 알고 있었기 때문에 조심스럽게 물었다.

"홈즈, 무슨 일이 있었나?"

파이프를 문 채 창밖을 내다보던 홈즈는 맥빠진 목소리로 내게 말했다.

"아무것도 아닐세. 그냥 잠시 쉬면서 담배를 피우던 참이었네."

"방금 현관에서 한 노인과 마주쳤는데, 혹시 의뢰인 아니었나?"

"그를 보았나? 맞아. 사건을 의뢰하러 왔다네."

"자네가 이렇게 맥이 빠져 있는 것을 보니 별로 흥미로운 사건은 아니었나 보군."

내게로 시선을 돌린 홈즈는 내 말과는 상관없어 보이는 질문을 던졌다.

"왓슨, 그 노인에게서 어떤 특별한 느낌 같은 것을 받지 않았나?"

"글쎄, 무슨 일을 겪은 건지 매우 슬퍼 보이더군. 크게 낙담한 사람 같았어."

"제대로 보았군. 그 사람은 마음에 큰 상처를 입고 괴로워하고 있다네. 슬픔과 공허함을 함께 느끼며 힘든 시간을 보내고 있어. 그러나 그게 그 사람만 겪는 감정들이겠나? 사람은 모두 슬프고 괴로운 시간들을 보내기 마련이야. 그게 인생이지."

말을 마친 홈즈의 얼굴에 쓸쓸한 빛이 감돌았다. 오늘은 홈즈가 가진 감정의 촉수들이 예민하게 서 있는 것이 분명했다.

"어떤 사건인가?"

내가 묻자 홈즈는 주머니에서 더러운 얼룩이 묻은 명함을 꺼내 내게 건네주었다.

"조지아 엠벌리. 에식스 주에 사는 사람이로군."

“그는 미술 물감을 제조하는 회사인 브릭스폴 앤 엠벌리의 사장이었다네. 젊은 시절 열심히 일해서 회사를 일으켰고, 돈도 많이 벌었다는군. 예순한 살에 은퇴한 뒤 평화롭고 자유로운 노년을 보내기 위해 루이셤에 집을 샀다네.”

“듣기로는 매우 안정적인 삶을 사는 사람 같은데 대체 뭐가 문제란 말인가?”

“왓슨, 그는 1896년에 은퇴한 뒤 다음 해인 1897년에 서른

다섯 살이나 어린 여자와 결혼을 했다네."

"뭐라고? 서른다섯 살?"

"나이만 어린 게 아니라 매우 아름답기까지 하다더군. 거액의 재산과 아름다운 아내, 노년을 즐겁게 살 수 있는 집까지, 뭐 하나 모자라는 게 없었어. 남들에게는 부러움의 대상이 될 만한 사람이었지."

"그런데 대체 무슨 일이 있었기에 저리도 비참한 얼굴을 하고 다닌단 말인가?"

"재촉하지 말게. 이제 이야기해주겠네."

홈즈는 안락의자에 몸을 기대고 앉아 담배를 한 모금 빨아들이더니 천천히 이야기를 시작했다.

어제 홈즈는 한 노인에게서 전화를 받았다. 조지아 엠벌리라고 자신을 소개한 남자는 더 이상 경찰을 믿고 기다릴 수가 없어 홈즈에게 사건을 의뢰하기로 했다는 말로 이야기를 시작했다.

"내가 홈즈 씨에게 사건을 의뢰하고 싶다는 말을 했더니 런던 경시청에서도 잘 생각했다고 하더군요."

"경찰이 적극적으로 나서지 않던가요?"

"사람을 찾는 일이라 그런지 별로 신경을 쓰지 않더군요."

'사람을 찾는 일이라고?'

홈즈는 내심 불쾌한 생각이 들었다.

'자신들이 손쓰기 귀찮은 일이니 내게 보낸 모양이군.'

"글쎄요. 저도 사람을 찾는 일에는 별 관심이 없습니다."

"홈즈 선생, 그러지 말고 내 말을 잘 들어보십시오. 당신마저 나를 외면한다면 나는 어디서 사랑하는 아내를 찾아야 한단 말입니까."

전화기 저편에서 노인이 울먹거리며 말하자 홈즈는 마음이 불편해졌다.

"알겠습니다. 진정하고 차근차근 말씀해보십시오."

"전화상으로는 자세한 이야기를 할 수 없으니 내일 선생을 찾아가겠습니다. 그래도 되겠지요?"

딱히 거절할 말을 찾지 못한 홈즈는 그의 방문을 허락하고 말았다.

그리고 오늘, 그 노인은 약속한 시간에 정확히 홈즈의 방문을 두드렸다. 홈즈가 문을 열자 빛바랜 모자와 코트를 입은 노인이 얼굴을 찡그린 채 서 있었다. 굳이 얼굴을 찡그리지 않더라도 그의 얼굴에는 이미 주름이 가득했다. 그리고 무거운 짐을 진 사람처럼 굽은 등 때문에 굵은 지팡이를 짚고 있었다. 그러나 어깨와 가슴이 벌어져 있어서 아주 약골처럼 보이지는 않았다.

"안녕하십니까? 조지아 엠벌리입니다."

"기다리고 있었습니다. 어서 들어오십시오."

노인은 다리가 불편한지 오른발을 끌 듯이 절면서 방 안으로 들어섰다.

"이쪽으로 앉으십시오."

홈즈가 의자를 권하자 엠벌리는 약간 불편한 듯 다리를 움직이더니 의자에 털썩 앉았다.

"엠벌리 씨, 어제 전화상으로 아내를 찾는다고 하셨는데 자세히 설명해주시지요."

"내 아내는 나를 배신하고 집을 나가버렸습니다."

노인은 힘겨운 듯 한숨을 푹 내쉬었다.

"홈즈 선생이 나를 흉볼지도 모르겠지만, 내 아내는 이제 막 스물여섯 살이 되었답니다. 남들은 딸같이 젊은 여자와 결혼했다고 뒤에서 나를 욕할지도 모르겠습니다만, 그게 뭐 그리 잘못된 일입니까?"

"아닙니다. 사랑한다면 나이가 뭐 그리 문제가 되겠습니까."

"이해해주시니 고맙습니다. 여기 내 아내의 사진이 있습니다."

홈즈는 엠벌리가 건넨 사진을 받아 들었다. 사진 속의 여인은 매우 아름다웠다. 윤기가 흐르는 검은 머리에 커다란 눈동자는 반짝반짝 빛을 발하고 있었고 가슴은 풍만했다. 그녀는 스페인 혈통의 미인이었다.

'아무리 사랑해서 결혼했다지만 이렇게 젊고 아름다운 여인이 저런 노인과 결혼을 하다니.'

홈즈는 차마 입 밖으로 말하지 못한 채 속으로 혀를 찼다

"그런데 부인께서는 왜 집을 나가셨습니까?"

"내 입으로 말하기 정말 부끄럽습니다만……, 아내는 내 친구와 바람이 났습니다."

"친구라면?"

갑자기 화가 치밀어 오르는지 엠벌리의 이마에 핏줄이 서더니 이내 얼굴 근육까지 씰룩거리기 시작했다.

"그자는 우리 집에서 나와 같이 체스를 두던 의사 놈입니다. 나이는 30살가량 되었고, 이름은 레이 어니스트입니다. 그자는 우리 집에 자주 출입하면서 자연스럽게 우리 부부와 친해졌습니다. 환자를 뒤로하고 밤마다 우리 집에 드나들었는데도 나는 바보처럼 그놈을 의심하지 않고 있었지요. 남자답고 당당한 체격에 혈기왕성한 젊은 녀석이 아름다운 여자를 보고 딴 생각을 품는 것은 어찌 보면 당연한 일인데 말입니다."

"정말 전혀 눈치를 채지 못하셨습니까?"

"사실 이 일이 있기 얼마 전에 약간 이상한 느낌을 받은 적이 있긴 합니다. 그래도 나는 그 녀석을 아들처럼 생각하고 있었고, 그런 일이 내 집에서 일어나는 것은 자존심이 허락하지 않았기 때문에 애써 그런 생각을 지워버렸습니다."

"그렇군요."

"더 화가 나는 것은 그 부정한 사람들이 내가 그동안 저축한 돈을 다 들고 도망쳤다는 사실입니다. 놈들은 금고실에 넣어두었던 현금 1만 파운드와 유가증권을 들고 사라져 버렸습니다. 어떻게 그럴 수가 있습니까? 인간의 탈을 쓴 짐승 같은 놈들 아닙니까?"

엠벌리는 치밀어 오르는 분노를 참지 못하고 온몸을 부르르 떨며 두 주먹을 꽉 쥐었다. 그런데 그 모습을 지켜보던 홈즈의 눈이 반짝 빛났다.

"엠벌리 씨, 부인을 찾는 것보다 잃어버린 돈을 찾는 게 더 급하십니까?"

생각지도 않았던 질문에 엠벌리는 당황한 듯 잠시 머뭇거렸다.

"아내를 찾으면 돈도 같이 따라올 것 아닙니까? 유가증권이야 번호를 다 적어뒀으니 놈들이 마음대로 쓰지 못할 테고, 문제는 현금입니다. 그놈들이 그 돈을 다 쓰기 전에 얼른 찾아야 할 텐데……."

"이 모든 사실을 경찰에 알리셨습니까?"

"물론입니다. 놈들이 도망친 다음 날 아침에 바로 신고했습니다."

"경찰 조사에 만족하지 않으셨나 봅니다."

"그렇습니다. 경찰들은 단순히 불륜 사건으로만 보고 대충 조사하는 건지 아무런 단서도 찾지 못하더군요. 오죽하면 내가 선생을 찾아왔겠습니까?"

"수사에 필요해서 그러니 몇 가지 질문을 하겠습니다. 사실대로 이야기해주십시오."

"알겠습니다."

"무슨 이유로 집 안에 금고실을 두셨습니까?"

"사실 가정집에 금고실을 만드는 사람은 별로 없지요. 궁금해하시는 것도 당연합니다. 그런데 그 이유를 설명하자면 내 개인적인 이야기부터 해야 합니다. 나는 가난한 농부의 아들로 태어나 농사일을 도우며 어린 시절을 보냈습니다. 그러나 나이가 들면서 그렇게 단순하게 사는 것이 싫어 무작정 도시로 도망쳤지요. 거기서 이런저런 일들을 하며 닥치는 대로 돈을 벌었습니다. 처음엔 굶기를 밥 먹듯이 했고, 거리에서 잠을 잘 때도 많았습니다. 10년 이상 그렇게 고생을 하고 나니 내 손에 상당한 목돈이 모여 있더군요. 나는 그 돈을 밑천으로 그림 물감 장사를 시작했습니다. 열심히 노력한 끝에 미술 재료 제조사인 브릭스폴 앤 엠벌리 사의 사장까지 역임했답니다. 짧게 축약해서 말했습니다만, 내 인생은 고난의 연속이었습니다. 그러나 나는 그 고난을 끈기로 이겨냈지요."

엠벌리는 말을 잠시 멈추고 지난날을 회상하는 듯 아득한 표정을 지었다. 홈즈는 그런 그의 모습을 잠자코 지켜보기만 했다.

"참, 금고실 이야기를 하다 말았지요. 만족할 만큼 돈을 모으고 나자 미술품들이 눈에 들어오기 시작하더군요. 나는 그동안 구경만 했던 미술품들을 사 모으기 시작했습니다. 그러고 나니 고가의 미술품을 보관할 금고실이 필요해졌습니다."

"그렇군요. 그런데 금고실은 자물쇠로 잠겨 있지 않았습니까?"

"물론입니다. 그런데 나도 모르는 사이 내 열쇠를 복사한 모양입니다. 자물쇠를 억지로 연 흔적이 전혀 없었습니다. 분명 돈을 빼내기 위해 두 사람이 모의를 한 것이겠지요."

홈즈는 엠벌리의 말을 들으며 계속해서 수첩에 메모를 했다.

"레이 어니스트가 당신들의 삶에 끼어들기 전까지 두 분의 생활은 어떠셨습니까? 행복한 결혼 생활이었습니까?"

"나는 아내를 행복하게 해주기 위해 모든 노력을 다했습니다. 혹시라도 생활하는 데 불편할까 봐 에식스 주에 큰 저택을 구입했고, 목돈을 들여 가스와 수도까지 설치해주었습니다."

"아내를 위해 많은 노력을 하셨군요."

홈즈의 말에 엠벌리는 고개를 끄덕이며 짧은 한숨을 내쉬었다.

"홈즈 선생, 이제 대략적인 이야기는 다 했으니 사건을 맡아주십시오."

"알겠습니다. 일단 제게 연락처를 주시지요."

"여기 명함이 있습니다."

엠벌리는 주머니에서 명함 한 장을 꺼내 홈즈에게 건네

주었다. 그런데 그 명함에는 초록색 얼룩들이 많이 묻어 있었다.

"이런, 죄송합니다. 선생께 드리려고 명함을 찾았는데 눈에 띄는 게 이것밖에 없어서 말입니다."

"은퇴하셨다고 하더니 아직도 집에서는 작업을 하시나 봅니다."

"아내가 집을 나간 뒤 끓어오르는 분노를 주체하지 못하다가 그 화를 억누르기 위해 벽에 페인트칠을 하기 시작했습니다. 오죽하면 그런 일까지 하겠습니까?"

엠벌리는 우울한 얼굴로 자리에서 일어서며 말했다.

"그럼 언제 저희 집에 들르실 겁니까?"

"죄송합니다만, 당장 제가 찾아갈 수는 없을 것 같습니다. 제가 요즘 조사 중인 사건이 오늘 내일 사이에 큰 전환점을 맞게 될 것 같아서 자리를 뜨기 곤란합니다."

"그러면 저는 어쩌란 말입니까?"

엠벌리가 실망스런 얼굴로 말했다.

"걱정 마십시오. 저와 대부분의 사건을 함께 조사하는 왓슨 박사가 댁을 찾아갈 겁니다. 저 못지않게 잘 조사할 테니 안심하셔도 됩니다."

"알겠습니다. 하지만 홈즈 선생도 되도록 빨리 이 사건에 집중해주시기 바랍니다."

어깨가 축 처진 엠벌리는 홈즈와 악수를 나누고 방에서 나갔다.

"왓슨, 이야기를 다 듣고 나니 무슨 생각이 드나?"

"글쎄, 불륜을 저지른 남녀가 남편의 돈을 들고 도망친 사건 이상의 의미가 있을까?"

"자네 생각이 맞는지 아닌지는 조사해보면 알겠지. 괜찮다면 자네가 먼저 가서 사건을 조사해주겠나?"

"자네와 함께가 아니고?"

"자네를 먼저 보내겠다고 했으니 약속대로 하자면 나는 나중에 가야 하네."

"그렇지 않아도 궁금했는데, 자네는 왜 있지도 않은 사건 핑계를 댔나? 혹시 자네도 이 사건을 단순한 불륜 사건 정도로 생각한 것은 아닌가?"

"그건 나중에 알게 될 테니 일단 루이셤으로 가주게. 지금 말할 수 있는 것은 자네의 생각과는 다르게 나는 이 사건에 매우 흥미를 갖고 있다는 걸세. 왓슨, 엠벌리 씨의 집에 가거든 무엇 하나 허투루 보지 말고 모든 감각과 두뇌를 동원해서 철저하게 조사하길 바라네."

홈즈는 내 어깨를 두드리며 부탁한다는 말을 덧붙였고, 나는 열심히 조사하겠다는 말을 남기고 사무실을 나섰다.

2. 지독한 페인트 냄새

다음 날 아침, 나는 새벽차를 타고 루이셤으로 향했다. 기차를 타고 가는 내내 나는 오랜만에 혼자 하는 여행의 즐거움을 만끽하고 있었다. 그때까지만 해도 나는 이 사건이 영국을 발칵 뒤집어놓게 될 거라고는 생각지도 못했다.

아무튼 나는 엠벌리의 집에 도착해 그에게서 자세한 사건 경위를 들었다. 그런 다음 집 안팎을 조사했고, 저녁 늦게 베이커가로 돌아왔다.

방에 들어가니 홈즈가 차 한 잔을 앞에 두고 파이프를 문 채 나를 반겼다.

"왓슨, 수고 많았네. 조사는 잘하고 왔나?"

"열심히 한다고 했는데 자네에게 도움이 될 만한 것들인지는 모르겠군."

"자, 이제 자네가 조사한 내용을 이야기해보게."

홈즈는 자세를 고쳐 앉더니 한마디도 놓치지 않겠다는 듯 나를 똑바로 쳐다보았다.

"새벽부터 서둘러서 기차를 타고 그곳에 도착하니 아침 8시 30분이더군. 혹시나 하고 주변을 둘러봤지만 나를 마중 나온 사람은 없었네. 하는 수 없이 지나가는 사람에게 길을 물어 엠벌리 씨의 집으로 향했지. 그런데 자네도 알다시피 그곳 거리는 단조로운 벽돌 건물만 즐비하게 늘어서 있었네. 아침부터 푹푹 찌는 날씨에 상당히 긴 거리였기 때문에 걷는 게 힘들었지."

"여보게, 왓슨. 본론으로 빨리 들어가게."

홈즈가 중간에 끼어들며 이야기를 재촉했다.

"알겠네. 똑같은 집들 사이에서 엠벌리 씨의 집을 찾느라 두리번거리고 있었는데, 마침 길거리에서 담배를 피우며 걸어오는 남자가 눈에 띄더군. 키가 매우 크고 콧수염을 잔뜩 기른 사내였는데, 옷차림은 매우 허름했네. 내가 엠벌리 씨의 집을 아느냐고 묻자 대답은 않고 그냥 고갯짓으로 집을 가리키더군. 나는 그가 나를 살피고 있다는 것을 눈치 챘지만 그냥 모르는 척하고 고맙다는 인사만 했네."

"그렇군. 그 외에 그자의 인상착의를 잘 기억하고 있나?"

"글쎄, 파란색 넥타이를 매고 있었던 것 같긴 한데……."

"알겠네. 이야기를 계속해보게."

"엠벌리 씨의 집은 헤이븐 저택이라고도 불리더군. 높은 벽돌담이 매우 넓은 저택을 사방으로 둘러싸고 있었네. 그런데 정원은 사람의 손이 닿은 지 오래된 것 같더군. 온통 잡초가 무성하게 자라 있었고, 나무들은 가지치기를 한 건지 알 수 없을 정도였네. 사방으로 마구 뻗어나가 있었거든. 대체 이 집의 주부는 어떤 사람이었을까 하는 의문이 들 정도로 형편없는 상태였어. 진입로를 쭉 걸어 들어가 현관에서 초인종을 누르자 엠벌리 씨가 나왔네."

"가까이서 보니 어떤 느낌이던가?"

"어제 봤을 때와 그리 다르지는 않았네. 근심이 너무 많아서 등까지 저렇게 굽었나 싶을 정도로 힘들어 보였어. 아무튼 그 사람은 열심히 페인트칠을 하고 있었네."

"초록색 페인트이었겠군."

"맞았네. 온통 초록색이었다네."

"흠, 그렇군. 그런데 어디를 칠하고 있던가?"

"거실 벽을 칠하고 있었네. 집 안도 정원처럼 청소한 지 오래되었는지 온통 엉망이었어. 거기에 페인트 냄새까지 지독해서 머리가 몹시 아프고 토할 것처럼 속이 좋지 않았네."

"거실 벽에만 페인트칠을 했던가?"

"복도 벽에는 이미 페인트칠을 다 했더군. 그곳의 페인트는 며칠 전에 칠했는지 이미 다 말라 있었어."

"왜 페인트칠을 했는지 물어보았나?"

"당연히 물어보았네. 그러자 그는 '사람은 아픔을 잊기 위해서 무엇이든 해야 하오'라고 답하더군. 나 역시 이상한 행동이라고 생각하긴 하지만 극도의 흥분 상태에서 무슨 짓인들 못하겠나."

홈즈는 턱을 매만지며 잠시 생각에 잠기더니 이야기를 계속하라는 듯 손을 들어 올렸다.

"엠벌리 씨는 나를 서재로 안내했고, 거기에서 자세한 이야기를 들려주었네. 대부분의 이야기는 자네에게서 들은 이야기와 같았어. 그는 자네가 오지 않은 점에 대해 무척 실망하고 있었네. '내가 돈을 다 잃어버린 마당에 셜록 홈즈 선생처럼 유명한 탐정이 내 사건에만 집중할 거라고는 나도 생각하지 않았지만……'이라고 말하면서 내 눈치를 살피더군. 나는 홈즈는 돈으로 사건을 판단하지 않으니 걱정 말라고 그를 안심시켰다네."

"엠벌리 씨는 돈에 상당히 민감하게 반응하더군. 아내가 집을 나갔다는 사실보다 돈을 가져갔다는 사실에 더 화를 내는 것 같았어."

"설마 그랬겠나. 아무튼 그는 두 사람이 바람났다는 사실에 엄청나게 화를 냈네. 거의 한 시간 동안 그들을 욕하면서 같은 이야기를 되풀이했어. 아들처럼 생각했던 의사와 온갖 응석을 다 받아주며 떠받들었던 아내가 눈이 맞아 도망쳤으니 그럴 만도 하지."

내 말에 홈즈는 담배를 한 모금 빨면서 뜻 모를 미소를 짓고 있었다.

"왓슨, 자네 부엌도 조사해보았나?"

"물론이네. 엠벌리 씨 말대로 가스와 수도 시설이 잘되어 있었네. 많은 돈을 들여서 가스와 수도를 설치해준 것을 보면 역시 그는 아내를 많이 사랑했던 것 같네."

그런데 내 말에 홈즈는 개운치 않은 표정이었다.

"왓슨, 자네라면 아내를 위해 가스나 수도를 끌어다 주겠나 아니면 하녀를 두겠나? 내 생각에는 하녀를 두는 편이 아내를 더 편하게 하는 방법인 것 같은데……."

"그렇게 생각할 수도 있겠군."

"금고실도 보았나?"

"보았네. 금고실은 거실 중앙에 있었는데 마치 은행에 있는 금고실처럼 철문까지 달려 있었어. 도난 방지에 꽤나 신경을 써서 만든 것 같았네."

"크기는 얼마나 되어 보이던가?"

"대략 길이가 4미터, 폭이 3미터쯤 되는 방이었네. 방 안

에는 엠벌리 씨가 모아놓은 미술품들이 있었어. 그는 '이곳에 유가증권과 현금 1만 파운드를 넣어두었는데 두 놈이 그걸 가지고 사라져버렸다'면서 무척 화를 냈네."

"혹시 금고실 안에도 페인트칠을 했던가?"

"그렇더군. 그래서 금고실에서는 도저히 오래 있을 수가 없었네. 밀폐된 공간이어서 그런지 냄새가 더 지독했거든. 조금만 더 있었으면 토하고 말았을 거야."

나는 컵을 들어 물을 한 모금 마시고 이야기를 계속했다.

"참, 흥미로운 사실을 한 가지 더 알아왔네. 그들이 사라지던 날, 엠벌리 씨는 아내를 기쁘게 해주려고 헤이마켓 극장표를 두 장 샀다는군. 그런데 저녁이 되어 공연을 보러 가자고 하니까 아내가 두통이 심하다며 자기는 못 가겠다고 했다네. 엠벌리 씨는 할 수 없이 혼자서 공연을 보러 갔다더군. 그런데 그가 공연을 보고 밤 11시가 다된 시각에 집에 돌아와 보니 아내는 집에 없고 금고실은 텅 비어 있었다는 거야. 그는 허탈한 얼굴로 내게 표 한 장을 보여주며 아내 몫으로 사두었던 표라고 말했네."

"매우 흥미로운 이야기인걸. 그런데 자네 그 좌석 번호를 기억하지는 못하지?"

홈즈의 말에 나는 발끈해서 나도 모르게 큰소리로 말했다.

"무슨 소린가? 똑똑히 기억하고 있네. 2층 B열의 31번이었네."

"대단하군. 부인의 자리가 31번이었다면 엠벌리 씨의 자리는 30번이나 32번이었겠군. 자네가 중요한 단서를 제공한 셈이야."

홈즈가 웃으며 말하자 나는 순간 발끈했던 게 미안해졌다.

"사실은 학교 다닐 때 내 번호와 같아서 쉽게 기억할 수 있었다네."

내 말에 홈즈는 더욱 크게 웃으며 수첩에 번호를 메모했다.

"이제 다 이야기한 건가?"

"뭐, 이건 별로 중요한 것 같진 않네만."

"여보게, 왓슨. 나랑 그토록 오랫동안 일을 해놓고도 그런 말을 하는건가? 사건 현장 주변에서 일어나는 일은 무엇 하나 가볍게 볼 것이 없다네."

"알겠네. 내가 그에게 이 저택이 나른 집과 거리가 좀 멀어서 위급상황이 발생하면 어떻게 하느냐고 물었네. 건장한 하인이라도 두고 있으면 안심이 되지 않겠느냐고 하면서 말이야. 그랬더니 그가 서랍에서 권총 한 정을 꺼내 보여주더군. 6연발 리볼버였는데 그것이 있으면 안심이 된다면서 걱정 말라고 하더군."

"그랬군. 엠벌리 씨가 또 남긴 말은 없나?"

"있네. 그는 내게 '런던으로 돌아가시면 홈즈 선생께 이곳으로 빨리 와달라고 전해주십시오. 그분이 오시면 금방 찾을 수 있을 것 같습니다'라고 간절하게 말하더군."

"과연 그가 진짜로 찾고 싶은 것이 무엇인지 알고 싶군."

홈즈는 묘한 미소를 지으며 고개를 끄덕였다.

3. 가짜 전보

자리에서 일어난 홈즈는 옆방으로 들어가며 내게 말했다.

"왓슨, 여기서 잠깐만 기다려주게."

나는 그동안 차를 마시며 홈즈가 나오기를 기다렸다.

잠시 후 홈즈가 들어갔던 방문이 스르르 열리더니 낯선 사내 한 명이 등장했다.

"당신은 누구요?"

이상한 사내의 등장에 놀란 나는 자리에서 벌떡 일어서며 물었다. 그런데 그 사내는 나를 보며 빙그레 웃고 있었다.

"당, 당신은 루이셤에서 내게 길을 가르쳐준 젊은이가 아니오?"

"나를 본 기억이 나나?"

훌쩍큰 키에 콧수염을 기른 사내는 자신이 매고 있는 파란 색 넥타이를 손가락으로 탁탁 튀기면서 씩 웃었다.

"이보게, 왓슨. 아무리 내 변장 실력이 뛰어나다고 나를 못 알아보는 건가?"

"아니, 그 젊은이가 자네였단 말인가? 그렇다면 자네도 루이셤에 갔다는 말인데, 왜 나와 함께 움직이지 않았나?"

나는 서운한 마음에 불만스런 목소리로 말했다.

"화내지 말게, 왓슨. 나는 보이는 것이 이 사건의 전부가 아닌 것 같다는 생각이 들어서 미리 조사하러 간 거라네."

"그래서 수확이 있었나?"

"있긴 했지. 나는 마을 곳곳을 돌아다니면서 그들 부부와 의사에 대해 물으면서 정보를 수집했네. 자네도 내 부탁에 따라 열심히 조사한 것은 인정하네. 그렇지만 중요한 것들을 놓친 것이 많아."

"내가 놓친 게 뭔가?"

나는 퉁명스럽게 대답함으로써 결국 불편한 속내를 드러내고 말았다.

"부탁이니 기분 나쁘게 생각하지 말게. 그 누구도 자네보다 잘해내지는 못했을 걸세. 하지만 그것이 내 기준에는 조금 못 미치네. 자네는 엠벌리 부부의 평판이 어떤지에 대해 동네 사람들에게 물은 적이 있나? 의사 선생이 바람둥이 같은 인간인가에 대해서는? 자네 같은 인상에 자네의 말솜씨 정도면 누구라도 의심 없이 사실을 말해줬을 텐데 말이야."

"흠, 알겠네. 지금이라도 다시 조사하라면 그렇게 하겠네."

"아니, 그럴 필요는 없네. 내가 이미 조사를 마쳤으니까. 알아보니 엠벌리 씨가 우리에게 말한 내용들은 거의 대부분 사실이었네. 하지만 그것만으로는 모자라지. 우선 엠벌리 씨는 소문난 구두쇠라는군. 내가 아까 하녀 이야기를 한 것도 그 때문이었네. 식료품점 주인에게 물어보니 그 부인은 하녀가 없어서 먼 거리를 걸어서 물건을 사러 직접 왔다고 하더군. 그리고 무거운 물건을 혼자서 들고 집까지 다시 걸어갔고. 부인에게 자상하기보다는 모질고 혹독했다고 표현하는 사람이 많았네. 그래서 사람들은 부인이 의사와 바람이 나서 도망친 것이 당연하다고 입을 모으더군."

"설령 그가 구두쇠라고 하더라도 지금은 모든 것을 잃은 불쌍한 노인에 불과하지 않는가."

"그것은 절대 아니야. 절대로!"

"홈즈, 뭔가 숨기는 것이 있나?"

"그렇지 않네. 다만 시간이 좀 필요할

뿐이야. 그나저나 지금 나와 함께 루이셤으로 출발할 수 있겠나?"

"갈 수는 있네만, 곧 저녁이 될 텐데."

"나는 아직 그의 집 내부에는 들어가보지 못했으니 오늘은 꼭 들어가서 확인을 해봐야겠네. 게다가 엠벌리 씨도 내가 방문하기를 목이 빠져라 기다리고 있지 않은가. 물론 나는 몰래 들어갈 생각이지만."

"엠벌리 씨의 눈을 피해 그 집에 들어가는 게 가능하겠나?"

"물론 생각해놓은 수가 있지."

홈즈는 책장에서 두꺼운 인명록을 찾아 펼쳤다. 그러더니 빠르게 전보를 쓰기 시작했다.

조지아 엠벌리 귀하

사라진 1만 파운드의 행방과 초록색 페인트의 비밀을 알고 있음. 당장 리틀 펄링턴으로 와주기 바람.

앨런 목사

홈즈는 초인종을 눌러 심부름꾼을 부른 다음 곧바로 전보를 치라고 부탁했다. 나는 대체 홈즈가 무슨 일을 벌이고 있는지 궁금해서 미칠 지경이었다.

"홈즈, 앨런 목사는 대체 누구인가?"

"나도 모르네. 인명록에서 뽑은 이름이야."

"엠벌리 씨가 모르는 사람이 보낸 전보를 보고 그대로 갈 것 같은가?"

"분명히 갈 것이네. '초록색 페인트의 비밀을 알고 있다'는 말이 그를 그곳으로 움직이게 할 테니 걱정 말게."

"그가 거기로 간 사이에 자네가 그 집에 몰래 들어갈 생각이로군."

"엠벌리 씨가 전보를 받고 리틀 펄링턴으로 갔다가 가짜 전보인 것을 확인하고 바로 돌아온다고 가정하면 그는 9시가 넘어야 집으로 돌아올 수 있네. 그리고 왓슨, 한 가지 분명히 해둘 것이 있는데, 그 집에 들어갈 사람은 내가 아니라 우리일세."

홈즈는 장난기 가득한 얼굴로 나를 보며 웃었다.

4. 수상한 단서

우리는 주위가 어둑해질 무렵에 루이셤에 도착했다. 홈즈와 나는 서둘러 극장으로 향했다. 극장은 번화한 거리 한복판에 있어서 찾기가 쉬웠다.

홈즈는 극장 매표소로 성큼성큼 걸어가더니 직원에게 물었다.

"실례지만, 7월 1일 매표 장부를 볼 수 있겠습니까?"

"당신이 누군데 그런 것을 요구하는 거요?"

직원은 의심스럽다는 눈초리로 우리를 훑어보더니 퉁명스럽게 말했다.

"사건 조사를 위해 경찰에서 나온 사람들입니다."

경찰이라는 말에 직원은 더 이상의 의심이나 확인 절차

도 없이 떨리는 손으로 장부를 건네주었다.

"무슨 사건인가요?"

직원이 호기심 가득한 얼굴로 물었지만, 홈즈는 아무런 대꾸도 하지 않고 그저 장부만 살펴보았다.

"역시, 내 생각이 맞았어. 그날 밤 이층 B열에서는 31번 자리밖에 팔리지 않았어."

"두 자리가 아니라 한 자리만 팔렸다고?"

홈즈는 내 질문에는 답하지 않고 지나가는 안내원을 붙잡았다.

"혹시 7월 1일 밤에 이층 B열에서 등이 굽고 다리가 불편한 노인을 안내한 적이 있습니까?"

아직은 소녀 티가 나는 안내원은 눈동자를 이리저리로 굴리며 생각하더니 대답했다.

"아니오. 그런 사람을 본 적은 없어요. 그날은 희한하게도 이층에 손님이 한 명도 없었어요."

홈즈는 안내원에게 고맙다는 인사를 남기고는 내 팔을 끌고 극장 밖으로 나왔다.

"역시 내 예상대로군. 서서히 엠벌리 씨의 거짓말이 드러나고 있네. 그는 그날 밤 극장에 간 적이 없어. 표도 2층 B열 31번 한 장만 샀고."

"대체 그런 거짓말은 왜 한 걸까?"

“당연히 자신의 행적을 증거로 남기기 위해서지. 그가 그 표를 자네에게 보여준 것이 그에게는 치명적인 실수가 된 셈이로군. 뜻하지 않게 자네가 그 번호를 외워버렸으니 말일세.”

“그런데 홈즈, 자네는 엠벌리 씨를 의심하는 것 같은데, 맞나?”

궁금증을 이기지 못하고 묻자 홈즈는 미간을 찌푸리며 말했다.

“왓슨, 내가 확실해지기 전에 그런 질문에 대답한 적이 있던가? 재촉하지 말고 조금만 기다리게. 이제 곧 알게 되겠지."

우리는 곧바로 마차를 타고 엠벌리의 집으로 향했다. 저택으로 향하는 내내 홈즈는 굳게 입을 다물고 줄곧 깊은 생각에 빠져 있었다.

엠벌리의 저택에 도착했을 때는 이미 사방이 어두워진 후였다. 저택 안은 불이 모두 꺼져 있어서 사방이 어두웠고 사람의 기척 또한 없었다.

"우리 예상대로 엠벌리 씨는 목사를 만나러 간 것 같군. 9시까지는 마음 놓고 조사할 수 있겠어. 왓슨, 우선 현관문을 열고 들어가세."

홈즈가 주머니에서 끝이 얇고 뾰족한 송곳을 꺼내 현관 문고리를 건드리자 문은 금세 열렸다.

"언제 봐도 자네 실력은 대단하단 말이야."

내가 낮은 목소리로 말하자 홈즈가 빙그레 웃으며 답했다.

"나도 그렇게 생각하네. 나는 탐정이면서도 도둑 같은 짓을 잘한단 말이야."

홈즈는 주머니에서 손전등 두 개를 꺼내더니 내게 한 개를 건네주었다. 그리고 손전등을 켜서 복도 벽을 비추며 말했다.

"자네 말대로 페인트 냄새가 지독해서 속이 메스꺼울 정도야. 아무래도 수상하군."

집에는 사람이 없었지만 우리는 조심스럽게 복도를 통과해 거실에 도착했다.

"이걸 보게, 왓슨. 엠벌리 씨는 많은 돈을 들여 가스관을 설치했으면서도 거실에서는 아직까지도 석유 램프를 쓰고 있네. 가스보다 값이 싸서 그런 거겠지. 역시 구두쇠라는 사람들의 평이 맞았어."

사방을 둘러보던 홈즈는 금고실을 발견하고는 그 앞으로 가서 다시 자물쇠를 열 도구들을 꺼냈다. 이번에도 홈즈는 쉽게 자물쇠를 열었다. 그러고는 만족한 듯 씩 웃었다.

홈즈가 금고실의 문을 열자 페인트의 역한 냄새가 확 밀려왔다. 우리는 숨을 참으며 손으로 코와 입을 막았다. 홈즈는 손전등으로 금고 내부를 비춰보더니 손가락으로 벽을 만져보았다.

"금고 벽은 며칠 전에 칠했는지 다 말라 있군 그래. 자네 말대로 밀폐된 공간이라 냄새가 아주 심하군."

이번에는 천장을 비추던 홈즈가 이상하다는 듯 말했다.

"여기는 가스등이 설치되어 있군. 거실에서는 석유등을 쓰면서 금고실에서는 가스등을 쓴다?"

갑자기 금고실로 나간 홈즈가 거실에서 의자를 가지고 왔다. 그리고 의자 위로 올라서서 가스등을 살펴보기 시작했다.

“심지가 없는 가스등이라. 역시 내 예상대로야.”

혼잣말을 중얼거리며 의자에서 내려온 홈즈는 이번에는 손전등으로 바닥을 비추며 혹시라도 남아 있을 증거를 찾았다. 한참 동안 금고실 바닥을 샅샅이 훑어보던 홈즈가 갑자기 소리쳤다.

“여기다! 여기 글씨가 있다!”

나는 손전등이 비추고 있는 곳을 자세히 들여다보았다.

과연 거기에는 갈겨쓴 듯 보이는 글씨가 있었다.

"왓슨, 이것을 한번 읽어 보게."

"우리는[We're] 사[mu]……, 이게 무슨 말이지? 중간에 끊겨 있어서 알 수가 없군."

"조금 있으면 알게 되겠지. 내가 보고 싶은 것은 다 봤으니 일단 여기서 나가세."

우리는 다시 복도를 지나 현관으로 나갔다.

그런데 현관문을 열고 집을 나서는 순간 엄청나게 밝은 빛이 쏟아져 들어왔다. 그리고 놀라 돌아서는데 누군가 홈즈의 어깨를 잡는 것이 보였다. 하지만 눈이 부셔서 그가 누구인지 확인할 수가 없었다.

"누구냐?"

갑작스런 상황에 놀란 내가 소리치자 상대편은 이번에는 내 팔을 확 잡아챘다.

"그러는 네놈은 누구냐?"

그때 홈즈가 소리쳤다.

"혹시 맥키넌 경위 아니십니까? 저는 셜록 홈즈입니다. 이쪽은 왓슨 박사고요."

홈즈의 말에 손전등을 들고 있던 경위가 흠칫 놀랐다.

"당신이 셜록 홈즈란 말이오?

경위는 손전등으로 홈즈의 얼굴을 비추더니 이상하다는

듯 물었다.

"아니, 홈즈 선생, 주인도 없는 집에서 지금 뭐하시는 겁니까?"

"오해하지 마십시오. 우리는 엠벌리 씨의 부탁을 받고 사건을 조사하던 중이었습니다."

홈즈의 말을 들은 경위는 고개를 끄덕이며 손전등을 껐다.

"경위도 사건을 조사하던 중이셨습니까?"

"저는 순찰을 돌던 중이었습니다."

"죄송합니다만, 이 사건과 관련해서 제가 몇 가지 질문을 해도 괜찮겠습니까?"

"말씀해보십시오."

"엠벌리 씨가 사건을 신고한 시간이 언제입니까?"

"7월 2일 오전 10시경입니다."

"전날 밤에 사라진 것을 발견한 것치고는 좀 늦은 시간이군요."

홈즈가 혼잣말처럼 중얼거리더니 다시 물었다.

"신고를 받고 이 집에 도착했을 때 벽에 페인트가 칠해져 있던가요?"

"그렇습니다. 금고실 벽까지 페인트를 칠해놓았더군요. 엠벌리 씨는 화를 주체할 수 없어서 밤새 페인트칠을 했다고 말했습니다. 아무튼 현장에 도착했을 때 굉장히 역한 냄새가 온 집 안에 가득했습니다."

"혹시 그날 집 안을 조사하다가 특이한 사항을 발견하신 게 있으십니까?"

갑자기 경위가 경계하는 듯한 표정으로 입을 굳게 다물어버렸다. 그러자 홈즈가 부드러운 목소리로 차분하게 설명했다.

"경위가 이 사건을 위해 노력하고 있다는 것은 말하지 않아도 잘 알고 있습니다. 저는 항상 사건을 해결하는 데만 관심을 둘 뿐 그것으로 공로를 인정받거나 명예를 얻으려는 욕심은 없습니다."

"그렇게 이야기하시니 말씀드리지요. 그날 엠벌리 씨의 침실을 조사하면서 이상한 점을 발견했습니다. 화장대에 부인의 화장품이 그대로 있었고, 옷장 안에도 질 좋은 드레스 몇 벌이 걸려 있었습니다."

"그게 무슨 의미가 있습니까?"

내가 묻자 경위는 다소 거만한 표정으로 말했다.

"나는 10년이 넘게 경찰직을 수행한 사람입니다. 그러니 범인의 심리 상태쯤은 훤하게 꿰고 있지요. 그들은 일단 쉽게 도망치기 위해 돈과 유가증권만 가지고 사라졌습니다. 하지만 여자들은 자기 옷과 화장품에 애착을 갖게 마련입니다. 즉, 부인은 거처를 마련하는 대로 자신의 물건들을 가지러 이곳에 들를 것이라는 말입니다. 사실 나는 이곳을 단순히 순찰하기 위해 온 것이 아닙니다. 사건이 일어난 후부터 줄곧 그들이 돌아올 것에 대비해 잠복하고 있었습니다."

"그 덫에 우리가 걸려든 셈이로군요. 그런데 경위, 당신이 기다리는 사람들은 절대 오지 않을 겁니다."

홈즈가 단호하게 말하자 경위가 불쾌한지 따지듯 소리쳤다.

"대체 무슨 근거로 그런 말도 안 되는 소리를 한단 말입니까? 지금 나의 수사 능력을 의심하는 겁니까?"

"흥분을 가라앉히고 제 이야기를 들어보십시오. 경위 말처럼 그들이 제 발로 걸어올 수 있다면 얼마나 좋겠습니까. 그러나 그들은 절대 여기로 돌아올 수 없습니다. 무엇보다도 이 사건의 범인은 그들이 아닙니다. 이제 곧 9시가 되면 진짜 범인이 이곳으로 올 것입니다. 채 20분도 남지 않았으니 그때까지만 기다려주십시오."

"진짜 범인이 온다니 대체 무슨 말인지……."

경위는 믿을 수 없다는 얼굴로 고개를 가로저었다. 그러나 홈즈는 그를 이끌고 다시 집 안으로 들어가 거실로 향했다.

"경위, 여기 거실 문 뒤에 숨어 계십시오. 범인이 오고 때가 되면 내가 신호를 보낼 테니 그때까지는 나오지 마십시오."

홈즈가 진지하게 설명했지만, 경위는 여전히 미심쩍은 표정이었다.

"일단 홈즈 선생이 시키는 대로 하기는 하겠지만 영 탐탁지 않군요."

"경위, 저를 믿고 따라주신다면 이 사건의 공적은 모두 경위에게 돌아갈 겁니다. 아까도 말씀드렸다시피 저는 사건을 해결하는 데만 관심이 있을 뿐이니 나머지 명예는 경위님이 다 가져가십시오."

썩 괜찮은 제안이었던지 경위가 고개를 끄덕였다.

"이제 나타날 범인은 매우 위험한 인물입니다. 게다가 총을 가지고 있으니 더욱더 조심해서 행동해야 합니다."

홈즈가 말을 마치자 경위는 문 뒤로 숨었고, 나는 홈즈와 함께 탁자 아래에 몸을 숨겼다.

5. 범인의 정체

얼마 지나지 않아 가까운 곳에서 마차 멈추는 소리가 들렸다. 잠시 후 현관문 여는 소리가 나더니 발소리가 거실 쪽으로 이어졌다. 누군가가 거실 문을 열고 들어서자 홈즈가 자리에서 벌떡 일어나더니 그 얼굴에 손전등을 비췄다. 그러자 시커먼 어둠 속에서 깜짝 놀란 엠벌리의 얼굴이 환하게 드러났다.

"누구요? 누가 남의 집에서 이런 짓을!"

당황한 엠벌리가 소리치자 홈즈가 말했다.

"왓슨, 어서 불을 켜게."

나는 재빨리 몸을 움직여 램프에 불을 붙였다. 주위가 밝아지자 엠벌리는 안도의 한숨을 내쉬더니 어이없다는 듯 말했다.

"아니, 왓슨 씨, 저 사람은 누굽니까?"

엠벌리가 변장을 하고 있던 홈즈를 알아볼 리 없었다. 홈즈는 안경과 콧수염을 떼서 자신을 확인시킨 후 다시 본래의 청년 모습으로 돌아갔다.

"놀랐잖습니까. 홈즈 선생? 대체 이 시간에 그런 모습으로 여기에 어쩐 일이십니까?"

"내가 하루빨리 사건을 조사하기를 바라지 않으셨던가요?"

"물론 그랬지요. 하지만 이렇게 한밤중에 나도 없는 사이에 오실 줄은 몰랐습니다. 대체 현관문은 어떻게 연 겁니까?"

엠벌리가 다소 언짢은 목소리로 말했다.

"아니, 여기 금고실 문도 열려 있지 않습니까?"

엠벌리가 의심의 눈초리로 홈즈를 노려보았다. 그러나 홈즈는 미동도 하지 않은 채 태연하게 말했다.

"시신 두 구는 어디에 두셨습니까?"

홈즈의 말에 엠벌리의 얼굴 근육이 부들부들 떨렸다. 그는 매서운 눈초리로 홈즈를 노려봤다.

"무슨 소리요! 하루빨리 바람난 인간들을 찾아서 내 돈을 되찾게 해달라고 부탁했더니 나를 살인자로 모는 거요?"

"엠벌리 씨, 당신이 지금 어디서 왔는지 내가 맞춰볼까요? 리틀 펄링턴에서 앨런 목사를 만난 뒤 허탕을 치고 오는 길 아닙니까?"

홈즈가 따지듯 묻자 엠벌리의 얼굴에 당황한 기색이 역력했다.

"당신이 그걸 어떻게 알고 있소?"

"당신이 받은 전보는 바로 내가 보낸 것입니다. 당신은 '초록색 페인트의 비밀을 알고 있음'이라는 말에 놀라 부랴부랴 그곳까지 찾아간 것 아닙니까? 앨런 목사가 그 전보와 전혀 상관없는 사람이라는 것을 알고 난 후 더 불안한 마음으로 집에 돌아오지는 않았습니까?"

"내가 바보처럼 장난 편지에 놀아난 것은 사실이지만 그게 내가 그들을 살해했다는 증거가 되지는 않잖소? 말이 되는 소리를 좀 하시오."

엠벌리는 덜덜 떨리는 입술을 꽉 깨물었다.

"증거요? 얼마든지 댈 수 있습니다. 우선 당신은 왓슨 박사에게 7월 1일 저녁에 극장에 혼자 갔다고 했지요?"

"그, 그렇소. 아내가 많이 아파서 어쩔 수 없었소."

"하지만 당신은 그날 극장에 가지 않고 집 주변에서 아내를 감시하고 있었습니다."

"무슨 소리요? 내가 표까지 다 보여주지 않았소."

"당신이 표를 보여주는 바람에 당신의 거짓말이 들통 났습니다. 여기 오기 바로 전에 극장에 들렀거든요. 그날 밤 2층 B열에는 손님이 한 명도 없었다더군요. 거기서 일하는 안내원이 확인해주었습니다."

홈즈가 조목조목 설명하자 엠벌리의 얼굴이 점차 흙빛으로 변해갔다.

"당신은 분명 그늘진 정원 어딘가에 몸을 숨기고 부인을 지켜보고 있었을 테죠. 그때 의사 선생이 체스를 두기 위해 집으로 찾아왔을 거고 말입니다. 당신이 없어도 의사 선생은 돌아가지 않고 부인과 차를 마시며 정답게 이야기를 나누었겠죠. 타오르는 질투심에 온몸을 떨던 당신은 자리를 박차고 일어나 집 안으로 들어갔지요. 당신을 본 두 사람의 반응이 어떻던가요? 몹시 놀란 나머지 찻잔을 떨어뜨리기라도 하던가요?"

갑자기 엠벌리의 얼굴이 흉측하게 일그러졌다. 홈즈는 아랑곳하지 않고 말을 이었다.

"그게 아니면 금세 아무렇지도 않은 얼굴로 '체스를 두러 왔는데 안 계셔서 차만 마시고 가려고 했습니다'라고 말하던가요. 아무튼 당신은 이들을 가만두지 않겠다고 결심했습니다. 하지만 일단은 끓어오르는 분노를 꾹 참으며 아무렇지도 않은 표정으로 인사를 했을 겁니다. 그리고는 미술품을 구경시켜주겠다는 핑계를 대면서 그들을 금고실로 들어가게 했지요. 그들은 별다른 의심 없이 금고실 안으로 들어갔고, 당신은 다른 이유를 대며 금고실 밖으로 나왔지요. 그런 뒤 밖에서 자물쇠로 금고실을 잠가버렸습니다."

"대체 당신은!"

엠벌리가 죽일 듯이 노려보며 소리쳤지만, 홈즈는 차분하게 이야기를 계속했다.

"갑자기 캄캄한 곳에 갇힌 그들은 문을 두드리며 내보내달라고 소리쳤습니다. 하지만 당신은 그들이 울부짖는 소리를 들으며 금고실 뒤로 향했지요. 아까 살펴보니 금고실에 있는 가스등에는 심지가 없더군요. 무엇에 쓰려고 심지도 없는 가스등을 설치했을까요? 그 가스등은 불을 밝히기 위한 것이 아니라 사람을 죽이기 위한 것이었습니다. 당신은 금고실 뒤에 있는 가스 스위치를 내렸습니다. 그러자 금고실의 가스등에서 가스가 뿜어져 나오기 시작했지요. 공포에 질린 두 사람은 살려달라며 절규했습니다. 하지만 당신은 당신의 자존심을 다치게 한 두 사람에게 복수하는 쾌감에 젖어 있었지요. 얼마 지나지 않아 두 사람은 결국 죽음을 맞이했습니다. 캄캄한 금고실에서 가스로 살해당한 거지요. 또 당신은 집 안에 가득 찬 가스 냄새를 없애기 위해 온 집안에 페인트칠을 하는 잔꾀를 부렸지요? 그러나 그런 잔꾀에 넘어갈 내가 아닙니다."

차가운 목소리로 말을 마친 홈즈는 엠벌리를 무섭게 노려보았다. 그때였다. 갑자기 엠벌리가 짐승이 울부짖는 것 같은 괴성을 지르며 자리에서 벌떡 일어났다. 발을 동동 구르고 팔을 마구 휘저으며 소리치는 그의 얼굴은 흉측한 악마처럼 변해 있었다. 우리가 그 모습에 잠시 넋을 놓고 있는 사이, 어느새 그는 손에 6연발 권총을 들고 있었다. 야비한 얼굴로 우리를 번갈아 노려보며 권총을 겨눈 엠벌리가 소리

쳤다.

"꼼짝 마라! 너의 헛소리를 더 이상 들어줄 수가 없다!"

"흥! 이제야 본색을 드러내는군. 너 따위 범죄자에게 당할 내가 아니다!"

홈즈는 자신을 겨누고 있는 총을 보고도 표정 하나 변하지 않고 당당하게 맞섰다. 그 모습에 엠벌리가 약간 당황한 듯 주춤했다. 그러나 그것도 잠시, 엠벌리의 얼굴은 먹잇감을 앞에 둔 맹수의 그것이었다. 그리고 살벌한 미소를 지으며 조금의 망설임도 없이 홈즈를 향해 방아쇠를 당겼다.

"홈즈! 위험해!"

엠벌리의 총이 불을 내뿜자 나는 몸을 낮추며 소리쳤다. 홈즈 역시 재빨리 몸을 피하며 휘파람 신호를 보냈다. 그러자 문 뒤에 숨어 있던 맥키넌 경위가 재빨리 뛰어나왔다. 경위의 갑작스런 등장에 놀란 엠벌리가 도망치려 하자 경위가 그의 팔을 꺾어 뒤에서 꽉 눌렀다. 엠벌리는 벗어나려고 발버둥 쳤지만, 10년 넘게 거친 범죄자를 다루어왔던 경위를 이겨 낼 수는 없었다. 그래도 엠벌리는 쉽게 포기하지 않았다. 온몸을 비틀고 발을 구르면서 강하게 저항했다. 그러자 홈즈가 엠벌리의 팔을 더욱 강하게 비틀어 경위가 수갑을 채울 수 있도록 도왔다.

"더 이상 허튼수작은 하지 않는 게 좋아!"

경위가 무섭게 소리치자 엠벌리는 증오가 가득한 눈으로 우리를 노려보았다.

"자, 이제 경찰서로 연행하십시오."

홈즈의 말에 경위는 고개를 끄덕이더니 거실 밖으로 나가 누군가를 큰 목소리로 불렀다. 잠복을 하고 있떤 경관인 듯했다.

"자네는 이자를 경찰서까지 잘 데리고 가게. 살해 용의자이니 잘 감시해야 하네."

엠벌리는 체념한 듯 고개를 푹 숙이고 경관이 이끄는 대로 방 밖으로 끌려 나갔다.

"수색할 것이 있으니 경관 몇 명을 불러주시지요."

홈즈의 부탁에 경위는 금세 경관 몇 명을 대기시켰다. 그러나 경위는 무언가 개운치 않은 표정이었다.

"일단 선생이 부탁하신 대로 하기는 했습니다만, 선생의 추리만으로는 엠벌리 씨가 두 명을 살해했다고 하기에 증거가 부족합니다."

"걱정 마십시오. 증거는 충분합니다. 일단 경관들을 동원해서 두 사람의 시신을 찾아야겠습니다."

"시신이 있을 만한 장소를 알고 계신다는 것처럼 들리는군요."

"물론입니다. 시신은 결코 먼 곳에 있지 않습니다. 이 집처럼 오래된 집에는 우물이 있습니다. 그런데 이 집에서는 수도를 끌어다 쓰기 때문에 우물은 사용하지 않은 지 꽤 되었을 겁니다. 그 우물 안에 시신들이 있을 가능성이 매우 높습니다. 그러니 경관들에게 정원에서 우물을 찾아보라고 하십시오. 정원은 손질한 지 오래돼서 잡초와 나무들이 우거져 있을 테니 주의해서 찾아봐야 할 겁니다."

경위는 고개를 끄덕이고는 대기 중이던 경관들에게 홈즈의 말대로 지시했다. 경관들이 우물을 찾아 재빨리 몸을 움직였다.

경위는 아직도 의문이 풀리지 않은 얼굴로 물었다.

"홈즈 선생, 대체 어떻게 된 사건인지 자세히 설명을 해주십시오."

"이 사건은 우선 엠벌리 씨의 이상한 정신 상태에서부터 시작했다고 봐야 합니다. 그는 현대를 사는 영국인이라기보다는 중세 이탈리아인에 가까운 극단적인 정신 상태를 보이고 있습니다. 남편이 지독하게 인색한 바람에 부인은 비참한 기분 속에서 하루하루를 살아야 했습니다. 그래서 부인은 남편에게서 도망치고 싶다는 생각을 하고 있었을 것이고 그러한 생각은 시간이 갈수록 더 견고해졌을 겁니다. 그러던 사이 체스를 두기 위해 의사 선생이 집에 들락거리게 된 것이지요. 그런데 엠벌리 씨는 지독한 구두쇠일 뿐만 아니라 질투의 화신이기도 했습니다. 그들이 정말로 불륜을 저질렀는지는 확인할 수 없지만 엠벌리 씨가 그렇게 믿은 이상 그는 악마적인 교활함을 발휘해서 이 둘을 죽이기로 작정하고 말았던 것입니다."

홈즈는 잠시 말을 멈추고 잘 보라는 듯 금고실을 손가락으로 가리켰다.

"제가 처음에 이상한 낌새를 알아차린 것은 바로 저 안에서 나는 페인트 냄새였습니다. 저의 조력자인 왓슨 박사의 관찰력으로 저는 페인트 냄새에서 중요한 단서를 얻었습니다. 아쉽게도 그 관찰력이 적절한 추리로 이어지지는 못했지만 말입니다."

홈즈는 나를 보고 빙긋이 웃더니 이야기를 계속 이어갔다.

"집 안을 강한 페인트 냄새로 채우려고 한 이유가 무엇일까? 분명 그전에 퍼져 있던 지독한 냄새를 감추기 위해서였습니다. 그것은 아마도 범죄와 관련된 냄새였을 테고 말입니다. 그 이야기를 들은 후 저는 줄곧 철문이 달린 금고실을 생각했습니다. 저는 제 생각이 맞는지 확인하기 위해 집주인을 다른 곳으로 유인했습니다. 방해받지 않고 조사하기 위해서는 어쩔 수 없었지요. 여기를 보십시오."

홈즈는 금고실 벽을 타고 이어져 있는 가스 배관을 가리켰다.

"이 가스 배관은 아래에서 위쪽으로 이어져 있는데, 저 위쪽에 잠금장치가 있습니다. 그리고 금고실 안으로 이어진 배관은 천장 한가운데에서 끝이 납니다. 배관은 벽토와 장식으로 위장되어 있기 때문에 쉽게 발견하기가 어렵지요. 게다가 가스등처럼 보이는 저것은 심지가 없고 끝이 그대로 열려 있습니다. 그래서 언제든지 금고실 안을 가스로 가득 채울 수 있지요. 저 철문을 잠그고 가스를 틀면 이 방 안에 있는 누구라도 2분 안에 죽을 겁니다."

경위는 이제야 생각났다는 듯 손가락으로 이마를 두드리며 말했다.

"그러고 보니 처음 이 집에 왔을 때 경관 한 명이 가스 냄새가 나는 것 같다는 말을 했습니다. 그런데 그때는 집 안의 문이 다 열려 있었고, 페인트칠을 시작한 뒤였습니다. 그래서 별로 대수롭지 않게 생각했지요."

"그뿐만 아니라 결정적인 증거가 아직 남아 있습니다."

홈즈가 팔짱을 낀 채 자신 있게 말하자 경위의 얼굴에서 이제 의심의 기색은 온 데 간 데 없이 사라지고 없었다. 그저 호기심만 가득했다.

"그게 뭡니까?"

"경위, 일상생활에서 다른 사람의 입장에서 생각하는 습관을 갖는 게 좋은 것처럼 범죄를 수사할 때도 마찬가지입니다. 내가 만약 저 금고실에서 죽어가는 사람이라면, 가스를 마시고 금방 죽기 직전이라면 어떤 행동을 하겠는가, 특히나 저 밖에서 악마의 얼굴을 하고 나를 죽이려는 사람에게 복수하고 싶다면 어떻게 하겠는가 하고 생각해봐야 한다는 거죠."

"나의 억울한 죽음을 누구에게라도 알려야겠지요."

"맞습니다. 다른 이들에게 자신의 죽음에 대해 알리고 싶겠지요. 그런데 살해당하는 마당에 종이에 메시지를 남길 수는 없었을 겁니다. 금세 범인에게 발견될 게 분명하니까요. 여기를 보십시오. 여기 바닥에 '우리는We're 사mu'라고 쓰여 있지요?"

"이게 무슨 뜻일까요?"

무릎을 꿇고 바닥에 쓰인 글씨를 열심히 들여다보던 경위가 고개를 갸웃거리며 물었다.

"이것은 분명 의사 선생이 죽어가면서 쓴 글입니다. 안타깝게도 문장을 다 쓰기 전에 의식을 잃었을 겁니다."

"그렇다면 이것은 분명 '우리는 살해당했다We're murdered'라고 쓴 것이로군요."

경위가 무릎을 탁 치며 소리쳤다.

"맞습니다. 그러니 여기 적힌 필체와 의사 선생의 필체를 대조해보십시오. 또한 시신 주변에서 펜을 잘 찾아서 글씨를 쓰는

데 사용된 펜이 맞는지도 확인해야 합니다. 아주 중요한 증거물이 될 겁니다."

"훌륭하십니다. 그런데 그들이 훔쳐갔다고 한 유가증권과 현금은요?"

"그것은 물론 엠벌리 씨가 잘 감춰두었을 겁니다. 나중에 기회를 봐서 어떤 핑계를 대고 그것들을 다시 찾았다고 말할 작정으로 말입니다."

홈즈가 말을 마치자 경위는 감탄사를 내뱉으며 홈즈를 추켜세웠다.

"정말 대단하십니다. 하나도 놓치지 않고 모든 의문을 풀어내시는 능력에 깜짝 놀랐습니다."

"그런데 홈즈, 그는 왜 일부러 자네를 찾아간 걸까?"

궁금증을 이기지 못하고 내가 묻자 홈즈가 빙그레 웃으며 답했다.

"그는 자신을 너무 믿었어. 자만했던 거지. 완전범죄를 저지를 만큼 너무나 잘나고 똑똑한 자신을 건드릴 사람은 아무도 없다고 생각했기 때문에 나를 찾아왔던 거야."

"그렇군. 결국 지나친 자만심이 영원히 묻힐 뻔했던 자신의 범죄 사실을 드러낸 꼴이 되었군."

내가 씁쓸하게 웃으며 말하자 경위도 짧은 한숨을 내쉬며 고개를 끄덕였다.

6. 버려진 우물과 진실

그때였다. 우물을 찾으러 나갔던 경관들이 불만 가득한 얼굴로 들어왔다.

"홈즈 선생님, 부엌 옆에서 우물을 하나 발견했습니다. 거기에 시신이 있을까 싶어 갈고리를 넣어 찾아보았지만 시신은 없었습니다. 아무래도 우물이 아니라 다른 곳일 것 같은데요. 정원이 이렇게 넓으니 땅에다 묻었을 수도 있지 않습니까?"

"불편한 몸으로 두 사람을 묻기 위해 땅을 파는 일이 쉽지는 않았을 겁니다. 내 생각에 묵은 우물이 또 하나 있을 것 같습니다. 이번에는 내가 직접 찾아보겠습니다. 여러분은 모두 손전등을 들고 저를 따라오시기 바랍니다."

"알겠습니다."

우리는 홈즈의 뒤를 따라 뒤뜰로 향했다. 홈즈는 손전등으로 부엌 문밖을 샅샅이 비추며 날카로운 시선으로 땅을 훑어보았다. 그러다가 무엇을 발견했는지 오른쪽으로 방향을 틀어 천천히 걸어가기 시작했다.

"무엇을 발견하기라도 한 겁니까?"

경위가 물었지만 홈즈는 대답하지 않고 계속해서 앞으로 걷기만 했다. 10미터 이상 걸어가자 흙길이 사라지고 잡초가 무성한 풀밭이 나왔다. 홈즈는 풀밭 쪽으로 손전등을 비추더니 만족한 듯한 표정으로 말했다.

"여기 이 자국을 잘 보십시오. 부엌 쪽에서부터 무언가 끌고 온 자국입니다. 그 자국은 풀밭까지 이어져 있습니다. 풀이 쓰러진 모양을 잘 보십시오."

"자네들이 앞장서서 찾아보게."

경위의 명령에 경관들이 풀밭으로 들어가 풀이 쓰러진 방향 쪽으로 앞서 걸어갔다.

"여기 개집이 있습니다!"

경관 한 명이 소리치자 우리는 곧장 그들이 있는 곳으로 달려갔다. 아니나 다를까 풀밭 위에는 커다란 개집이 덩그렇게 놓여 있었다.

"이 개집을 밀어보십시오. 이것은 분명 우물을 가리기 위해 가져다놓은 것입니다. 분명 이 아래에 두 사람의 시신이 있을 겁니다."

홈즈가 확신에 찬 어조로 말하자 경관들이 개집을 옆으로 밀어냈다. 그러자 홈즈의 말대로 오래된 우물이 시커먼 입구를 드러냈다.

"갈고리를 가져왔나?"

경위가 경관에게 묻자 홈즈가 손을 들어 말을 가로막았다.

"시신들은 분명 물 위에 떠 있을 겁니다. 이 아래로 전등을 비춰주십시오."

우리는 홈즈의 부탁대로 손전등을 우물 밑으로 비췄다. 그러자 우물 속 수면 위에 두 구의 시신이 떠 있는 것이 보였다.

"정말 악마가 따로 없군. 가스로 살인한 뒤 우물 속에 던져버리다니."

경위는 고개를 가로저으며 한숨을 내쉬었다.

"이제 우리는 모든 일을 마쳤으니 런던으로 돌아가겠습니다. 그러니 마차를 불러주시면 고맙겠습니다."

홈즈가 홀가분한 표정으로 경위에게 말했다.

"저희 마차를 빌려드릴 테니 역까지 타고 가십시오."

경위는 흔쾌히 말하며 경관에게 마차를 대기시키라고 명령했다.

"고맙습니다."

마차가 도착하자 홈즈는 인사말을 남기고 마차에 올랐다. 나도 홈즈 뒤를 따라 마차에 올라탔다. 그런데 경위가 잠시 머뭇거리더니 힘겹게 말을 꺼냈다.

"저기, 홈즈 선생. 사건을 해결하는 데 큰 도움을 주셔서 정말 고맙습니다. 그런데 한 가지 더 부탁하고 싶은 것이 있는데……."

"이미 말씀드리지 않았습니까? 이 사건은 모두 경위가 해결하신 것으로 처리하자고 말입니다."

홈즈가 흔쾌히 말하자 경위는 머리를 긁적이며 쑥스럽게 웃었다.

다음 날 아침, 홈즈는 식탁에 앉아 있는 내게 신문 한 부를 건넸다. 신문의 1면에는 '헤이븐 저택의 공포'라는 제목의 신문 기사가 실려 있었다.

범인은 두 사람을 살해하는 데 사용한 가스 냄새를 은폐하기 위해 온 집 안에 페인트칠을 하는 교활함을 보였다. 그러나 맥키넌 경위는 뛰어난 추리력과 통찰력으로 이 사실을 알아냈다. 또한 개집으로 교묘하게 위장해놓은 오래된 우물 속에서 시신 두 구를 찾았다. 이 사건은 런던 경찰의 훌륭한 조사 능력을 보여주는 사례로 범죄사에 오래도록 기억될 것이다.

나는 신문을 접으며 쓴웃음을 지었다.

"홈즈, 아무리 사건 해결에만 만족한다지만 이렇게 마무리되는 것이 속상하지 않는가?"

"자네까지 내 진심을 오해하면 안 되네. 나는 진심으로 사건을 해결하면서 겪는 극적인 기분을 즐기는 것에 만족하고 있어. 자네의 공이 함께 묻히는 것 같아서 미안하지만, 자네도 나처럼 생각을 바꾸면 마음이 조금은 더 편할 걸세."

홈즈는 내 얼굴을 빤히 쳐다보며 호탕하게 껄껄 웃었다.

"왓슨, 그 신문을 문서철에 잘 끼워두게. 훗날 정말 끝내주는 추억이 될 테니까."

사자의 갈기

The Lion's Mane

헤럴드 스택허스트

서섹스 주에 있는 유명한 사립학교 '게이블스'의 교장으로 홈즈와 친분이 두터운 사이다. 홈즈와 함께 산책을 하던 중 자기 학교 교사인 맥퍼슨의 죽음을 목격한다. 이후에 홈즈가 사건을 조사하는 데 여러 가지 도움을 준다.

모드 벨라미

의문의 죽임을 당한 맥퍼슨과 결혼을 약속한 여인으로 뛰어난 미모와 지성을 겸비했다. 또한 자기주장을 펼 줄 아는 소신 있는 여인이다. 가족들의 반대에 부딪혀 맥퍼슨과의 결혼을 비밀로 하고 있었다.

아이언 머독

'게이블스'의 교사로 맥퍼슨 살인 사건의 유력한 용의자로 지목되었다. 맥퍼슨의 개를 내던진 사건으로 둘의 사이가 좋지 않다는 이야기가 퍼져 있는 데다 모드를 좋아했다는 사실이 밝혀지면서 더욱 의심을 받게 된다.

1926년 11월 27일 〈리버티〉에 처음 발표되었고, 〈스트랜드 매거진〉에는 12월에 발표되었다. ≪셜록 홈즈의 사건≫ 편에 수록되어 있다.

'창백한 병사'와 함께 홈즈 1인칭 시점으로 서술된 것이 특징이다.

한편 저자인 코난 도일은 ≪셜록 홈즈의 사건≫ 편에 수록된 작품들을 자신의 작품 중 베스트 12에 선택할 때 채택하지 않았다. 이는 단행본으로 출간되기 이전이기 때문인데, 후에 도일은 〈서섹스 카운티 매거진〉에 본 작품 '사자의 갈기'에 대해 높이 평가했다.

"〈스트랜드 매거진〉을 위해 나는 홈즈 시리즈 신작을 세 편 썼는데 모두 잘되었다고 생각하지만, 그중에서도 '사자의 갈기'가 가장 으뜸이라고 생각한다. 그러나 그에 대한 판단은 오로지 독자의 몫일 것이다."

1. 의문의 죽음

이제부터 나는 탐정 생활을 은퇴한 뒤 겪게 된 사건에 대해 이야기하고자 한다. 은퇴 후 나는 북적거리는 런던에서 벗어나 서섹스 주의 작은 집에서 홀로 조용히 지내고 있었다. 그래서 나는 나의 절친한 친구이자 동료인 왓슨을 거의 만날 수 없었다. 어쩌다 그가 주말에 시간을 내서 잠시 들를 때나 잠깐 얼굴을 보고 이야기를 나누는 게 전부였다. 그 때문에 이 기막힌 사건을 해결하는 과정을 왓슨이 아닌 나 자신이 기록하게 된 것이다. 만약 왓슨이 이 사건을 같이 조사했다면 그는 내가 어떻게 사건을 맡게 되었는지, 어떤 어려움을 이기고 사건을 해결하게 되었는지에 대해 훌륭하게 기술했을 것이다. 그러나 아쉽게도 이번 사건은 나의 모자라는 실력으로 기록할 수밖에 없다.

숨 막히게 바삐 돌아가는 런던에 사는 동안 나는 자연 속에서 한가롭게 살고 싶다는 생각을 줄곧 해왔다. 그래서 영국 해협이 한눈에 보이는 벼랑 위 외딴집을 골라 그 안에서 칩거하게 되었다. 조용한 내 집에 함께 사는 이들이라고는 늙은 가정부와 꿀벌들이 전부였다. 만약 '사자의 갈기' 사건이 일어나지 않았다면 내 생활은 그저 조용하고 평온한 일상의 반복이었을 것이다.

사건이 발생한 것은 1907년 7월 어느 날이었다. 전날 밤에 거센 폭풍이 몰아친 것과는 대조적으로 그날 아침은 유난히 고요하고도 상쾌했다. 반짝거리는 나뭇잎과 싱그러운 풀냄새가 코끝을 간질였다. 나는 아침 식사를 뒤로 미루

고 산책을 나섰다. 내 집에서 바닷가로 내려가기 위해서는 경사가 심하고 미끄러운 오솔길을 따라가는 수밖에 없었다. 게다가 구불거리기까지 했기 때문에 이 길을 지날 때면 언제나 긴장을 늦출 수 없었다. 절벽 아래로는 물이 가득 차는 만조 때도 항상 드러나 있는 자갈밭이 100미터 이상 길게 이어져 있었다. 길게 늘어진 자갈밭 사이사이에는 바닥이 움푹 팬 부분이 있는데, 밀물이 들면 그곳은 멋진 수영장으로 탈바꿈했다.

나는 콧노래를 흥얼거리며 바닷가로 이어지는 오솔길을 여유롭게 걷고 있었다. 그때 누군가가 뒤에서 내 이름을 불렀다.

"홈즈! 좋은 아침이네!"

뒤를 돌아보니 헤럴드 스택허스트가 기분 좋게 웃으며 손

을 흔들고 있었다. 그는 내 집에서 800미터쯤 떨어진 곳에 있는 유명한 사립학교 '게이블스'의 교장이었다. 그 학교는 젊은이들이 다양한 직종에서 일할 수 있도록 교육하는 곳이었다. 몇 명의 교사와 수십 명의 학생이 그곳에서 함께 기숙하면서 교육을 받고 있었다. 헤럴드와는 내가 이 마을에 온 이후에 친분을 쌓게 되었는데, 그때쯤엔 허물없이 지내는 사이로 제법 관계가 발전해 있었다.

"오늘은 유난히 상쾌한 아침이군. 자네도 이 기분을 만끽하러 나올 거라 생각했는데, 역시 이렇게 만나게 되었네 그려."

"또 수영하러 가나?"

"역시 자네의 추리력은 대단하네."

헤럴드는 껄껄 웃으며 수영복이 들어 있는 자신의 볼록한 주머니를 가리켰다.

"자네는 정말 부지런하군."

"아니야. 맥퍼슨 선생은 나보다 먼저 출발했는걸. 아마 지금쯤 신나게 수영을 즐기고 있을 걸세."

헤럴드가 말한 맥퍼슨이란 피츠로이 맥퍼슨이라는 사람으로 학교에서 물리를 가르치는 교사였다. 그는 원래 늘씬한 몸에 자세가 꼿꼿한 청년이었는데, 류머티즘을 앓은 뒤 심장병까지 걸리는 바람에 현재 힘든 생활을 하고 있었다.

그러나 운동신경이 잘 발달되어 있어서 몸에 지나치게 무리가 가지 않는 범위 내에서 모든 종류의 운동을 즐기곤 했다. 그는 그중에서도 수영을 즐겼는데, 특히 여름이나 겨울에 수영하는 것을 좋아했다. 나 역시 수영을 좋아하기 때문에 바닷가에서 그와 마주치는 일이 잦았다.

"맥퍼슨 선생은 수영을 정말 좋아하더군. 나와도 자주 마주친다네."

"그렇긴 하네만, 심장병이 있기 때문에 조심해야 하는데……. 혹시라도 무리를 할까 걱정이야."

우리는 맥퍼슨에 대한 이야기를 나누며 바닷가로 향하고 있었다. 그때 갑자기 비탈길 저편에서 맥퍼슨의 모습이 나타났다. 갑작스런 등장에 놀란 헤럴드가 그의 이름을 부르려고 하는데 뭔가 낌새가 이상했다. 맥퍼슨이 마치 만취한 사람처럼 이리저리 비틀거리며 걷고 있었던 것이다.

"맥퍼슨, 이게 무슨 일인가? 어디가 아픈 건가?"

헤럴드가 묻자 맥퍼슨은 두 팔을 마구 휘저으며 고통에 찬 비명을 질러댔다. 그러더니 우리가 어떻게 반응할 새도 없이 곧바로 앞으로 고꾸라져버렸다.

"아니, 저런!"

우리는 너무나 놀란 나머지 맥퍼슨을 향해 정신없이 뛰어갔다. 헤럴드 교장은 앞으로 넘어진 그의 몸을 돌린 뒤 자신의 무릎에 머리를 받쳤다. 나는 맥퍼슨의 손목을 잡고 맥을 짚으며 몸 상태를 살펴보았다. 그의 얼굴은 하얗게 질려 있었고, 눈동자에는 초점이 없었으며, 맥은 거의 잡히지 않았다. 숨이 끊기기 직전이었다.

"여보게, 정신 차리게!"

헤럴드가 다급하게 그의 몸을 흔들어보았지만 맥퍼슨은 이미 축 늘어진 상태였다. 그런데 그때 맥퍼슨의 입술이 아주 조금씩 움직였다.

"무슨 말을 하고 싶은 건가?"

"사……, 사자의 갈기."

술에 취한 사람처럼 혀가 꼬인 소리로 맥퍼슨이 중얼거렸다. 사력을 다해 내뱉는 말이라는 것을 알았기 때문에 나는 그의 말을 되물었다. 아무래도 후에 중요한 단서가 될 것 같았기 때문이었다.

"사자의 갈기라고 했나?"

그러나 맥퍼슨은 더는 대답하지 못하고 그대로 눈을 감아버렸다.

"여보게, 맥퍼슨! 눈을 뜨게! 어서 눈을 떠봐!"

헤럴드가 울부짖었지만 맥퍼슨의 숨은 이미 끊긴 후였다. 생각지도 못했던 죽음 앞에 나와 헤럴드는 잠시 멍한 상태로 주저앉아 있었다. 그러나 나는 바로 정신을 차렸다. 그의 죽음의 원인을 밝히려면 증거가 훼손되기 전에 조사를 마쳐야 하기 때문이었다. 나는 온몸의 감각을 되살려 맥퍼슨의 시신을 조사하기 시작했다.

맥퍼슨은 셔츠도 입지 않은 채 바지 위에 트렌치코트만 걸치고 있었다. 게다가 운동화는 끈도 매지 않은 상태였다. 그런데 시신을 조사하던 내 시선을 확 잡아끄는 것이 있었다. 맥퍼슨이 넘어질 때 트렌치코트가 반쯤 벗겨지는 바람에 맨몸이 드러나게 되었는데 그의 등에 검붉은 줄이 수없이 그어져 있었던 것이다. 뒤늦게 그 상처를 발견한 헤럴드는 너무 놀란 나머지 짧은 비명을 질렀다.

"아니, 이게 대체 뭐지? 누가 이런 짓을!"

헤럴드 교장은 맥퍼슨의 코트를 완전히 벗기고 상처를 살펴보았다.

"홈즈, 이건 마치 채찍으로 맞은 것 같지 않나?"

그러고 보니 벌겋게 부어오른 상처는 양 어깨에서 옆구리까지 이어져 있었다. 그것은 마치 가느다란 철사나 채찍 같은 것으로 심하게 매질을 당한 상처 같았다. 나는 맥퍼슨의 몸을 세세히 살펴보았지만 그 외에 몸에 난 다른 상처는 없었다. 다만 입에서는 새빨간 피가 흘러내리고 있었다. 지독한 고통을 참느라 입술을 물어뜯어서 난 상처 때문인 것 같았다.

"얼마나 고통스러웠으면……."

나는 안쓰러운 마음에 혀를 끌끌 찼다.

그런데 시신 옆에 무릎을 꿇고 앉아 있던 내 위로 그림자가 드리워졌다. 고개를 들어보니 어느새 왔는지 아이언 머독이 옆에 서 있었다. 그도 이 광경에 놀랐는지 입술을 파르르 떨면서 식은땀을 흘리고 있었다.

"대체 이게 무슨 일입니까?"

머독은 맥퍼슨과 같은 학교의 수학 교사였다. 그는 키가 크고 깡말랐는데, 평상시 말수가 적고 냉랭한 성격이라 주변에 친구가 별로 없었다. 게다가 보통 사람들에게는 어렵고 추상적이기만 한 고등수학에 열중하고 있어서 학생들 사이에서도 괴짜라고 불리고 있었다. 그는 또 매우 신경질적이어서 폭발적으로 화를 잘 냈다. 언젠가 한번은 맥퍼슨이 기르는 강아지가 시끄럽게 짖자 일에 지장을 받는다며 그 강아지를 창문 밖으로 내던진 적도 있었다. 그동안 그의 괴팍한 성격을 참아왔던 헤럴드도 이 사건만큼은 참기가 힘들다며 그를 해고시키려 했다. 그러나 해고시키기에 머독은 실력 있는 교사였다. 때문에 어쩔 수 없이 한 번 더 참을 수밖에 없었다. 아무튼 이 사건으로 머독과 맥퍼슨의 사이가 나빠졌다. 그런데 머독은 맥퍼슨의 갑작스런 죽음을 쉽사리 받아들이지 못하면서 이상하리만큼 충격에서 헤어나지 못하고 있었다.

"어제 마지막으로 봤을 때까지만 해도 건강한 모습이었는데, 갑자기 이렇게 되다니……. 혹시라도 제가 도울 일이 없겠습니까?"

"자네 혹시 아까 맥퍼슨 선생과 함께 수영하러 가지 않았었나?"

헤럴드 교장이 묻자 머독이 고개를 저었다.

"아닙니다. 저는 오늘 아침에 늦잠을 자는 바람에 해변에는 나오지도 못했는걸요. 그나저나 제가 어떻게 도울까요?"

"어서 가서 풀워드 경찰서에 신고하십시오."

내 말이 끝나기가 무섭게 머독은 풀워드 쪽으로 있는 힘을 다해 달려갔다.

나는 시신 주위에 남아 있을지도 모를 증거를 찾기 위해 다시 시선을 돌렸다. 헤럴드는 여전히 멍한 얼굴로 시신 곁에 주저앉아 있었다. 나는 우선 해변에 누가 있는지 확인했다. 절벽 위에서 내려다보면 바닷가가 한눈에 들어왔는데, 풀워드 쪽으로 걸어가는 사람만 두셋 보일 뿐 아래쪽에는 아무것도 없었다.

"헤럴드, 나는 일단 아래로 내려가보겠네. 시신을 부탁하네."

2. 단서

상황을 확실하게 확인하기 위해 나는 비탈길 아래로 내려가기 시작했다. 내려가면서 보니 오솔길에는 점토나 이회토 같은 것이 섞여 있어서 그런지 발자국이 선명하게 찍혀 있었다. 자세히 보니 똑같은 발자국이 양방향으로 오르내린 자국이 남아 있었다.

'어젯밤에 폭풍이 몰아치면서 그전의 자국들은 다 지워졌을 거야. 그렇다면 이 발자국들은 맥퍼슨의 것이 분명하겠군.'

길 위에는 비탈길 위쪽 방향으로 찍힌 선명한 손바닥 자국도 남아 있었다. 아무래도 맥퍼슨이 비탈길로 비틀거리며 올라가다가 넘어진 모양이었다. 그 외에도 무릎을 꿇었을 때 생겼는지 둥그렇게 파인 자국도 여러 개 남아 있었다. 이

자국들만 봐도 맥퍼슨이 얼마나 힘겹게 길을 올라왔는지 알 수 있었다.

비탈길을 다 내려가니 자갈밭 사이에 수영하기 딱 좋은 석호가 만들어져 있었다. 그런데 바로 옆 바위 위에 마른 수건이 잘 접혀져 있었다. 맥퍼슨이 옷을 벗은 장소인 듯했다.

'맥퍼슨은 수영을 하지 않았던 모양이군. 수건이 젖지도 않은 채 접혀 있는 것을 보면.'

나는 석호 주변의 자갈밭을 샅샅이 조사했다. 그러다 자갈밭 사이에 드러난 모래땅에 맥퍼슨의 운동화 자국이 찍혀 있는 것을 발견했다. 그 옆에는 맨발 자국도 같이 찍혀 있었다.

'맨발 자국이 찍힌 것을 보면 물에 들어갈 준비는 다 했었다는 말인데…….'

참으로 이상한 사건이었다. 맥퍼슨이 바닷가에 혼자 있었던 시간은 기껏해야 15분 남짓이었다. 헤럴드가 곧바로 뒤쫓아왔기 때문에 그것은 분명했다. 정황상으로 볼 때 맥퍼슨은 물에 들어갈 준비를 다 해 놓고도 실제로는 물에 들어가지 않았다. 신발도 옷도 다 벗었다는 흔적이 분명히 남아 있었다. 그러나 무슨 이유엔지 서둘러

옷을 챙겨 입었다. 어찌나 다급했던지 셔츠는 입지도 못하고 운동화 끈도 매지 못했다. 대체 무엇 때문에 그랬을까? 그것은 맥퍼슨의 등을 시뻘겋게 만든 의문의 채찍질 때문이었을 것이다. 그는 채찍질의 고통에서 벗어나기 위해 죽을 힘을 다해 도망쳤다. 고통을 참기 위해 입술을 깨무느라 입에서는 피가 철철 흘렀지만 그런 고통보다 더 심한 고통이 그를 집어삼켰을 것이다.

'대체 이렇게 무서운 짓을 한 자는 누구일까?'

나는 참혹한 범죄의 범인을 찾기 위해 주위를 두리번거렸다. 벼랑 아래쪽에는 크고 작은 동굴이 여러 개 있었다. 그러나 그곳에 범인이 숨어 있을 가능성은 희박했다. 수평선 위로 떠오른 태양이 동굴 속까지 깊숙하고 환하게 비추고 있었기 때문이었다. 바다 위에 고기잡이배가 두세 척 떠 있었지만 지금 그들을 불러서 조사하기는 힘들었다. 풀워드 쪽으로 가는 사람도 몇 명 있었지만 그들 역시 너무 멀리 있었다. 이 상황에서 더 이상 단서를 찾기는 힘들어 보였다.

비탈길을 되돌아 올라가 맥퍼슨의 시신이 있는 곳에 도착해보니 머독이 데리고 온 경관이 시신 주위를 살피고 있었다. 그리고 어느 틈에 몰려든 구경꾼 몇몇이 그 주위를 에워싸고 있었다. 헤럴드는 여전히 멍한 얼굴로 시신 옆에 주저앉아 있었다.

"경관님, 여기는 런던에서 탐정 생활을 오래하신 홈즈 선생이십니다. 교장 선생님과 함께 맥퍼슨 선생을 발견하셨지요. 홈즈 선생님, 이쪽은 풀워드 경찰서에서 나오신 앤더슨 경관이십니다."

머독이 소개하자 경관은 모자를 살짝 들어 올리며 가볍게 인사했다. 붉은색 콧수염을 기른 경관은 체구가 매우 컸다. 그는 겉으로는 과묵하고 감정을 잘 드러내지 않지만 속으로는 착하고 여린 마음을 지닌 전형적인 석세스 사내였다. 나는 그에게 맥퍼슨을 발견하게 된 상황을 자세하게 설명했다. 경관은 나에게 이런저런 상황을 묻기도 하고 수첩에 메모하기도 했다. 잠시 후 그는 내 팔을 슬쩍 잡더니 사람들이 없는 쪽으로 이끌었다.

"홈즈 선생, 이 사건을 해결할 수 있도록 저 좀 도와주십시오. 제가 감당하기에는 너무 벅찬 사건입니다. 만약 사건을 잘못 처리했다간 본서에서 곤란한 말을 많이 듣게 될 겁니다."

"사건 해결에 도움이 된다면야 당연히 도와드려야지요."

"어휴, 살았습니다. 정말 고맙습니다. 홈즈 선생. 그럼 제가 뭐부터 해야 할까요?"

"우선 당신의 상관에게 보고하십시오. 그리고 의사에게도 연락하셔야 합니다. 또 그들이 도착할 때까지는 아무것도 손대지 마십시오. 발자국이 남아서는 안 되니 구경꾼도 모두 철수시켜야 합니다."

경관은 내가 시키는 대로 재빨리 행동했다. 나는 무릎을 굽히고 앉아서 맥퍼슨의 트렌치코트 주머니를 뒤졌다. 주머니에서는 손수건과 주머니칼, 명함 지갑이 나왔다. 명함 지갑을 열자 작은 종이쪽지 한 장이 꽂혀 있었다. 거기에는 여자 글씨로 다음과 같이 적혀 있었다.

저도 꼭 갈테니 당신도 꼭 오세요.

모드

시간이나 장소에 대한 언급은 없었지만 이것은 분명 연인 간에 만나자는 약속 같았다. 나는 그 쪽지와 명함 지갑을 경관에게 건네주었다. 쪽지를 읽어본 경관은 그것을 다시 명함 지갑에 넣더니 다른 물건들과 함께 맥퍼슨의 코트 주머니에 넣었다.

"저는 집으로 돌아가겠습니다. 여기서 내가 할 일은 더 이상 없는 것 같군요. 그리고 바다 위에 떠 있는 고기잡이배들을 조사해보셔야 할 것 같습니다. 혹시 범인을 봤을 수도 있으니 말입니다."

나는 경관에게 당부하고는 서둘러 집으로 향했다.

나는 집으로 돌아와 아침 식사를 한 뒤 조용히 차를 마시며 생각을 정리하고 있었다. 그때 가정부가 헤럴드가 찾아왔다는 말을 전했다. 아까보다는 진정된 모습의 헤럴드는 그 사이 발생한 일들을 전해주었다.

"아까는 너무 뜻밖의 일을 당한 터라 내가 경황이 없었네. 자네 정말 수고 많았어. 맥퍼슨 선생의 시신은 일단 학교로 옮겼다네. 거기서 의사가 검시를 할 예정이라는군."

"그렇군. 그나저나 이제 조금 진정이 되었나?"

"아직도 심장이 두근거리는 것 같지만 그래도 많이 나아졌네. 자네가 간 뒤로 경관들이 벼랑 아래 동굴들을 조사했지만 발견된 것은 없었어. 나는 혹시라도 무슨 단서를 발견할까 싶어서 학교에서 맥퍼슨 선생의 책상을 뒤져보았다네. 그런데 거기에서 모드 양과 주고받은 편지 몇 통을 찾아냈어."

"모드 양이라면 아까 명함 지갑에서 발견한 쪽지를 쓴 주인공 말인가?"

"그래. 사실 나는 잘 모르고 있었는데, 두 사람은 교제중이었더군. 그런데 교제 중인 사람들이 편지를 주고받은 것은 그리 놀랄 만한 일이 아니지 않나? 그래도 일단 발견한 편지들을 경찰에 전해줬네."

"잘했군. 그런데 맥퍼슨 선생은 오늘 왜 혼자서 수영하러 간 걸까? 다른 날은 학생들과도 수영하러 가지 않았나."

내가 의문을 제기하자 헤럴드 교장은 미간을 찌푸리며 잠시 머뭇거리더니 입을 열었다.

"사실 오늘 아침에 학생들이 수영하러 가지 않은 것은 순전히 우연이네."

"우연이라니?"

"머독 선생이 학생들에게 오늘은 수영하러 가지 말라고 했다네. 아침 식사 이전에 대수 문제를 풀어야 한다고 하면서."

"학생들에게 가지 말라고 했다?"

내가 호기심을 내비치자 헤럴드 교장은 손을 가로저으며 말했다.

"오해는 하지 말게. 머독 선생은 진심으로 맥퍼슨 선생의 죽음에 가슴 아파하고 있네. 누구라도 바닷가에 같이 갔다면 이런 일은 없었을 거라면서 자기 탓을 하고 있어."

"그런데 그 두 사람은 사이가 나쁘다고 하지 않았나?"

"전에는 그랬지만 1년쯤 전부터는 사이가 좋아졌다네. 알다시피 머독 선생은 사람들과 별로 친하게 지내지 않는 성격이었어. 그런데 웬일인지 맥퍼슨 선생과 사이가 좋아지더니 급기야 허물없는 친구처럼 지냈지."

나는 헤럴드의 이야기가 도무지 이해되지 않았다.

"강아지 사건 때문에 둘 사이가 매우 안 좋다고 들었는데, 그런 사람들이 가까워지는 게 과연 가능한 일일까?"

"그 일은 완전히 해결되었어. 다 잊었다고 하더군."

"그럴 리가. 조금의 앙금은 남아 있겠지?"

"아니, 그런 것은 없었어. 둘은 정말로 친하게 지냈으니까."

헤럴드는 확신에 찬 어조로 말했고, 나는 일단 그 문제를 접어두기로 했다.

"좋아. 그러면 이제 모드 양에 대해 이야기해볼까? 자네는 그 아가씨에 대해 잘 알고 있나?"

"물론이네. 이 주변에서 모드 양을 모르는 사람은 없지. 사람들 틈에 섞여 있어도 눈에 확 띌 만큼 미모가 뛰어난 아가씨니까. 뿐만 아니라 마음씨도 착하고 고와서 누구나 그 아가씨에게 좋은 인상을 갖고 있어."

"두 사람이 사귀고 있다는 사실을 자네도 몰랐단 말이지?"

"전혀 몰랐네. 사실 맥퍼슨 선생이 모드 양에게 한눈에 반했다는 사실은 눈치 채고 있었지만, 이렇게 깊은 사이인 줄은 생각지도 못했지."

"그런데 모스 양은 어떤 집안 사람인가?"

"그녀는 풀워드에 사는 톰 벨라미의 딸이네. 톰 벨라미는 원래 가난한 어부였는데, 지금은 재산을 상당히 모은 재력가가 되어 있다네. 선박과 탈의실을 소유하고 있지. 현재는 아들 윌리엄과 함께 사업을 하고 있다고 들었네."

헤럴드는 자신이 알고 있는 사실들을 열심히 설명해주었다.

"일단 풀워드에 가서 모드 양을 만나봐야 할 것 같군."

내가 자리에서 일어나자 헤럴드는 깜짝 놀라며 난처한 표정을 지었다.

"무슨 핑계를 대고 만날 생각인가?"

"핑계거리야 어떻게든 만들어내면 되는 거 아닌가? 중요한 것은 한시라도 빨리 범인을 찾아내는 일이네. 범인을 잡기 위해서는 죽은 사람의 주변 인물부터 조사하는 것이 우선이지. 그래야 사건의 실마리를 잡을 수 있으니까. 게다가 여기는 작은 마을이니 맥퍼슨 선생을 알고 있는 사람은 몇 되지 않을 거야."

"그야 그렇지만……."

헤럴드는 여전히 불편한 얼굴이었다. 나는 심각한 표정으로 그를 보며 말했다.

"아까 맥퍼슨 선생의 등에 난 상처를 보았지? 그건 선생 자신이 만든 게 아니라 누군가가 심하게 매질을 해서 생긴 자국들이네. 하루라도 빨리 주변인을 조사해서 범인의 윤곽을 잡아야 하지 않겠나?"

헤럴드는 그제야 고개를 끄덕이더니 찌푸린 인상을 폈다. 나는 헤럴드 교장의 어깨를 두드리며 말했다.

"어서 모드 양을 만나러 가세."

3. 삼각관계

풀워드로 가는 길에는 향긋한 백리향 냄새와 싱그러운 풀냄새가 진동하고 있었다. 만약 그처럼 잔인한 사건을 조사하기 위해 가는 길이 아니었다면 그 길을 걷는 동안 나는 행복했을 터였다. 풀워드 마을은 반원형으로 오목하게 들어간 해안선을 따라 자리 잡고 있었다. 집들은 대부분 오래된 것들이었지만, 그 뒤에는 현대적으로 지은 저택 몇 채도 자리 잡고 있었다. 헤럴드는 그중 한 집으로 나를 데리고 갔다.

"지붕 모퉁이마다 탑을 세운 집이 바로 모드 양의 집일세."

그가 가리킨 집은 실로 어마어마하게 큰 저택이었다. 과연 재력가의 집이라고 할 만큼 화려했다. 그때 갑자기 헤럴드가 발걸음을 멈추었다.

"아니! 저 사람이 여기는 왜……?"

저택 입구에서 모습을 드러낸 사람은 다름 아닌 아이언 머독이었다. 우리는 곧 길 한가운데서 정면으로 마주쳤다. 그런데 머독은 우리를 보고도 별다른 반응 없이 그저 고개만 한 번 가볍게 끄덕이고는 그냥 지나쳐 가려고 했다.

"머독, 여기는 무슨 일로 왔나?"

헤럴드가 불러 세우자 머독이 불쾌한 듯 이맛살을 찌푸렸다.

"제 개인적인 일까지 다 말씀드려야 합니까? 학교에서라면 모를까 학교 이외의 장소에서까지 교장 선생님께 통제받고 싶지는 않습니다."

머독이 퉁명스럽게 대꾸하자 헤럴드는 어이없다는 얼굴로 머독을 뚫어져라 쳐다봤다.

"아니, 그게 무슨 말인가? 여기 홈즈 선생도 계시는데 그렇게 무례하게 말하다니?"

말을 하는 중에 더욱 화가 치밀어 올랐는지 헤럴드의 얼굴은 시뻘겋게 달아올랐다.

"다시 말하지만 사생활을 일일이 보고할 필요는 전혀 없다고 생각합니다. 그런 점에서 볼 때 교장 선생님이야말로 정말 무례하신 것 아닙니까?

머독이 눈썹 하나 까딱하지 않고 냉랭한 목소리로 말하

자 헤럴드는 완전히 통제력을 잃고 길길이 뛰기 시작했다.

"정말 버르장머리 없는 사람이로군. 자네의 불손한 태도에 나는 이제 질려버렸네. 이젠 도저히 참아줄 수가 없어. 자네 같은 사람과 더 이상 같이 있고 싶지 않으니 당장 학교를 그만두게!"

"좋습니다. 제가 빌기라도 할 줄 아셨다면 오산입니다. 맥퍼슨이 죽어버렸으니 저 역시 학교에 계속 남을 이유가 없습니다."

머독은 분을 삭이지 못하는 헤럴드를 뒤로하고 길을 내려가버렸다.

"어허! 어떻게 저렇게 행동할 수 있단 말인가? 내가 저런 자에게 학생들을 맡겼다니 정말 창피한 노릇이군."

그런데 헤럴드의 분풀이가 계속되는 동안 나는 전혀 다른 생각을 하고 있었다.

'이제 머독은 범행 현장에서 벗어날 기회를 자연스럽게 잡은 것이다.'

만약 머독이 이 사건의 범인이라면 이것은 의심 없이 현장에서 달아날 수 있는 절호의 기회였다. 이런 생각으로 머리가 복잡했지만, 일단 벨라미의 집에서 사람들을 만나야 했다. 작은 실마리라도 잡을 수 있는 기회를 놓칠 수는 없었던 것이다.

"헤럴드, 흥분을 가라앉히게. 일단 머독 선생에 대한 일은 잠시 접기로 하고 우선 저 집으로 들어가세."

아직도 분을 삭이지 못했는지 헤럴드는 깊숙이 심호흡을 하며 마음을 가라앉히려 애를 썼다.

"알겠네. 저 사람이 너무 무례하게 구는 바람에 황당하고 불쾌해서 내가 흥분을 했군. 이해하게."

헤럴드는 얼굴을 붉히며 고개를 숙였다.

"충분히 이해하고 있네."

우리는 발걸음을 재촉해서 서둘러 저택 안으로 들어갔다. 집사에게 우리의 명함을 건네자 그는 우리를 잠시 기다리게 하더니 잠시 후 우리를 벨라미가 있는 방으로 안내해 주었다.

방문을 열고 들어서자 타오르는 듯한 붉은빛 턱수염을 길게 기른 중년의 사내가 우리를 잡아먹을 듯 노려보고 서 있었다. 화가 잔뜩 난 모양인지 주먹을 꽉 쥔 두 팔에는 힘줄이 돋아 있었다.

"안녕하십니까? 저는 셜록 홈즈입니다. 제가 여기 온 것은 다름 아니라 오늘 아침에 죽은 맥퍼슨 선생의……."

"시끄럽소!"

내 말이 다 끝나기도 전에 천둥처럼 큰 목소리가 방 안을 쩌렁쩌렁 울렸다.

"맥퍼슨에 대해서라면 아무런 말도 듣고 싶지 않소! 나는 그에게서 결혼이라는 말조차 들은 적이 없소. 그런데도 그는 혼기가 찬 처녀를 시시때때로 불러내는 무례한 짓을 서슴지 않고 해왔소. 여기 있는 내 아들 윌리엄도 나와 같은 생각이오!"

벨라미가 가리킨 곳에는 건장한 청년이 서 있었다. 그 역시 증오에 가득 찬 눈빛으로 우리를 노려보며 말했다.

"맞습니다. 설령 그가 정식으로 청혼을 했다고 하더라도 우리 집안에서는 절대 찬성하지 않았을 겁니다."

그때였다. 방문을 열고 아름다운 아가씨가 들어서자 모두의 시선이 그쪽으로 쏠렸다. 모드 벨라미였다. 나는 그녀를 보고 깜짝 놀라지 않을 수 없었다. 그녀는 세상 어느 곳에 서 있어도 눈에 띌 정도로 아름다웠다. 그동안 나는 여인의 아름다움에 대해서는 별 관심이 없었다. 그런데 모드의 경우는 좀 특별했다. 그렇게 흠잡을 데 없이 완벽한 얼굴과 우윳빛 살결을 보고 마음을 뺏기지 않을 젊은 남자는 없을 듯싶었다. 모드는 헤럴드와 나를 번갈아 보더니 헤럴드 앞으로 다가갔다.

"교장 선생님이시죠? 저는 맥퍼슨 선생이 죽었다는 사실을 이미 알고 있습니다. 자세한 경위를 알고 싶으니 설명해 주셨으면 좋겠습니다."

의외로 모드는 침착하게 말했다.

"조금 전에 그 사실을 전해주고 간 사람이 있었소."

벨라미가 퉁명스럽게 말했다.

"모드, 네가 그런 일들에 대해 자세히 알 필요는 없다!"

윌리엄이 쏘아붙이자 모드가 오빠를 무섭게 노려보며 소리쳤다.

"그건 오빠가 참견할 일이 아니에요! 지금 사람이 죽었다고요. 그것도 그냥 죽은 게 아니라 살해당했어요. 저는 제가 좋아했던 분을 죽음으로 몰고 간 범인을 꼭 밝혀내고야 말겠어요. 그것이 내가 할 수 있는 마지막 일이에요."

모드가 절규하듯 소리치자 방 안에는 잠시 침묵이 흘렀다. 나는 모드가 아름다운 여인일 뿐만 아니라 굳센 의지를 가진 여인이라는 점에 대단히 깊은 인상을 받았다. 이 사건이 해결된 이후에도 그녀에 대한 인상이 오래 남을 것 같았다.

아무튼 헤럴드가 그동안 있었던 사실들을 자세히 설명해 주었다. 모드는 심각한 얼굴로 그 말에 귀를 기울였다. 상황 설명을 다 듣고 난 모드가 내게로 한발짝 다가섰다.

"홈즈 선생님이시죠? 선생님은 정말 훌륭한 탐정이라고 들었습니다. 맥퍼슨 선생을 해친 범인을 꼭 잡아주세요. 그들에게 정의의 힘을 보여주세요. 제발 부탁드립니다."
모드는 그 말을 마치는 동시에 벨라미와 윌리엄을 차갑게 쳐다보았다.
"모드 양의 마음은 잘 알겠습니다. 저는 평소에도 여자의 직관을 높이 평가해왔습니다. 그런데 방금 '그들'이라고 표현하셨는데, 그렇다면 범인이 여러 명이라고 생각하신다는 말입니까?"
"저는 누구보다도 맥퍼슨 선생을 잘 알고 있습니다. 그분처럼 용감하고 심지가 굳은 분도 드물 겁니다. 만약 범인이 한 명이었다면 그분이 그렇게 돌아가시지는 않았을 거예요."
모드의 말에는 맥퍼슨에 대한 강한 믿음이 담겨 있었다.
"잠깐 모드 양과 단둘이서만 이야기를 나누고 싶습니다."
내가 말하자 벨라미가 버럭 화를 냈다.
"홈즈 선생! 아까도 말했지만 모드가 이런 일에 끼어들 필요는 없소! 모드, 내가 몇 번을 말해야 알아듣겠니? 이 일에 더 이상 신경 쓰지 마라!"
벨라미가 강경한 태도로 나오자 모드는 잠시 무슨 생각을 하더니 내게 말했다.
"여기서 말씀하시면 안 될까요?"
"어차피 세상에 알려질 일이니 이 자리에서 이야기해도 되겠지요. 모드 양 하고만 이야기를 나누고 싶었지만 할 수

없군요."

모스와 벨라미, 윌리엄과 헤럴드 모두가 긴장한 얼굴로 나를 주시하고 있었다.

"사실은 맥퍼슨 선생의 주머니에서 모드 양이 쓴 쪽지를 발견했습니다. 이것은 나중에 법정에 증거로 제시될 수 있습니다. 그러니 맥퍼슨 선생과의 관계에 대해 사실대로 제게 말씀해주셨으면 합니다."

"그것이라면 간단히 말씀드릴 수 있습니다. 우리는 서로 사랑했고, 그래서 결혼을 약속했습니다."

모드가 당당하게 말하자 벨라미가 화를 참지 못하고 온 몸을 부르르 떨며 소리쳤다.

"그게 무슨 소리냐? 누구 맘대로 그런 약속을 했어?"

그러나 모드는 벨라미의 말에는 아랑곳하지 않고 말을 이어갔다.

"저 역시 그 사실을 숨기고 싶지는 않았습니다. 제 사랑은 떳떳한 것이었고, 저는 제 사랑을 축복받고 싶었습니다. 그러나 현실 문제가 있었습니다. 사실 그에게는 늙으신 숙부가 있었습니다. 그분은 매우 부유한 분이셨는데, 만약 그의 뜻에 어긋나는 결혼을 하면 유산을 한 푼도 물려줄 수 없다고 하셨습니다. 그래서 우리는 신중을 기할 수밖에 없었지요."

그러자 벨라미의 입에서 불만 섞인 한숨이 터져 나왔다.

"어허, 그런 일이 있었다면 우리에게 말을 하지 그랬니? 그 사실을 알았다면 그렇게까지 반대하지는 않았을 텐데……."

"그전에 아버지께서 맥퍼슨 선생에게 마음을 조금이라도 여시지 그러셨어요?"

"그렇게 가난한 자에게 사랑하는 딸을 시집보내고 싶지 않은 사람이 어디 나쁜이겠니?"

벨라미가 누그러진 목소리로 말했다.

"결국 아버지는 사람을 그의 됨됨이가 아닌 재산으로 평가하신 거잖아요. 그건 옳지 못한 일이에요."

모드가 슬픈 얼굴로 고개를 가로저었다.

"홈즈 선생님, 그 쪽지는 이 편지에 대한 답장이었습니다."

모드는 드레스에서 구겨진 종이 한 장을 꺼내 내게 건네주었다. 모드가 내민 편지에는 다음과 같은 내용이 적혀 있었다.

사랑하는 모드.

화요일, 해가 질 무렵에 우리가 항상 만나는 바닷가 그 장소로 나와 주시오. 내가 나갈 수 있는 시간은 그때뿐이오.

피츠로이

"오늘이 바로 화요일입니다. 저는 오늘 저녁에 그를 만날 예정이었지요."

모드의 눈에는 어느새 눈물이 맺혀 있었다. 나는 고개를 끄덕이면서 쪽지를 뒤집어보았다.

"우편으로 보낸 편지가 아니군요. 그렇다면 누가 이 편지를 전해주었습니까?"

내가 묻자 모드는 정색을 하며 고개를 단호하게 가로저었다.

"그건 말씀드리지 않겠습니다. 이번 사건과 전혀 관련이 없는 이야기를 하고 싶지는 않군요. 하지만 사건과 관련 있는 이야기라면 무엇이든 말씀드리겠어요."

나는 그녀가 모든 사실을 말하지 않는 데 약간 실망했다. 그러나 다시 생각을 가다듬어 모드에게 질문했다.

"혹시 맥퍼슨 선생 이외에 모드 양에게 구혼한 사람이 또 있습니까?"

모드의 얼굴에 당황한 기색이 비쳤다. 잠시 후 그녀는 말없이 고개만 끄덕였다.

"아이언 머독 선생입니까?"

내가 묻자 모드의 눈이 휘둥그레지더니 금세 얼굴이 붉게 달아올랐다.

"네, 하지만 그분은 저와 맥퍼슨 선생의 관계를 안 이후 두 번 다시 그런 이야기를 꺼내지 않으셨어요."

내 머릿속에는 머독의 모습이 떠올랐다.

'아무래도 머독에 대해 자세히 조사해볼 필요가 있겠군. 헤럴드도 분명 나를 도와줄 거야. 그 역시 머독을 의심하고 있는 것 같았으니까.'

나는 이런저런 생각을 하며 자리에서 일어섰다. 헤럴드와 나는 가볍게 목례를 하고 벨라미의 저택에서 나왔다.

"홈즈, 아무래도 머독 선생에 대해 조사해봐야겠지?"

주위에는 아무도 없었지만 헤럴드는 내 쪽으로 몸을 기울이며 조용히 물었다.

"자네도 이제 추리력이 제법 늘었군. 나도 그럴 생각이었네. 나를 도와주겠나?"

내가 미소를 지으며 답하자 헤럴드 교장의 표정이 금세 밝아졌다.

"당연하지. 내가 무엇을 하면 되겠나?"

"머독 선생의 방을 조사해보고 싶은데 가능하겠나?"

"물론이네. 내가 적당한 때를 보고 알려주겠네."

우리는 걸음을 재촉해 일단 각자의 집으로 돌아갔다.

4. 개의 죽음

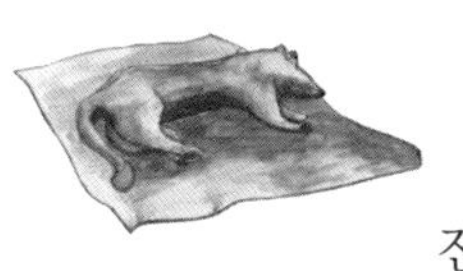

사건 이후 일주일이 흘렀다. 그동안에도 수사는 진행되었지만 아무런 진전이 없었다. 새로운 증거도 없었고 목격자도 나타나지 않았다. 사건은 미궁에 빠진 듯 답답하기만 했다. 그 사이 헤럴드는 머독에 대한 정보를 내게 알려주었고, 나는 그것을 기반으로 그의 방까지 조사해보았다. 그러나 나는 몰래 들어간 그의 방에서도 새로운 사실을 알아내지는 못했다. 나는 사건 현장에 다시 들러보기도 하고 사건을 재구성해보기도 했다. 하지만 그것 또한 별 도움이 되지 못했다. 그동안 숱한 사건을 해결해왔지만 이번 사건처럼 궁지에 내몰린 적은 없었다. 나는 내 추리력이 한계에 닿은 것인가 생각하며 실망하기도 하고 당황하기도 하면서 초조하게 시간을 보내고 있었다.

그러던 중에 맥퍼슨의 개가 죽는 사건이 발생했다. 나는 이 소식을 우리 집 일을 보는 늙은 가정부에게서 처음 들었다. 워낙 작은 마을이라 소문이 빠르기도 하지만 그녀는 유독 모든 소문을 빠르게 접했다.

"선생님, 정말 슬픈 이야기를 들었습니다. 맥퍼슨 선생의 개가 죽었답니다."

평소에는 주변 소문에 별 관심이 없던 나였지만 이 소식에는 귀가 번쩍 열렸다.

"맥퍼슨 선생의 개가 죽어요?"

"네, 주인이 죽자 그 슬픔을 견디지 못하고 죽었다지 뭡니까."

"그 이야기를 어디서 들었습니까?"

"마을 사람 모두가 다 아는 사실입니다. 주인이 죽자 며칠 동안 밥도 먹지 않고 시름시름 앓더니 오늘 아침에 맥퍼슨 선생이 죽은 바로 그 장소에서 죽은 채 발견되었답니다. 맥퍼슨 선생이 근무했던 학교 학생 두 명이 처음 목격했다는군요."

"맥퍼슨 선생이 죽은 장소라고요?"

순간 내 머릿속은 복잡하게 돌아갔다.

'개가 주인을 따라 죽는 일은 아주 흔하지는 않지만 가끔

씩은 발생하는 일이니 그리 놀라울 것이 없다. 그런데 주인이 죽은 그 장소에서 죽다니, 이것은 그냥 넘길 일이 아니야. 혹시 누군가가 복수심 때문에 주인에 이어 개까지 죽였다면?'

아무래도 개의 죽음이 맥퍼슨의 죽음과 연관이 있는 것 같았다. 더 세밀한 조사가 필요할 것 같아서 나는 곧장 학교로 향했다. 그리고 헤럴드 교장을 찾아가 상황 이야기를 하고 죽은 개를 처음 발견한 학생들을 불러달라고 요청했다. 얼마 지나지 않아 학생들이 교장실로 들어왔다.

"죽은 개를 처음 본 상황을 여기 계신 홈즈 선생님께 자세히 설명해주겠나?"

"별로 말씀드릴 것은 없습니다. 저희는 평소처럼 수영을 하러 바닷가에 나갔습니다. 맥퍼슨 선생님이 돌아가신 뒤라 썩 내키지는 않았지만 그래도 수영을 하지 않고 지내려니 몸이 개운하지 않아서요. 그런데 거기서 죽은 개를 보고 얼마나 놀랐는지 모릅니다. 저희 생각에 그 개는 주인의 냄새를 따라 그곳까지 간 것 같습니다. 개는 자갈밭에 생긴 석호 옆에 뻣뻣하게 굳은 채로 누워 있었습니다. 아무튼 이제 다시는 그곳에서는 수영을 하지 못할 것 같습니다."

그때의 장면이 되살아나는지 학생은 얼굴을 찡그리며 몸서리쳤다.

나는 그들에게 고맙다는 인사를 하고 개의 시체를 보러 갔다. 에어데일 테리어 종인 맥퍼슨의 충직한 개는 깔개 위에 누워 있었는데, 이미 뻣뻣하게 굳은 상태였다. 그런데 가까이서 보니 두 눈은 충혈된 채 튀어나와 있었고, 사지는 마구 뒤틀려 있었다. 얼핏 보기에도 그냥 죽은 것은 아닌 것 같았다. 이 개는 엄청난 고통 속에서 죽은 것이 분명했다.

나는 학교를 나서서 맥퍼슨이 죽은 바닷가로 향했다. 해는 이미 져서 사방은 어둠에 싸여 있었다. 바닷가에는 사람의 자취가 없었고, 갈매기 몇 마리만 끼룩거리며 하늘을 날고 있었다. 나는 땅바닥에 엎드리다시피 한 자세로 혹시라도 남아 있을지 모를 자취를 살폈다. 그때 구름 사이에서 달이 나왔고, 달빛이 비추자 개의 발자국이 눈에 보였다. 발자국은 맥퍼슨이 수건을 올려두었던 바위 바로 옆에 찍혀 있었다.

'이곳은 맥퍼슨이 옷을 벗었던 장소인데……, 수영을 하려고 옷과 신발을 벗기는 했지만 실제로 수영을 하지는 않았어. 그런데 그의 개가 여기까지 찾아왔다. 그리고 여기서 죽었다. 대체 이들에게는 무슨 일이 있었던 것일까?'

이런저런 생각이 계속되자 내 머릿속은 복잡해지기만 했다. 뭔가 생각날 듯 혹은 뭔가 잡힐 듯한 느낌인데, 그것은 느낌으로만 그칠 뿐 어찌된 일인지 그럴듯한 추리로 이어지지 못했다. 그 사이 주위는 점점 더 어두워졌다. 나는 또다시 절망감을 느꼈다. 마치 끝나지 않는 악몽을 꾸고 있는 것만 같았다. 결국 나는 아무것도 생각해내지 못하고 다시 집 쪽으로 발걸음을 옮겼다.

그런데 터벅터벅 비탈길을 올라 벼랑에 다다랐을 때였다. 갑자기 내 머리에 번쩍하고 불이 켜지는 듯 전혀 생각지도 못했던 일이 떠올랐다. 나는 그 자리에 우뚝 서서 방금 내 머릿속을 스치고 지나간 생각을 정리해보았다.

'왜 이제야 이 생각이 났을까? 흔하게 일어나는 일은 아니지만 전혀 일어날 수 없는 일도 아니다.'

사실 내 머릿속에는 엄청난 지식이 들어차 있었다. 그런데 이것들은 창고에 쌓인 물건들처럼 양은 어마어마한데 반해 체계적으로 분류되어 저장되지는 못했다. 그래서 그 지식들과 사건을 곧바로 연관시키지 못할 때가 종종 있었다. 그러나 대부분의 경우 나는 사건을 해결할 때마다 이 지식들을 유용하게 사용했다. 이번 역시 조금 늦은 감이 있지만 이 지식을 사용할 때인 듯했다. 나는 내가 방금 꺼낸 지식이 과연 맞는지 알아보기 위해 최대한 빠른 걸음으로 집으로 향했다.

5. 상처의 비밀

나는 집에 도착하자마자 곧장 다락방으로 올라갔다. 다락방에는 온갖 종류의 책이 가득 차 있었다. 나는 내가 원하는 책을 찾을 때까지 한 시간이 넘도록 이 책 저 책을 샅샅이 뒤졌다. 그 와중에 갈색 표지의 책 한 권이 내 눈에 들어왔다. 나는 내 머릿속 어딘가에 희미하게 남아 있는 기억을 되살려 책장을 한 장 한 장 조심스럽게 넘겼다. 그리고 드디어 어느 장에 이르러 내가 원하는 내용을 찾을 수 있었다. 역시 내 기억이 틀린 것은 아니었다. 분명 그것은 불가능해 보이지만 전혀 불가능한 이야기가 아니었다.

'내일 아침에 날이 밝는 대로 이 사실을 확인해봐야겠다. 그때까지 어떻게 기다린담.'

나는 마음이 두근거리고 초조해서 쉽게 잠을 이룰 수 없었다.

날이 밝자 나는 차 한 잔만 서둘러 마시고 집을 나설 준비를 했다. 그런데 생각지도 않았던 훼방꾼이 나타났다. 서섹스 주 경찰서의 바들 경감이 나를 찾아온 것이었다. 건장한 체격에 우직한 인상의 경감은 걱정스런 얼굴로 내게 말했다.

"홈즈 선생, 선생께서 이런 일에 경험이 풍부하다고 해서 실례를 무릅쓰고 찾아왔습니다."

"괜찮습니다. 일단 용건을 말씀해주시지요."

"네, 아시다시피 맥퍼슨 사건이 쉽게 해결되지 못하는 상황에서 용의자를 체포할 것인가 하는 문제 때문에 고민이 많습니다."

"용의자라면 아이언 머독 선생을 말씀하시는 겁니까?"

"맞습니다. 상황을 아무리 재구성해봐도 머독 선생 외엔 범인이라고 할 만한 사람이 없습니다."

"그를 범인이라고 생각할 만한 증거가 있습니까?"

"머독 선생은 매우 화를 잘 내고 성격이 난폭한 데다 일전에 맥퍼슨 선생의 개를 내던진 사건도 있었다더군요. 게다가 맥퍼슨 선생과 결혼을 약속한 모드 양을 좋아하고 있었습니다. 이런 정황을 볼 때 머독 선생이 맥퍼슨 선생을 매우 미워했다는 것은 누구라도 추리할 수 있을 겁니다. 분명 머독 선생은 맥퍼슨 선생에 대한 미움과 질투를 이기지 못하고 범행을 저질렀을 겁니다."

나는 경감이 하는 말을 다 듣고 나서도 아무런 말도 하지 않았다. 그 짧은 시간 동안의 침묵에 당황한 경감이 서둘러 입을 열었다.

"그래서 말인데 이런 증거가 있는데도 가만히 있는 것은 좀 위험하지 않을까요? 만약 그가 도망이라도 가버리면 어떡합니까?"

경감은 미간을 찌푸리며 한숨을 푹 내쉬었다.

"저도 경감께서 하신 이야기들을 다 알고 있고 비슷한 추리를 하기도 했습니다. 그러나 그를 범인으로 몰기에는 추리상의 허점이 너무나 많습니다."

"허점이라니요?"

경감이 깜짝 놀라 물었다.

"우선 머독 선생은 사건 당일 그 시간의 알리바이를 증명할 수 있습니다. 그날 아침 그는 학생들에게 대수를 가르치고 있었으니 목격자가 얼마나 많은지는 말씀드리지 않아도 아시겠지요? 게다가 그는 맥퍼슨 선생이 절벽 위로 올라온 지 몇 분이 채 되지 않았을 때 그 반대 방향에서 나타났습니다."

"그야……."

경감은 내 말에 반박하고 싶어 했지만 대응할 만한 말을 쉽사리 찾지는 못했다.

"또 하나, 머독 선생 혼자서 건장한 성인 남성에게 그런 상처를 남기기는 어렵습니다."

"공범자가 있다면 가능한 일 아닙니까?"

나는 그 말에는 아무런 대꾸도 하지 않고 말을 이었다.

"게다가 범행 도구 역시 문제가 있습니다."

"무슨 회초리나 부드러운 채찍 같은 것으로 때린 게 아닐까요?"

"상처를 보셨습니까?"

"물론이죠."

"아니, 자세히 보셨느냐 말입니다."

"그야……, 보았지요."

내가 계속해서 캐묻자 경감은 약간 머뭇거리며 말했다.

"저는 돋보기로 아주 자세히 살펴보았습니다. 그 상처는 아주 특이한 것이었습니다."

"특이하다고요?"

"단순히 회초리나 부드러운 채찍으로 때려서는 절대 나올 수 없는 상처입니다. 이걸 보십시오."

나는 상처를 찍어 확대한 사진을 서랍에서 꺼내 경감에

게 내밀었다.

"오호! 역시 듣던 대로 철저하게 수사를 진행하시는군요."

경감이 감탄사를 내뱉으며 말했다.

"그렇지 않았다면 지금의 저는 있을 수 없겠지요. 그런데 철저한 수사는 비단 저뿐만 아니라 경찰에서도 필히 수행해야 한다는 것을 잊지 마십시오. 일단 이 사진에서 오른쪽 어깨 부분을 보십시오. 뭔가 특별한 점이 보입니까?"

경감은 고개를 숙이고 한참 동안 사진을 들여다보더니 고개를 갸웃거렸다.

"글쎄요, 잘 모르겠군요."

"이 상처에 대한 비밀을 풀어야만 사건의 범인도 잡을 수 있습니다. 여기 이 부분을 잘 살펴보십시오."

내가 손가락으로 일일이 상처를 짚어주자 경감은 눈을 부릅뜨고 상처를 자세히 살폈다.

"그러고 보니 부드러운 채찍으로 맞아서 생겼다고 하기에는 상처가 좀 고르지 못하군요."

"맞습니다. 여기와 여기, 피가 난 상처를 보십시오. 상처가 심하고 약하고 차이가 뚜렷하게 나타나 있지요? 마치 작고 단단한 매듭이 있는 아홉 가닥의 채찍으로 때린 것처럼 말입니다."

"오호! 그렇군요. 정말 그렇습니다. 아홉 가닥의 채찍이었군요.”

경감이 무릎을 탁 치며 말했다.

“아니, 그것이 정답이란 말은 아닙니다. 뭔가 전혀 다른 것이 원인이었을 수도 있으니 쉽사리 결론을 내리지는 마십시오.”

나는 말을 마치며 자리에서 일어났다. 사실 나는 아까부터 줄곧 바닷가로 나가서 확인하고 싶은 것이 있었기 때문에 어서 이야기를 끝마치고 싶었다. 그러나 경감은 계속 자리에 앉아 골똘히 생각에 잠겨 있었다.

“경감, 정황상 머독 선생을 용의자로 잡기에는 미흡한 부분이 많습니다. 게다가 맥퍼슨 선생은 죽기 전에 ‘사자의 갈기’라는 말을 남겼습니다. 그 말의 의미도 고려해봐야 합니다.”

“혹시 맥퍼슨 선생이 너무 고통스러운 나머지 말을 잘못한 것은 아닐까요? 어쩌면 아이언이라는 이름을 라이언으로 발음했을지도 모르지 않습니까.”

“전혀 불가능한 말은 아닙니다. 하지만 두 번째 단어인 갈기mane는 머독과 별로 비슷하지 않습니다. 게다가 나는 맥퍼슨 선생이 절규하듯 외치는 ‘갈기’라는 단어를 똑똑히 들었습니다. '게이블스'의 교장인 스팩허스트 씨도 함께 들었으니 잘못 들은 것은 아닙니다."

나는 이제 더 이상 지체할 시간이 없었다. 내가 파이프를 챙겨 들고 문 쪽으로 향하자 경감이 다급히 물었다.

"홈즈 선생, 어디 가십니까? 혹시 사건과 관련된 일을 보러 가신다면 제게도 좀 알려주시지요."

"아직 확실한 증거를 잡지 못한 상태라 뭐라고 말씀드리기가 곤란하군요."

"그럼 제가 언제쯤 다시 찾아오면 될까요?"

"대략 한두 시간쯤 후, 아니 어쩌면 더 빨리 해결될지도 모릅니다. 한시라도 빨리 확인하고 싶으니 저는 이만 자리를 뜨겠습니다."

그러나 경감은 계속해서 내 발목을 붙들었다.

"혹시 바다 위에 떠 있던 고기잡이배들을 의심하시는 겁니까?"

"천만에요. 그 배들은 너무 멀리 떨어져 있었습니다."

"그렇다면 벨라미 씨와 그의 아들인 윌리엄을 의심하시는군요. 두 사람 모두 맥퍼슨 선생을 싫어했으니 말입니다. 충분히 가능한 이야기지요."

"뭐라고 하셔도 저는 아무 말도 할 수가 없습니다. 그러니 이만 저를 보내주시지요. 얼마 있지 않아 범인의 정체를 알게 될지도 모르지 않습니까?"

경감의 얼굴에 실망의 빛이 도는가 싶더니 이내 고개를 끄덕이며 말했다.

"알겠습니다. 저도 이만 물러갔다가 점심 무렵에 다시 들르겠습니다."

6. 새로운 희생자

경감과 내가 얘기를 끝내고 방을 나서려고 몸을 돌렸을 때였다. 느닷없이 현관 쪽에서 쾅하는 소리가 났다. 깜짝 놀라 문을 열어보니 현관문은 활짝 열려 있었고, 누군가가 비틀거리며 복도를 걸어오고 있었다. 그는 창백한 얼굴에 머리가 마구 흐트러진 상태였다. 게다가 술에 취한 듯 중심을 잡지 못하고 이리저리 벽에 부딪치며 걷고 있었다.

"저 사람은 머독 선생이 아닙니까?"

경감이 깜짝 놀라 소리쳤다. 우리는 재빨리 달려나가 머독을 부축했다. 그리고 서둘러 방으로 데리고 들어와 소파에 눕혔다.

"브랜디……, 브랜디를……."

머독이 숨을 헐떡이며 힘겹게 말했다. 용의자로 의심했던 사람이 갑자기 이런 모습으로 찾아들자 경감은 매우 당황한 모양이었다. 그는 어찌할 바를 모르고 허둥거리고만 있었다.

"경감님, 내가 브랜디를 가져올 테니 이 사람의 머리를 받쳐주십시오."

바로 그때 복도 쪽에서 쿵쿵거리는 발자국 소리가 요란하게 나더니 헤럴드가 모습을 드러냈다. 그는 얼굴이 파랗게 질린 채 숨을 헐떡이며 힘겹게 말했다.

"여기까지 오는 동안 두 번이나 쓰러졌네. 어서 브랜디를 먹이게. 생명이 위태롭네."

나는 서둘러 브랜디를 따라왔다. 경감이 두 손으로 머독의 머리를 받쳐주었고, 나는 조금씩 그의 입 속으로 브랜디를 흘려주었다. 큰 잔으로 반 잔 정도를 먹이자 정신이 드는지 머독이 한 손으로 소파 모서리를 짚고 자리에서 일어났다. 그리고 힘겹게 옷자락을 내리고 어깨를 드러내더니 고통에 찬 목소리로 외쳤다.

"제발 내게 마약이나 모르핀을 주십시오! 하다못해 오일이라도 발라주십시오. 고통스러워서 도저히 견딜 수가 없어요!"

나와 경감은 눈앞의 장면을 보고 깜짝 놀랐다. 머독의 어깨에 맥퍼슨의 등에 난 것과 똑같은 상처가 나 있었던 것이다. 벌겋게 부풀어오른 상처는 그냥 보기에도 매우 심각한 것 같았다. 숨쉬기조차 힘든지 머독의 목구멍에서는 꺽꺽 소리가 처참하게 새어나왔다. 새파랗게 질린 얼굴은 이제 새까매져 있었고, 이마와 볼에는 쉴 새 없이 땀이 흘러내리고 있었다. 나는 경감에게 계속해서 브랜디를 먹이라고 했다. 그리고는 초인종을 울려 가정부를 부른 다음 샐러드 오일을 빨리 가져오라고 말했다. 갑작스런 상황에 놀란 가정부는 서둘러 오일을 가져왔고, 나는 그것을 거즈에 부어 조심스럽게 상처에 발랐다. 거즈가 상처에 닿을 때마다 머독의 입에서는 고통스런 신음소리가 터져 나왔다. 계속해서 상처에 오일을 덧바르고 브랜드를 먹이자 통증이 조금은 줄어드는지 머독의 신음소리가 잦아들었다. 그는 소파에 다시 눕더니 이내 잠이 들었다. 아마도 반쯤은 기절한 상태였겠지만 통증에서 조금이나마 벗어나게 된 것은 다행이었다.

"다행히 얼마간 통증에서 해방된 것 같군. 목숨은 살릴 수 있겠네."

내가 말하자 헤럴드가 아직도 흥분한 얼굴로 숨을 몰아쉬며 말했다.

"얼마나 놀랐는지 모르네. 대체 누가 이런 짓을 계속하고 있는 걸까?"

"이 사람을 어디서 발견했나?"

"놀랍게도 맥퍼슨 선생이 죽은 그 자리에서 발견했네. 학교까지 가자니 너무 멀고 해서 일단 가장 가까운 자네 집으로 데려왔으니 이해해주게. 오는 도중에 두 번이나 정신을 잃어서 죽는 줄만 알았어. 만약 머독 선생도 맥퍼슨 선생처럼 심장이 나빴다면 벌써 죽고 말았을 걸세."

헤럴드는 이마의 땀을 닦으며 고개를 절레절레 저었다.

"바닷가 그 장소에서 발견했다?"

내 눈이 반짝 빛나는 것을 본 헤럴드는 설명을 계속했다.

"그렇다니까. 그때 나는 벼랑 위에서 산책을 하고 있었네. 그때 갑자기 날카로운 비명소리가 들리지 뭔가? 서둘러 아래를 내려다보았지. 그랬더니 머독 선생이 술 취한 사람처럼 비틀거리며 걷고 있지 않겠나? 처음에는 정말 술에 취한 줄만 알았는데 가만 보니 그게 아니었네. 고통에 찬 비명소리도 예사롭지 않았고. 그래서 서둘러 비탈길을 내려가 그를 부축했지. 수영을 한 모양인지 옷을 벗고 있어서 대충 웃옷을 걸쳐주었네. 그리고 그를 데리고 힘겹게 비탈길을 올라 여기로 온 거야."

"그렇군. 자네가 무척 놀랐겠군."

"홈즈, 더 이상 이런 일이 계속되어서는 안 되네. 제발 부탁이니 이 마을에서 벌어지는 불운한 일들이 더 이상 계속되지 않도록 범인을 꼭 잡아주게. 이대로라면 이 마을은 사람이 살 수 없는 곳이 되어버릴 걸세."

헤럴드는 두려움과 걱정이 가득한 얼굴로 내게 부탁했다.

"알겠네. 일단 같이 가세. 경감도 함께 갑시다. 내가 그 살인범의 정체를 알려드리겠습니다."

내 말에 모두 깜짝 놀라면서도 몹시 기뻐했다.

"정말입니까? 그렇게만 된다면 더 바랄 것이 없습니다. 자, 어서 갑시다."

경감이 큰소리로 외치며 앞장섰다. 나는 가정부에게 머독의 간호를 맡기고 서둘러 바닷가로 향했다.

7. 물속의 범인

두 사람에게 불운이 닥친 장소여서인지 헤럴드와 경감은 긴장한 눈치였다. 자갈밭에 이르자 머독이 벗어놓은 옷과 수건이 여기저기 나뒹굴고 있었다. 나는 석호 주변을 돌며 주위를 살폈다. 나머지 사람들도 내 뒤를 따르며 주변 상황을 둘러보았다.

"대체 범인이 어디 있다는 말인가?"

헤럴드가 목소리를 최대한 낮게 깔고 물었다.

"잠깐만 기다리게. 금방 만나게 될 걸세."

자연적으로 생긴 석호는 대략 1미터 정도의 깊이였는데 바닥이 보일 정도로 맑은 물이 가득 차 있었다. 나는 이쪽저쪽으로 자리를 옮기며 물속을 열심히 들여다보았다.

"설마 범인이 물속에 있겠습니까?"

경감이 어이없다는 듯 물었다. 나는 아무런 대꾸도 하지 않고 계속해서 물속에 시선을 고정시켰다. 내 시선이 수심이 얕은 곳에 이르렀을 때 드디어 나는 그것의 실체를 볼 수 있었다.

"찾았다! 드디어 찾았다!"

내가 소리치자 두 사람이 깜짝 놀라 물속을 들여다보았다.

"뭘 찾았다는 말입니까? 아무것도 보이지 않는데……."

"저기 키아네아가 있습니다. 키아네아! 사자의 갈기!"

내가 손으로 가리키는 곳으로 두 사람의 시선이 모였다. 그곳에는 사자의 갈기를 마구 뜯어서 뭉친 것처럼 생긴 노란 빛깔의 무언가가 흔들거리고 있었다. 그것은 물의 흐름대로 움직이면서 움츠렸다 팽창하기를 반복하고 있었다.

"대체 저게 뭡니까?"

"저것은 바로 키아네아 입니다. 해파리의 한 종류죠. 맥퍼슨 사건의 범인이기도 하고요."

"그럴 수가!"

경감과 헤럴드 교장은 입을 다물지 못하고 서로를 쳐다보았다.

"어서 저놈을 없애버려야 합니다. 이 돌로 죽여버립시다."

나는 경감과 함께 석호 옆에 놓여 있던 큰 돌을 옮겨왔다. 그리고 해파리를 목표로 가져온 돌을 물속으로 밀어넣었다. 첨벙 소리와 함께 물에 빠진 돌은 곧장 해파리를 향해 돌진했다. 물결이 잦아든 뒤 물속을 들여다보니 돌 아래로 해파리의 노란 막이 흔들거리는 것이 보였다. 잠시 후 거품과 함께 걸쭉한 노란 기름이 수면 위로 올라왔다. 해파리는 완전히 죽은 듯했다.

"도무지 이해가 가지 않습니다. 이 지방에는 저런 생물체가 없었습니다. 그런데 저렇게 흉측한 것이 어디서 왔단 말입니까?"

경감이 믿기지 않는다는 듯 고개를 갸웃거리며 말했다.

"서섹스 주에 살지 않은 생물이지만 여기서 발견되지 말란 법도 없습니다. 맥퍼슨 선생이 죽기 전날 밤에 엄청난 폭풍이 왔던 것을 기억하십니까? 제 생각에 저놈은 그날 밤 강풍과 조류에 휘말려 여기까지 떠내려온 것 같습니다. 일단 우리 집으로 돌아갑시다. 키아네아 해파리에게 당한 사례가 적힌 책을 보여 드리겠습니다."

다시 집으로 돌아가 보니 그 사이 정신을 차린 머독이 소파에 앉아 있었다. 아까보다는 덜하지만 그래도 통증이 계속되는지 이따금씩 얼굴을 찌푸리며 고통에 찬 신음을 종종 내뱉었다. 하지만 아직도 제정신을 차리지 못한 상태였다. 그는 자신이 겪은 일을 제대로 기억하지 못하고 있었다.

"무슨 일이 있었는지 우리에게 말해줄 수 있나?"

헤럴드가 걱정스런 표정으로 물었다.

"수영을 하러 물에 들어간 것은 정확히 기억합니다. 얼마 동안 수영을 하고 있었는데 갑자기 타들어 가는 것처럼 극심한 통증이 느껴지더군요. 그래서 죽을힘을 다해 물 밖으로 빠져나왔는데……, 그 다음에 어떻게 여기까지 왔는지는 모르겠습니다."

머독이 힘없는 목소리로 겨우 말을 마쳤다. 나는 머독을 향해 고개를 끄덕인 뒤 책장으로 가서 갈색 표지의 책을 꺼냈다.

"이것은 저명한 생물학자, J. G. 우드가 쓴 ≪야외에서≫라는 책입니다. 여기를 보면 우드가 맹독성 해파리를 만났다가 죽을 뻔한 이야기가 있습니다. 우리가 방금 죽이고 온 해파리가 바로 그것이지요. 정확한 이름은 키아네아 카필

라타로 그것에 쏘이면 코브라에게 물린 것만큼이나 위험하다고 합니다. 머독 씨를 봐도 알지만 통증은 이루 말할 수도 없이 심하고요. 여기 이 부분을 발췌해서 읽어드릴 테니 잘 들어보십시오."

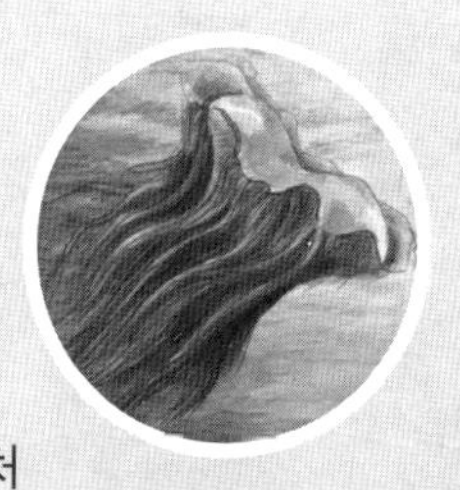

만약 바닷가에서 수영을 하다 황갈색 막에 촉수가 있는 생물체를 발견하면 즉시 그 자리에서 떠나라. 만약 그게 불가능하다면 그것과 접촉하지 않도록 경계해야 한다. 사자의 갈기처럼 생긴 그 생물체는 맹독을 품은 키아네아 카필라타인데, 한 번 쏘이게 되면 피부에 빨간 줄이 생기면서 물집이 잡힌다. 조그맣게 잡힌 물집 하나하나마다 극심한 고통을 수반하며 자칫 잘못하다간 생명을 잃을 수도 있다.

"이 책을 자세히 읽어보면 더 놀라운 사실을 알게 됩니다. 키아네아 해파리는 우리 눈에 보이지 않는 촉수를 무려 15미터나 뻗어 맹독을 찔러 넣을 수 있다고 합니다. 우드는 해파리 가까이 가지 않았는데도 그것의 공격을 받았답니다. 여기 통증에 대한 설명이 있으니 들어보시지요."

갑작스럽게 가슴으로 통증이 전해지자 나는 내가 총에 맞은 줄로 착각했다. 심장은 몸 밖으로 튀어나올 것처럼 마구 뛰었고, 숨조차 쉴 수가 없었다.

"우드도 머독 선생처럼 브랜디를 한 병가량 마신 뒤에야 겨우 살아날 수 있었다고 합니다. 이제 맥퍼슨 선생의 죽음에 대한 의문이 풀리셨습니까? 혹시 아직도 의문점이 있다면 이 책을 마저 읽어보십시오."

경감은 내가 건넨 책을 엉겁결에 받아들긴 했지만 아직도 멍한 얼굴이었다.

"이제 저에 대한 모든 의혹이 풀린 겁니까?"

머독이 쓴웃음을 지으며 물었다.

"의혹이라니요?"

내가 짐짓 모르는 체하고 말하자 머독이 손을 저으며 말했다.

"괜찮습니다. 모든 정황이 저를 용의자로 지목했다는 것은 저도 잘 알고 있었으니까요. 같은 일을 당했기에 망정이

지 그렇지 않았다면 언제 철창에 갇힐지 모르는 운명이었겠지요."

체념한 듯한 머독을 보며 내가 입을 열었다.

"머독 선생, 절대 그렇지 않습니다. 나는 이미 당신이 범인이 아니라는 사실을 알고 있었습니다."

"아니, 어떻게 아셨습니까?"

머독이 깜짝 놀라 물었다.

"나는 맥퍼슨 선생이 마지막으로 남긴 '사자의 갈기'라는 말에 주목하고 있었습니다. 사실 나는 닥치는 대로 책이나 신문, 잡지 따위를 읽으며 지식을 모으는 사람입니다. '사자의 갈기'라는 말을 처음 들었을 때, 분명 어디선가 들었던 말 같았는데 그게 어디에서였는지는 도무지 생각해내지 못했습니다. 분명 책에서 설명한 것과 같이 그 해파리는 사자의 갈기처럼 생기긴 했더군요. 맥퍼슨 선생은 분명 해파리가 물 위에 떠 있는 모습을 보고 그렇게 표현했을 것입니다. 그게 마지막이자 최고의 단서가 된 셈이지요. 나는 계속해서 이 단어를 곱씹고 있다가 어느 순간 이 단어의 의미를 깨달았습니다."

내 말이 이해가 된다는 듯 모두 고개를 끄덕였다.

"이제 저는 결백을 입증했으니 돌아가겠습니다."

머독이 천천히 자리에서 일어나며 말했다.

"뭐, 너무 불쾌하게 생각하지는 마십시오. 수사를 하다 보면 주변 사람부터 용의선상에 올리게 되어 있습니다. 게다가 맥퍼슨 선생과 당신은 모드 양 문제로 얽혀 있었기 때문에……."

경감이 더듬대며 말하자 머독이 단호하게 고개를 가로저으며 말했다.

"그 문제에 대해 분명히 해둘 게 있습니다. 제가 모드 양을 좋아했던 것은 사실입니다. 그러나 모드 양이 맥퍼슨과 결혼을 약속했다는 사실을 안 뒤부터는 오로지 그녀가 행복해지기만 바랐습니다. 그저 순수하게 사랑했던 여인이 행복하기만을 바랐지 나쁜 감정은 품지도 않았습니다. 시간이 지나면서 나는 진심으로 그들의 사랑을 축복했습니다. 그런데 그 둘의 사랑이 순탄치 않다는 것을 알고부터 나는 그들을 돕기 시작했습니다. 자진해서 편지 심부름을 하면서요."

차분하게 말을 잇는 머독의 표정에는 진심이 담겨 있었다.

“모드 양도 당신의 진심을 알았던 거로군요. 혹시라도 해가 갈까 봐 내게 당신 이야기를 하지 않았던 것이고 말입니다.”

내 말에 머독은 미소를 지으며 고개를 끄덕였다.

“그랬을 겁니다. 참으로 사려 깊은 여인이지요. 맥퍼슨이 죽자 나는 그 사실을 그녀에게 직접 알리고 싶었습니다. 둘 사이를 잘 알지 못하는 사람이나 맥퍼슨을 싫어하는 사람에게서 그의 죽음을 듣게 하고 싶지는 않았기 때문입니다. 그래서 부랴부랴 모드 양의 집에 갔었고 돌아오던 길에 두 분을 만난 것입니다.”

“그랬었군. 내가 잠시 자네를 오해했었네. 맥퍼슨 선생이 너무나 갑작스럽게 죽는 바람에 나도 제정신이 아니었어. 미안하네. 너무 서운하게 생각하지 말게.”

헤럴드가 진심으로 사과하자 머독은 고개를 저으며 말했다.

“괜찮습니다. 상황을 자세히 설명해드리지 않았으니 제게도 책임이 있습니다. 그리고 사실 제가 학교를 떠나겠다고 말한 것은 진심으로 좋아했던 맥퍼슨이 죽었기 때문이었습니다. 저는 맥퍼슨의 됨됨이를 좋아했고 진정한 친구로 생각하고 있었습니다. 그런 친구를 잃었으니 학교에 남고 싶지 않았던 거죠."

"그랬었군. 머독, 이제 지나간 일에 대해서는 서로 너그럽게 이해하고 오해를 풀기로 하세. 나는 자네가 다시 학교로 돌아와주기를 진심으로 바라네."

헤럴드 교장이 진심어린 표정으로 말하자 머독의 얼굴에도 기쁜 기색이 역력했다.

"고맙습니다. 저 역시 학교로 돌아가고 싶습니다."

헤럴드와 머독은 함박웃음을 지으며 서로 악수를 나누었다.

"자, 범인도 잡았고 오해도 풀었으니 제가 할 일은 이제 없는 것 같군요."

나는 숙제를 마친 학생처럼 홀가분한 표정으로 말했다.

"홈즈 선생, 정말 명성대로 대단한 실력이십니다. 선생에 대한 소문을 들었을 때만 해도 소문이라는 게 원래 부풀려지는 것이라고 생각했는데 그게 아니었군요. 과연 훌륭하십니다."

경감은 나를 바라보며 감탄을 금치 못했다. 그러나 나는 그를 보며 단호하게 고개를 저었다. 칭찬은 받을수록 기분 좋은 일이지만 거기에 빠져 허우적대다 보면 정작 중요한 것을 놓칠 수 있기 때문이었다. 탐정에게 자만은 절대 금물이었다.

"그렇지 않습니다. 저는 한동안 남들에게 탐정이라고 말하지 못할 정도로 엉뚱한 생각만 하고 있었습니다."

"설마요!"

경감이 손을 내저으며 웃었다.

"제가 헤매게 된 가장 큰 이유는 맥퍼슨 선생의 수건 때문이었습니다. 마른 수건을 보고 그가 물에 들어가지 않았다고 생각했지요. 하지만 그는 물에 들어갔습니다. 단지 수건으로 몸을 닦을 틈이 없었던 거지요. 만약 시체가 물에서 발견되었다면 좀 더 쉽게 해결할 수도 있었을 겁니다. 물 밖에서 죽은 사람이 해파리의 독침에 쏘였다고 어찌 상상이나 할 수 있었겠습니까?"

"그래도 결국엔 다 알아내지 않았습니까?"

"결론은 그렇습니다만, 서로서는 해파리에게 한 방 맞은 것 같습니다. 평상시에 경찰이나 고위 관리들을 놀려주곤 했는데, 이번에는 오히려 제가 해파리에게 놀림을 받은 것 같군요."

셜록 홈즈 최고의 동료, 존 해미시 왓슨 John Hamish Waston의 일생

예비역 군의관을 지낸 뒤 일반 병원을 개업한 의학박사. 각진 턱에 콧수염을 기른 건장한 체격의 사나이로 그려지고 있다. 홈즈의 가장 가까운 친구이자 조수로서 홈즈의 사건을 세상에 알리는 역할을 담당하고 있다.

젊은 시절에는 아마추어 럭비 클럽에서 활약한 활동가이기도 한 그의 왼쪽 어깨에는 아프간 전쟁 시 입은 상처가 있다. 파이프용 혼합 담배인 알카디아 담배를 좋아하고, 상의연금의 절반을 쏟아 부을 정도로 경마를 좋아한다.

1852년 8월 7일 햄프셔 출생
아버지 핸리 왓슨, 어머니는 유아기 시절에 사망.
이후 모든 가족이 오스트레일리아로 이주
1865년 홀로 영국으로 귀국해 햄프셔에 있는 웰링턴 대학 출석
1872년 6월 런던 의과대학 입학
세인트 바솔로뮤 병원 외과 수술 팀에서 근무
1878년 런던 대학 의학박사 학위 취득

	육군이 정한 외과의사 교육 과정 이수 차 군대 외과의사로 네틀리에 감
	교육 이수 후 부외과 의사로 노섬버랜드 제5보병 연대에 정식 배속
1880년	마이완드 전투에서 아프가니스탄 군에게 어깨 총상. 병원 요양 중 장티푸스로 사경을 헤매다 겨우 회복.
	본국 송환으로 귀국 후 스트랜드가의 고급 호텔 유숙. 경제 사정으로 거처 옮김
1881년	세인트 바솔로뮤 병원 수술 조수로 근무
	그즈음 스탬포드의 소개로 셜록 홈즈와 조우 베이커가 221B에서 함께 하숙 시작
1884년	아프리카 여행
1886년	귀국 후 켄싱턴에서 개업
1887년	〈주홍색 연구〉 발표
1888년	동생 핸리 왓슨 사망
	메리 모스턴을 만나 결혼
1889년	패딩턴에서 개업
	〈네 개의 서명〉 발표
1891년	라이헨바흐 폭포에서 홈즈 사망 후 켄싱턴에서 재개업

아내 메리 모스턴 사망

1894년 홈즈 생환 후 켄싱턴 병원을 정리하고 다시 베이커가에서 하숙

1901년 〈바스커빌가의 개〉 발표

1902년 11월 재혼

퀸 앤 거리에서 다시 병원 개업

1929년 사망

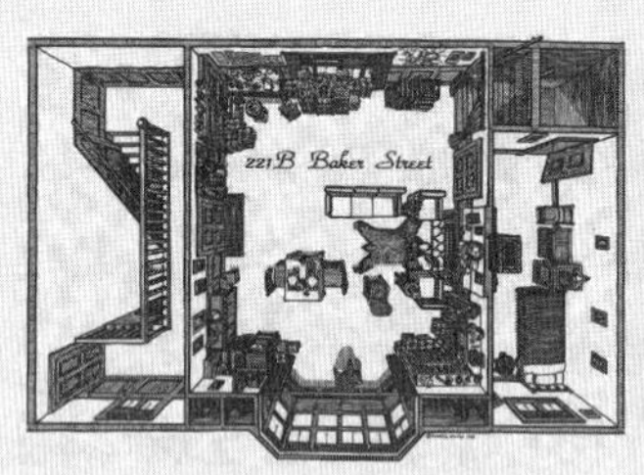

베이커가 221B 하숙집 내부

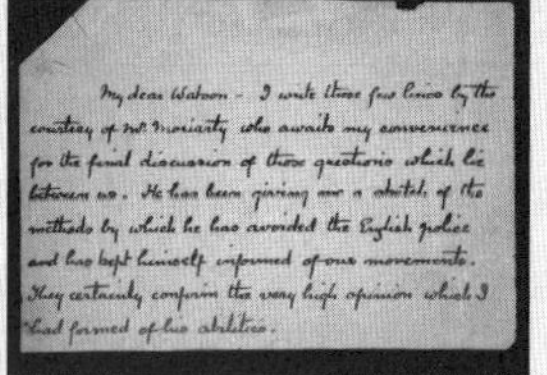
My dear Watson - I write these few lines by the courtesy of Mr. Moriarty who awaits my convenience for the final discussion of those questions which lie between us. He has been giving me a sketch of the methods by which he has avoided the English police and has kept himself informed of our movements. They certainly confirm the very high opinion which I had formed of his abilities.

왓슨에게 보낸 홈즈의 편지

셜록 홈즈의 사건 연대표

작품은 홈즈나 왓슨이 회상하며 이야기하거나 옛 기록을 찾아서 적는 식으로 서술되기 때문에 사건이 시간적 추이에 따라 발표되지 않았다. 따라서 각 사건과 사건의 발생 연도를 차례로 정리해보면 다음과 같다. (작품 발표 순서와는 별개)

1874년 글로리아 스콧 호 The Gloria Scott/ 회상
1879년 머스그레이브가의 의식문 The Musgrave Ritual/ 회상
1881년 주홍색 연구 A Study in Scarlet/ 장편
1883년 얼룩무늬 끈 The Speckled Band/ 모험
1886년 장기 입원 환자 The Resident Patient/ 회상
1886년 독신자 귀족 The Noble Bachelor/ 모험
1886년 두 번째 얼룩 The Second Stain/ 귀환
1887년 라이게이트의 지주들 The Reigate Squires/ 회상
1887년 보헤미아의 스캔들 A Scandal in Bohemia/ 모험
1887년 입술 비뚤어진 사나이 The Man with the Twisted Lip/ 모험
1887년 다섯 개의 오렌지 씨앗 The Five Orange Pips/ 모험
1887년 사건의 진실 A Case of Identity/ 모험

1887년 붉은 머리 연맹 The Red-headed League/ 모험
1887년 죽어가는 탐정 The Dying Detective/ 인사
1887년 푸른 카벙클 The Blue Carbuncle/ 모험
1888년 공포의 계곡 The Valley of Fear/ 장편
1888년 노란 얼굴 The Yellow Face/ 회상
1888년 그리스어 통역관 The Greek Interpreter/ 회상
1888년 네 개의 서명 The Sign of Four/ 장편
1888년 바스커빌가의 개 The Hound of the Baskervilles/ 장편
1889년 너도밤나무 집 The Copper Beeches/ 모험
1889년 보스콤 계곡 The Boscombe Valley Mystery/ 모험
1889년 증권거래소 직원 The Stockbroker's Clerk/ 회상
1889년 해군 조약문 The Naval Treaty/ 회상
1889년 소포 상자 The Cardboard Box/ 인사
1889년 어느 기술자의 엄지손가락 The Engineer's Thumb/ 모험
1889년 등이 굽은 사내 The Crooked Man/ 회상
1890년 위스테리아 별장 Wistaria Lodge/ 인사
1890년 실버블레이즈 Silver Blaze/ 회상
1890년 녹주석 보관 The Beryl Coronet/ 모험
1891년 최후의 과제 The Final Problem/ 회상
1894년 빈집의 모험 The Empty House/ 귀환
1894년 금테 코안경 The Golden Pince-nez/ 귀환

1895년 세 학생 The Three Students/ 귀환

1895년 외로운 자전거 타는 사람 The Solitary Cyclist/ 귀환

1895년 블랙 피터 Black Peter/ 귀환

1895년 노어우드의 건축가 The Norwood Builder/ 귀환

1895년 브루스 파팅턴 설계도 The Bruce-partington Plans/ 인사

1896년 수수께끼의 하숙인 The Veiled Lodger/ 사건

1896년 서섹스의 흡혈귀 The Sussex Vampire/ 사건

1896년 스리쿼터의 실종 The Missing Three-quater/ 귀환

1897년 애비 농장 The Abbey Grange/ 인사

1897년 악마의 발 The Devil's Foot/ 인사

1898년 춤추는 사람들 The Dancing Men/ 귀환

1898년 은퇴한 물감 제조업자 The Retired Colourman/ 사건

1899년 찰스 오거스터스 밀버튼 Charles Augustus Milverton/ 귀환

1900년 여섯 개의 나폴레옹 The Six Napoleons/ 귀환

1900년 소어 다리 The Problems of Thor Bridge/ 사건

1901년 프라이어리 학교 The Priory School/ 귀환

1902년 쇼스콤 저택 Shoscomebe Old Place/ 사건

1902년 세 명의 개리뎁 The Three Garridebs/ 사건

1902년 프랜시스 카팍스의 실종 The Disaparance of Lady Frances Carfax/ 인사

1902년 저명한 의뢰인 The Illustrious Client/ 사건

1902년 붉은 원 The Red Circle/ 인사

1903년 창백한 병사 The Blanched Soldier/ 사건

1903년 세 박공의 집 The Three Gables/ 사건

1903년 마자랭의 보석 The Mazarine Stone/ 사건

1903년 기어다니는 사람 The Creeping Man/ 사건

1909년 사자의 갈기 The Lion's Mane/ 사건

1914년 홈즈의 마지막 인사 His Last Bow/ 인사

참고

≪셜록 홈즈의 모험 The Adventures of Sherlock Holmes≫ → 모험

≪셜록 홈즈의 회상 The Memoirs of Sherlock Holmes≫ → 회상

≪셜록 홈즈의 귀환 The Return of Sherlock Holmes≫ → 귀환

≪셜록 홈즈의 마지막 인사 His Last Bow≫ → 인사

≪셜록 홈즈의 사건 The Case Book of Sherlock Holmes≫ → 사건

장편 작품–작품으로 표기했습니다.

"홈즈의 안작·패러디에는 원작에 대한 존경의 마음이 담겨 있다." -앨러리 퀸-

도일의 홈즈를 잇는 또 다른 셜록 홈즈 이야기

셜록 홈즈 이야기를 원 저자인 도일이 아닌 다른 사람이 쓴 작품을 안작이라고 하는데, 일반적으로 작품의 테마나 수법 등을 전면적으로 차용해서 만든 것을 안작 또는 패러디라고 한다. 셜록 홈즈 이야기 역시 안작이 많은데, 이는 명탐정 홈즈가 전 세계인들의 사랑을 받고 있다는 증거라 할 수 있다.

또 보통 패러디에서는 원작을 야유하거나 비꼬거나 하는 일이 많다. 그런데 홈즈의 패러디나 안작에서는 그런 경향을 찾아볼 수가 없다. 쓰는 사람 대부분이 소년 시절부터 홈즈 이야기를 애독하면서 성장했기 때문이다. 사춘기나 청춘시대를 홈즈 이야기와 더불어 보내고 있는 것이다.

최초에 발표된 홈즈 패러디는 '패그람의 수수께끼'다. 밀실 상태가 된 기차의 일등 객실에서 사체가 발견된 사건에 셜로 콤즈(Sherlaw Kombs)가 도전하는 내용이다. 작자는 영국 태생의 미국인으로 미스터리 작가이자 저널리스트이기도 했던 로버트 바(1850~1912). 그는 문예지인 〈아이들러〉지의 편집 일을 하는 짬짬이 루크 샤프라는 펜 네임을 이용, 1892년 ≪잘못된 탐정소설-

셜로 콤즈의 모험≫이라는 제목으로 최초의 홈즈 패러디를 발표했다. 홈즈 시리즈 중 최초의 단편인 '보헤미아의 스캔들'이 〈스트랜드 매거진〉에 발표되어 사람들의 주목을 끈 것이 1891년이라는 것을 감안하면, 그 이듬해에 바로 홈즈의 패러디가 출현했다는 것은 홈즈의 인기가 얼마나 대단했는지 짐작하게 한다. 로버트 바가 최초의 셜로키언이라고 불리는 이유도 이 때문이다.

로버트 바

≪잘못된 탐정소설-셜로 콤즈의 모험≫의 표지

〈스트랜드 매거진〉

미국의 환상 및 괴기 소설 작가로 유명한 오거스트 덜레스(August Derleth; 1909~1971) 역시 젊은 시절 홈즈 시리즈에 푹 빠져 있던 사람 중 하나다. 그는 스콘신 대학 1학년이었던 1927년, 최후의 홈즈 이야기집인 ≪셜록 홈즈의 사건≫이 발표되자 도일에게 편지를 보내 '앞으로 홈즈 이야기를 더 발표할 것인지?'에 대해 물었다. 도일의 답변은 '더 이상 쓸 생각이 없다'는 것이었다. 이에 덜레스는 제2의 홈즈 이야기를 자신이 써야겠다고 결심했고, 대학 3학년이던 1929년 〈드러그네트〉지에 발표한 것이 '흑수선의 모험'이다.

작품의 주인공은 런던의 프레이드 거리에 사는 사립탐정 솔라 폰스로 조수인 린든 파커를 대동하고 등장하는데, 그의 모습이 깡마르고 큰 키에 날카로운 눈매, 얇은 입술, 거기에 인바네스카 외투와 차양이 달린 모자를 즐겨 쓰는 점은 마치 베이커가 221B에 거주하는 홈즈를 빼닮았다. 솔라 폰스가 활약한 시대는 홈즈가 은퇴한 직후인 20세기 초부터 1930~1940년대였다. 1971년 덜레스가 심장병으로 세상을 떠날 때까지 솔라 폰스의 이야기는 단편집 6권, 장편 1권이 발표되었다.

≪아기곰 푸(Winnie the Pooh)≫로 유명한 동화 작가 A. A. 밀른(Alan Alexander Milne)도 '셜록의 위기'라는 안작을 썼다. 밀실범죄물로 유명한 J. D. 카도 '패러돌 챔버의 괴사건'이라는 작품에서 홈즈를 등장시켰다. 그런데 개중에는 우주에서 활약하는

셜록 홈즈도 등장한다. P. 앤더슨(Poul Anderson)과 G. R. 딕슨(Gordon R. Dickson)의 '바스커빌가의 우주선'이 그것인데, 토카 혹성에 사는 장난감 곰 같은 이성인 홈즈가 활약하는 이야기다. SF의 홈즈 이야기의 장편으로는 이 밖에 R. 리홀의 〈홈즈 최후의 대결〉과 웨이드 웰먼의 〈셜록 홈즈의 우주전쟁〉 등이 있다.

동화 작가 A. A. 밀른

홈즈를 페러디한 우주의 곰이 주인공인 P. 앤더슨과 G. R. 딕슨의 직품 표지

"내가 사는 보람은 늘 생존의 지루함에서 벗어나려고 몸부림치는 데 있다네."

홈즈 어록

이론가는 한 방울의 물에서 대서양이나 나이아가라 폭포가 존재할 수 있다는 것을 추측할 수 있다.

≪주홍색 연구≫ 중에서

일관된 추리의 실마리에 모순되는 사실이 나타났을 때는 반드시 그로 인해 바뀌는 해석이 있다.

≪주홍색 연구≫ 중에서

인생은 커다란 쇠사슬이기 때문에 그 본성을 알려면 한 개의 고리만 알면 된다.

≪주홍색 연구≫ 중에서

단서가 없는데도 불구하고 이렇다 저렇다 하며 이론적인 설명을 하는 것은 잘못이다.

〈보헤미아의 스캔들〉 중에서

본다는 것과 관찰한다는 것은 크게 다르다.

〈보헤미아의 스캔들〉 중에서

감정상의 좋고 나쁨은 명쾌한 추리와는 양립하지 않는다.

《네 개의 서명》 중에서

사건 조사에 필요한 것은 사실뿐이다. 전설이나 소문은 아무 도움이 되지 않는다.

《바스커빌가의 개》 중에서

다른 모든 가능성이 없어지면 아무리 아닌 것 같아도 남은 게 진실이다.

〈녹주석 보관〉 중에서

슬픔에는 일이 가장 좋은 약이다.

〈빈집의 모험〉 중에서

무슨 일이든지 경험으로 배우는 것이다.

〈블랙 피터〉 중에서

나에게는 일 자체가 보수다.

〈얼룩무늬 끈〉 중에서

사람이 발명한 것이라면 사람이 풀 수 있다.

〈춤추는 사람들〉 중에서

앞날이 확실하면 과거는 그다지 엄격하게 나무라지 않아도 된다.

〈프라이어리 학교〉 중에서

지금 알고 있는 것들이 무엇인지 일단 정리해보자. 그러면 자료를 충분히 이용할 수 있게 되고, 본질적인 것과 부수적인 것의 구별도 명확해진다.

〈프라이어리 학교〉 중에서

나는 돈뿐만 아니라 명예에도 관심이 없다. 내게 중요한 것은 사건이 내 관심을 끄는가이다.

〈소어다리〉 중에서

실패는 누구나 하는 것이다. 따라서 실패를 깨닫고 바로잡는 사람이야말로 현명한 사람이다.

〈프랜시스 카팍스의 실종〉 중에서

좋은 기회를 놓치고 나중에 후회하기 쉽다.

〈마자랭의 보석〉 중에서

자연의 섭리를 역류하려 하면 모든 것은 파괴되게 마련이다.

〈기어 다니는 사람〉 중에서

나는 책을 닥치는 대로 많이 읽고 그 속에 있는 세세한 것을 잘 기억한다.

〈사자의 갈기〉 중에서

마이링겐에 있는 셜록 홈즈 동상

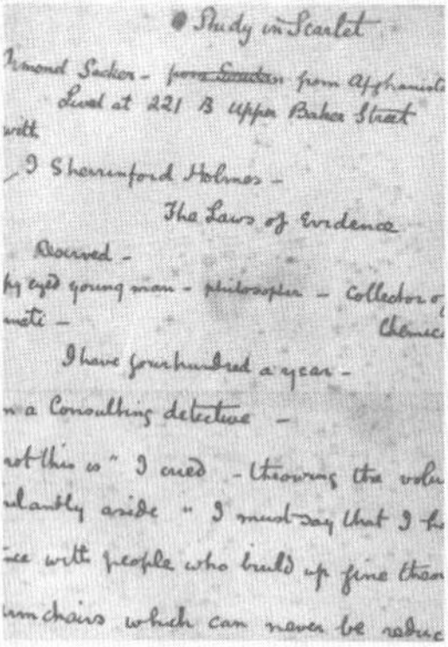

《주홍색 연구》의 육필 원고